STORMGLASS

DAS

STORM GLASS

ANDY DEEMER

DAS TESLA-BEBEN

AUS DEM ENGLISCHEN VON ANN LECKER

ALADIN

PROLOG 01

»Glaub mir doch, Martin! Es ist falsch, du machst einen Fehler!« Der Mann schrie es regelrecht, während ihn die Wachen in den Kleinbus schoben. Er schwitzte und triefte vor Schlamm. »Die Maschine ist zu gefähr…«

Die Wagentür rastete mit einem lauten Knall ein und der Motor wurde gestartet.

Martin blieb allein zurück, als der Kleinbus die unbefestigte Straße hinunter in Richtung Dschungel davonrumpelte.

»Auf Nimmerwiedersehen«, sagte er und schickte ihm ein fieses Grinsen hinterher.

Er stand wie gewohnt mit hängenden Schultern da, kniff die Augen zusammen und schürzte die Lippen. Die Leute sagten, er sähe aus wie eine Ratte, aber er selbst war da ganz anderer Meinung. Er hielt sich für *vornehm*.

Außerdem würde sein Aussehen sowieso keine Rolle mehr spielen, sobald die Sache abgeschlossen war.

Martin griff in seine Tasche und zog einen Zeitungsausschnitt heraus. Er konnte dem Drang nicht widerstehen, den Artikel noch einmal zu lesen.

Danach schweifte sein Blick zum Horizont und über den Vulkan, der davor aufragte.

Sie haben ihn also gefunden, dachte er und lachte in sich hinein. *Sie haben den Koffer endlich gefunden. Ich werde nach Oakland fliegen und alles wird sich wunderbar fügen. Die Zukunft gehört mir.*

Martin ließ den Zeitungsausschnitt in den Schlamm segeln und ging zurück ins Labor. Sein Leben würde bald viel einfacher werden, während der Rest der Welt sich auf gefährliche Zeiten gefasst machen konnte.

TESLA-KOFFER KOMMT UNTER DEN HAMMER

OAKLAND, KALIFORNIEN – Ein ramponierter alter Überseekoffer, der vermodert auf einer städtischen Müllhalde entdeckt wurde, wird nächsten Monat versteigert. Und zwar voraussichtlich für mehrere Zehntausend Dollar. Schließlich handelt es sich nicht um irgendeinen Koffer. Dieser Koffer gehörte einst dem exzentrischen Erfinder Nikola Tesla …

02

EIN HERBST WIE JEDER ANDERE

»Gib ihn mir zurück!«, schrie Jake und machte einen Satz. Ein Ellbogen bohrte sich ihm in die Rippen und Jake krachte gegen den Spind. Sein Aufsatz segelte währenddessen wie eine Frisbee-Scheibe an seinem Kopf vorbei. Jake plumpste Lloyd und Mike vor die Füße wie ein Häufchen Elend.

Am anderen Ende des Gangs lachte Frankie wie eine Hyäne. Er langte nach unten, griff sich den Aufsatz und hielt ihn wie eine Trophäe hoch.

»Suchst du das hier?«, fragte er mit hochgezogener Augenbraue, als eine Gruppe jüngerer Schüler den Gang hinunterrannte.

»Gib ihn mir zurück!«, knurrte Jake vom Boden aus. Er stemmte sich hoch und stand auf.

»›Mein Aufsatz über Thomas Edison‹«, las Frankie in aufgeblasenem Tonfall, räusperte sich und tat so, als rückte er eine unsichtbare Brille zurecht. »›Thomas Alva Edison war ein hoch angesehener amerikanischer Erfinder und Geschäftsmann, dem …‹«

Jake sprang nach vorne, aber Lloyd und Mike stellten sich ihm in den Weg. Lloyd lachte und stieß Jake gegen einen anderen Spind, während Frankie aufgesetzt hüstelte.

»Unterbrecht mich bitte nicht«, sagte er. »Also, wo war ich? Ach ja – ›dem wir Elektrizität, Glühbirnen und Filme zu verdanken haben …‹«

Mike, ein dicker Kerl mit Zehntklässler-Schnurrbartflaum, kam mit erhobenen Händen auf Jake zu und tänzelte dabei wie ein Basketballspieler hin und her.

»Ich will nur meine Hausaufgaben zurück!«, schrie Jake und spürte, wie seine Wangen ganz heiß wurden.

»›Ich will nur meine Hausaufgaben zurück‹«, äffte ihn Lloyd mit schriller Stimme nach. Er war hochgewachsen und dürr.

»Will das kleine Baby seine Hausaufgaben zurück?«, höhnte Mike, während er wie Bugs Bunny die Zähne vorschob und die Augen weit aufriss. Dann verpasste er Jake einen Klaps aufs Ohr. *Prügel dich nicht mit denen*, redete sich Jake gut zu und kämpfte gegen das Bedürfnis zuzuschlagen an. *Bleib stark!*

»Bitte«, rief er Frankie zu und zeigte auf die Uhr an der Wand. »In einer Minute fängt der Unterricht an. Gib mir einfach meinen Aufsatz zurück.«

Frankie lächelte und warf einen Blick auf seine silberne Armbanduhr.

»Oh, ist es wirklich schon so spät?«, erwiderte er mit einem Grinsen und marschierte zum Büro des Hausmeisters. Vor der Tür bückte er sich.

»Jake Goodis«, sagte er dabei und legte das Blatt Papier auf den Boden, »dein Aufsatz ist Müll.«

»Nein!«, schrie Jake, als ihm klar wurde, was Frankie vorhatte. Er duckte sich blitzschnell zwischen den beiden Möchtegernrambos und schlüpfte an ihnen vorbei.

»Wa…?«, setzte der eine an, als Jake den Gang hinunterpreschte und sich wie ein Footballspieler auf den Boden warf. Doch Frankie gab dem Aufsatz einen leichten Schubs, noch bevor Jake an der Tür war. Das Papier glitt unter der Tür hindurch und war außer Sichtweite.

»Nein!«, schrie Jake noch einmal.

»Jetzt ist der Müll, wo er hingehört«, verkündete Frankie, stand auf und wischte sich die Hände an der Hose ab. »Der Aufsatz hätte bestenfalls eine Zwei verdient. Wenn nicht sogar eine Zwei minus.«

»Nein, nein, nein«, flüsterte Jake. Er packte den Knauf, doch die Tür war fest verschlossen. Dann beugte er sich hinunter und lugte durch den Spalt, aber von dem Papier war nichts zu sehen.

Die Schulglocke läutete und unzählige Schüler rannten hektisch den Hauptkorridor entlang. Frankie warf Jake ein kühles, falsches Lächeln zu.

»Aber ich geb dir ein Fleißsternchen dafür«, sagte er, ging zu seinen Kumpels hinüber und schlug ihnen auf den Rücken. Jake rüttelte am Türknauf, Panik stieg in ihm auf.

»Komm nicht zu spät zum Unterricht«, setzte Frankie noch eins drauf, ohne sich umzusehen. »Wie Mr Wakefield immer sagt: ›Pünktlichkeit ist eine Zier‹. Haha!«

»Haha!«, lachte Mike, während er einen kleinen Jungen aus dem Weg stieß.

Jake setzte sich auf und schlug gegen die Tür. »Mann!«

Die letzten beiden Schüler eilten über den Flur und Jake warf einen Blick auf die Uhr. Wenn er den Hausmeister suchen ging, kam er zu spät zum Unterricht. Wenn er ohne seine Hausaufgaben auftauchte, steckte er in Schwierigkeiten.

Als er die Haarklammer – seit den Ereignissen im Sommer

trug er so etwas zum Glück immer bei sich – in seiner Hosentasche spürte, wusste er, dass es nur eine Lösung gab.

Jake sah sich um. Der Korridor war jetzt ausgestorben. Er kniete sich hin, brach die Haarklammer auseinander und bog schnell die beiden Hälften zurecht. Noch einmal sah er sich um. Da die Luft rein war, steckte er erst die eine Hälfte der Haarklammer ins Schloss, dann die andere und versuchte dabei die winzigen Druckveränderungen zu spüren.

Es klickte, Jake hielt die Luft an und spürte noch ein Klicken. *Das sind zwei.*

Plötzlich fiel ein Schatten auf ihn und seine Hände fingen an zu zittern. Er verlor den Halt und die Stifte im Schloss klickten zurück. Langsam drehte Jake sich um und sah nach oben.

»Hallo, Jake.« Mr Wakefield ragte über ihm auf und zog eine hellbraune Augenbraue hoch. *Wie hat der sich so leise anschleichen können?*, dachte Jake.

Mr Wakefield verschränkte die Arme über seinem grauen Anzug und trommelte mit einem Fuß auf den Boden.

»H-hi, Mr W-wakefield …«, sagte Jake.

»Was glaubst du wohl, was du da gerade machst?« Mr Wakefield beugte sich vor, packte Jakes Hand und zog sie langsam vom Schloss weg. »Meinst du nicht, dass du schon genug Ärger hast?«

»Ich wollte n-nur …«, stammelte Jake.

Der Lehrer legte den Kopf schief. »Du wolltest nur … versuchen Arrest zu bekommen?« Er zog beide Augenbrauen hoch. »Oder vielleicht gar aus der Schule geworfen zu werden?«

»N-nein, Sir«, erwiderte Jake, während Mr Wakefield ihn auf die Beine zog.

»Oder hast du keine Lust auf den Ausflug zur Auktion?«, fragte der Lehrer. »Ich könnte dich problemlos davon ausschließen, wenn du möchtest.«

»N-nein, Sir.«

»Na ja, lassen wir den Schuldirektor darüber entscheiden«, sagte er und zog Jake von der Tür weg.

»Aber meine Hausaufgaben, Sir«, wandte Jake ein und streckte die Hand nach hinten. »Frankie hat sie …«

Mr Wakefield wirbelte herum und funkelte Jake mit seinen scharfen blauen Augen böse an.

»Sei bloß keine Petze, Jake!«, fuhr er ihn an. »Das passt nicht zu dir. Du wirst deine Hausaufgaben später holen müssen.«

Jake konnte nur noch sehnsüchtig zur Tür blicken, während Mr Wakefield ihn zum Büro des Schuldirektors zerrte.

Jake beobachtete, wie sich der Minutenzeiger langsam vorwärtsbewegte, während Schuldirektor Braganza, der einem Maulwurf ähnelte, sich mit Daumen und Finger die Augen rieb.

»Das ist schon das dritte Mal, Jake«, sagte er und setzte sich ungeschickt seine extrem starke Brille in das runde Gesicht. »Warum um alles in der Welt wolltest du ein Schloss aufbrechen?«

»Ich wollte meine Hausaufgaben zurückholen«, erwiderte Jake zähneknirschend.

Mr Braganza durchstöberte seinen unordentlichen Schreibtisch. »Hier«, sagte er und schob Jake ein Papier hin. »Schau dir das an. Deine Noten sind gut, du bist bei den Lehrern beliebt und du bist kein Delinquent.«

»Ich bin kein Delinquent«, wiederholte Jake und schüttelte heftig den Kopf.

»Was ist dann hier los? Was ist das Problem?«

Jake strengte sich an ruhig zu atmen und wand sich auf seinem Stuhl hin und her. Jetzt bewegte er sich auf gefährlichem Terrain. Er hatte zu viele Geheimnisse und ihm durfte kein einziges davon herausrutschen.

»Ich weiß nicht«, log er.

»Ist zu Hause alles in Ordnung, ich meine, mit deiner Familie?«

»Alles in Ordnung«, antwortete Jake »ich musste nur meine Hausaufgaben zurückholen. Ich wollte keinen Ärger bekomm…«

Der Schuldirektor hob seine kleine Hand, um Jake zum Schweigen zu bringen.

»Aber du hast versucht ein Schloss aufzubrechen. Welcher normale Junge tut so was?«

Jake ließ die Schultern hängen und betrachtete den Boden.

»Ich weiß nicht«, sagte er.

»Dachtest du wirklich, du könntest das?«

»N-nein«, log Jake noch einmal.

»Wenn das ein einmaliger Vorfall wäre, würde ich dich mit einer Verwarnung davonkommen lassen. Aber das ist schon das dritte Mal in diesem Halbjahr. Letzte Woche hast du bei einem Test geschummelt.«

»Ich habe nicht geschummelt«, verteidigte sich Jake. »Ich habe nur geübt verschlüsselt zu schreiben, zum …« Jake unterbrach sich gerade noch rechtzeitig. »Zum … Spaß. Ich fand das lustig.«

Mr Braganza kniff streng die Augen zusammen.

»Schummeln ist nicht lustig, Jake. Täusch dich da mal nicht. Und letzten Monat hast du Mr Donaldson der Lüge bezichtigt.«

»Aber er *hat* gelogen«, beharrte Jake, während er aufsah und die Hände ausstreckte.

»Jake, das ist eine sehr ernste Anschuldigung. Kannst du das beweisen?«

»Ich … ich …«

»Ob du das beweisen kannst!?«

Jake ließ die Hände in den Schoß fallen und sackte in sich zusammen.

»Sein Blick«, murmelte er, »er hat beim Sprechen in die falsche Richtung geschaut.«

»Wie bitte?« Mr Braganza sah ihn noch strenger an.

»Es ist nur so ein Trick … den ich aufgeschnappt habe …« Jake hielt inne. »… in einem Zauberkunstbuch.«

Der Schuldirektor schüttelte den Kopf, stand auf und ging zum Fenster. Draußen flatterte die amerikanische Flagge im Wind.

»Ich mache mir Sorgen um dich, Jake. Du bist immer ein ehrlicher Junge und ein guter Schüler gewesen, aber du lässt nach. Ich befürchte, es könnte noch schlimmer werden, wenn ich dir das noch einmal durchgehen lasse.«

Jake blinzelte nervös.

»Es tut mir leid, Jake, aber diesmal kommst du nicht um den Arrest herum.«

»Arrest?« Jake schnappte nach Luft. Man hatte ihn schon verwarnt und ihm die Leviten gelesen, weil er angeblich geschummelt hatte. Aber Arrest hatte er noch nie bekommen. Er wusste nicht einmal, in welchem Raum man nachsitzen musste.

»Montagnachmittag, Jake.«

»A-aber ich musste noch nie nachsitzen«, wandte er ein.

»Du bist auch noch nie beim Schlösseraufbrechen erwischt worden.«

Jakes Arme und Beine fingen an zu zittern.

»Hier ist ein Brief für deine Eltern. Jetzt geh in den Unterricht, bevor die Stunde vorbei ist, und denke am Wochenende darüber nach, was du getan hast.«

Jake nickte und stand auf.

»Es tut mir leid, Sir«, sagte er leise im Hinausgehen.

Jake ging langsam den Gang hinunter. Ihm schwirrte der Kopf bei dem Gedanken, dass er tatsächlich nachsitzen musste. *Mom und Dad werden stinksauer sein*, dachte er und ein flaues Gefühl breitete sich in seiner Magengrube aus.

Als Jake die Klassenzimmertür aufschob, drehte sich Mr Wakefield nicht einmal um.

»Willkommen in Sozialkunde, Jake«, sagte er laut und schrieb weiter an die Tafel. »Setz dich schnell hin.«

Jake ignorierte das vertraute Hyänengelächter aus Frankies Ecke und schlappte auf seinen Stammplatz neben dem gesprungenen Fenster.

Er nahm sein Heft und einen Stift heraus und betrachtete seinen Tisch. Ihm war schlecht. Sein Mund war trocken und das Herz schlug ihm bis zum Hals. *Diesmal hab ich so richtig Mist gebaut.*

Als Mr Wakefield fertig geschrieben hatte, drehte er sich um und spazierte auf Jake zu.

»Erlaubnis deiner Eltern?«, fragte er mit hochgezogener Augenbraue.

Jake langte tief in seinen Rucksack und reichte Mr Wakefield den unterschriebenen Zettel für den Ausflug.

»Danke. Der Bus holt uns am Montagmorgen um halb neun vor der Schule ab. *Kommt nicht zu spät!*«

Ein paar Leute stöhnten theatralisch.

»Ah, stellt euch nicht so an, ihr könnt im Bus schlafen, wenn ihr wollt.«

»Warum gehen wir auf eine Auktion, Mr Wakefield?«, fragte Frankie und hob nachträglich den Arm, um sich zu melden.

»Wer kann Frankies Gedächtnis auf die Sprünge helfen?« Mr Wakefield betrachtete die Klasse erwartungsvoll. »Arev? Pete? Florence?«

Jake sah aus dem Fenster und versuchte sich zu erinnern, wusste aber nur noch, dass es etwas mit Elektrizität zu tun hatte.

»Ist das euer Ernst? Kann sich wirklich keiner von euch erinnern?«

In der ersten Reihe hob Isobel zögerlich die Hand. »Hat es was mit Tesla zu tun, Sir?«

»Danke, Isobel. Zumindest hat eine von euch letzte Woche aufgepasst. Ja, am Montag werden wir etwas Unvergessliches sehen. Einen Überseekoffer, der einmal keinem Geringeren gehört hat als …« Mr Wakefield breitete die Arme aus und riss die Augen auf, als würde er bei einer Spielshow den großen Preis enthüllen. »… Nikola Tesla!«

Nach einer Pause meldete sich hinter Jake Pete zu Wort.

»Wer?«

»Der Autohersteller, Blödmann«, brüllte Frankie durch den Raum und bewarf Pete mit einem zerknüllten Stück Papier.

»Nein, nein, nicht der Autohersteller, diese Marke ist nur nach Tesla benannt«, sagte Mr Wakefield, hob die Papierkugel auf und warf sie in den Mülleimer. »Hat wirklich niemand das Kapitel im Buch gelesen?«

»Er ist ein Erfinder«, warf Isobel ein.

»*War*, Isobel, ja, aber er war nicht einfach *ein* Erfinder. Tesla war der großartigste Erfinder, den die Welt je gesehen hat! Kommt schon, Leute, er war mal so berühmt wie …« Er blickte sich mit zusammengekniffenen Augen im Klassenzimmer um, lehnte sich schließlich vor und nahm Isobels Heft. »Er war mal so berühmt wie *dieser* Typ hier.«

Er hielt das Heft hoch und zeigte der ganzen Klasse den großen Aufkleber vorne drauf. Es war das Gesicht eines Teenagers mit glänzendem blondem Haar, leuchtenden blauen Augen und strahlend weißen Zähnen.

»Tof Flintoff?«, fragte Isobel.

Mr Wakefield lachte leise. »Ja, er war mal so berühmt wie Tof Flintoff.«

Isobel warf dem Lehrer einen skeptischen Blick zu, nahm das Heft und drückte es an die Brust, als wollte sie den Aufkleber trösten.

Mr Wakefield zeigte auf eine Steckdose unten an der Wand.

»Ich wiederhole mich nur ungern, aber Tesla hat die Elektrizität erfunden.«

»War das nicht Edison?«, fragte Pete.

»Nein«, sagte Mr Wakefield, »Edison *behauptete*, die Elektrizität erfunden zu haben, aber das war gelogen – und ich hoffe, dass wenigstens ein paar von euch diesen Punkt in ihren Aufsätzen erwähnen. Tesla war auch der Erfinder des Radios.«

»War das nicht Marconi?«, fragte Jake, der sich an etwas aus dem Physikunterricht erinnerte.

»Makkaroni?«, ertönte eine Stimme von hinten, gefolgt von ein paar Lachern.

»Nein, wieder falsch. Auch Marconi *behauptete* nur, er hätte das Radio erfunden«, sagte Mr Wakefield. »Er stahl Nikola Tesla Ruhm und Ehre. Tesla erfand Leuchtstoffröhren wie diese, Neonlicht, und die elektrische Uhr da drüben. Die Hälfte aller Sachen in diesem Raum hat sich Nikola Tesla ausgedacht. Aber andere Erfinder stahlen seine Ideen.«

Jake hob die Hand und wartete darauf, dass Mr Wakefield ihm zunickte.

»Dann gehen wir also zur Versteigerung seiner Sachen?«, fragte er.

»Genau!«, antwortete Mr Wakefield.

»Warum?«, fragte Pete. »Was hat das mit Sozialkunde zu tun?«

»Das ist ein historischer Moment«, erklärte der Lehrer und warf ihm einen finsteren Blick zu. »Wir *wissen* nicht, was sich in dem Schrankkoffer befindet. Niemand weiß das. Es könnten Tagebücher, Bücher oder Aufsätze sein. Es könnten alte Bilder sein. Es könnten irgendwelche Schätze sein. Vielleicht, ganz vielleicht, ist es eine von Teslas verlorenen Erfindungen.«

»Oder seine dreckige Unterwäsche«, warf Aaron ein und die anderen lachten sich halb tot.

Jake zog die Augenbrauen hoch, als er sich daran erinnerte, was er im Laufe des Sommers alles entdeckt hatte. *Aaron ist wahrscheinlich nicht klar, was sich alles in einem Wäschebeutel verbergen kann*, dachte er, seufzte dann aber, als ihm außerdem einfiel, dass sie die Auktion nur beobachten würden. Sie würden nicht die Gelegenheit bekommen, in dem alten Überseekoffer herumzustöbern.

Die Schulglocke läutete und Jake nahm seinen Rucksack. Mr Wakefield tippte ihm auf die Schulter und zog ihn auf die Seite, während andere Schüler an ihnen vorbeigingen.

»Als du beim Schuldirektor warst«, sagte er zu Jake, »hat mir der Hausmeister deinen Aufsatz gebracht. Ich werde deine Note aber runtersetzen.«

»Was?«, platzte Jake heraus.

»Auch wenn dein Aufsatz eine Eins verdienen sollte, werde ich dir eine Zwei geben.«

»Warum?«

»Es wäre dem Rest der Klasse gegenüber sonst unfair«, erwiderte er. »*Sie* haben es geschafft ihre Hausaufgaben rechtzeitig abzugeben.« Er hob die Stimme und wandte sich an die wenigen Schüler, die noch im Klassenzimmer waren.

»Wenn wir schon beim Thema Pünktlichkeit sind, *vergesst nicht*, dass ihr am Montag eine halbe Stunde früher hier sein müsst als sonst. Halb neun. Wir warten auf niemanden.«

Jake warf sich den Rucksack über die Schulter und ging aus dem Klassenzimmer. Jetzt war er noch deprimierter. Er hatte sich bei diesem Aufsatz so viel Mühe gegeben.

»Gehst du auch zu Isobels Geburtstagsparty?«, fragte Aaron, der ihm hinterhergekommen war.

»Nein«, antwortete Jake und log nur ungern, »ich hab schon was vor.«

»Aber wir gehen klettern«, sagte Pete, als er die beiden einholte. »Komm schon, Jake. Das wird richtig super. Klettern, Pizza und ein Film. Was könnte besser sein?«

»Moment mal.« Aaron zog eine Augenbraue hoch. »Hast du eine heimliche *Freundin*?«

Jake schüttelte den Kopf, als sie in den Schulhof hinauskamen. »Nein.«

Es wäre zwar irgendwie cool gewesen, eine Freundin zu haben, aber es war schon schwer genug, sein Geheimnis vor seinen Eltern und seinen Freunden zu wahren. Er wollte gar nicht daran denken, wie schwer es ihm fallen würde, es auch noch vor einer Freundin zu verbergen.

»Aber du hast *jeden* Freitag schon was vor«, wandte Aaron ein. »Werden deine Eltern etwa so strenggläubig wie die von Bonnie?«

»Nein«, sagte Jake und schnitt eine Grimasse.

Er erinnerte sich daran, wie spießig sich Bonnie praktisch über Nacht anzog, nachdem sie bis dahin immer die coolsten Outfits der Klasse getragen hatte.

Aber was er tat, war nicht so radikal. Er konnte es nicht ausstehen, wenn seine Freunde ihn so löcherten – sie brachten ihn damit zum Lügen. Und das wollte er nicht.

»Gehst du zu einem Seelenklempner?«, flüsterte Pete. »Das wäre total in Ordnung.«

»Ich geh zu keinem Seelenklempner!«, erwiderte Jake. »Ich muss mich nur um ein paar Sachen kümmern.«

»Alles klar …«, sagte Aaron, grinste ihn an und rannte zu der Gruppe, die um Isobel herumstand.

»Bis Montag«, verabschiedete sich Pete und eilte Aaron hinterher.

Jake sprang auf sein Fahrrad und fuhr los. Der Brief des Schuldirektors an seine Eltern fühlte sich bleischwer an in seinem Rucksack. Aber auf dem Weg durch die sieben Blocks zum Parkhaus verbannte er den Brief aus seinen Gedanken. Denn er wurde an einem unglaublichen Ort erwartet.

03

GEHEIMNISSE IM TAL

Jake kettete sein Fahrrad in der Murase Street an einen Telefonmast, lief die Rampe zum abgeranzten Parkhaus hinunter und grüßte den alten Mann hinter dem Schalter. Der Mann nickte ihm kaum wahrnehmbar zu, dabei spiegelte sich das Licht des Eingangs in seinem Glasauge wider. Jake erschauderte. Wann würde er sich endlich an dieses Auge gewöhnen?

Am Ende der Rampe bog Jake links ab und lief an einer Reihe Autos entlang, bis er das winzige schwarze Fahrzeug fand, das wie eine Mischung aus Smart und Porsche aussah. Es war nicht einmal einen Meter breit und nur etwa einen Meter achtzig lang, mit verspiegelten Fenstern, die das Innere verbargen. Sogar hier in der Dunkelheit schimmerten sie. Jake blickte sich um, vergewisserte sich, dass die Luft rein war – schließlich war er viel zu jung zum Autofahren –, und berührte die Türklinke mit den Fingerspitzen. Er hörte, wie das Sicherheitssystem sie scannte, dann wurden die Schlösser mit einem Klick entriegelt.

Die Tür öffnete sich nach oben anstatt zur Seite und legte im Wageninneren nur einen einzelnen Sitz frei.

Jake zwängte sich hinein und zog die Tür herunter, bis sie sich mit einem Klicken schloss. Er atmete ein und genoss den Geruch nach neuem Leder und den Anblick der blitzblanken

Chromoberflächen. *Wenn Aaron oder Pete wüssten, was ich gleich tun werde!*

Jake saß mehrere Sekunden da, spürte, wie die Anspannung von ihm abfiel – den Brief des Schulleiters an seine Eltern hatte er schon fast vergessen –, und ließ sich in den vornehmen Sitz sinken. Er atmete ruhig und sagte laut: »Aktiviere Fahrzeug.«

Einen Moment lang tat sich nichts, denn der Computer analysierte seinen Stimmabdruck. Dann erwachte er plötzlich zum Leben.

»Wohin möchtest du fahren, Hale?«, fragte die vertraute elektronische Stimme aus verborgenen Lautsprechern. Wenn Jake seinen Stormglass-Decknamen laut ausgesprochen hörte – selbst von einem Computer –, wurde er immer ganz aufgeregt. Dieser Moment stand für den Übergang zwischen seinem Leben als normaler amerikanischer Teenager und seinem geheimen Leben bei Stormglass.

Hale, wiederholte er in Gedanken und kostete das Wort aus.

»Entschuldige, Hale, ich habe dich nicht verstanden. Wohin möchtest du fahren?«

Jede Woche war Jake versucht, einen nicht genehmigten Ort zu nennen. Das Herrenhaus des Bienenzüchters zum Beispiel, oder das Stormglass-Hauptquartier oder einen näheren Ort – wie Disneyland. Aber er wusste nicht, was dann passieren würde. Vermutlich würde er Ärger bekommen – vielleicht würden sie sogar seine Transportrechte widerrufen. Deshalb hielt er sich streng an die Vorschriften.

»Bring mich zur Sunnyvale-Außenstelle«, sagte er.

Das sechzig Kilometer entfernte Sunnyvale gehörte zum Silicon Valley und war Sitz der führenden Biotechnologie-, Forschungs- und Computerfirmen der Welt. Apple und Google hatten dort Geschäftsstellen, doch Jake hatte nicht vor, einer der beiden Firmen einen Besuch abzustatten.

»Ziel genehmigt. Bereit zur Abfahrt.«

Jake legte die Sicherheitsgurte an, zwei fünf Zentimeter breite Bänder, die an seinem Oberkörper entlang nach unten verliefen und mit einem weiteren breiten Gurt an seiner Taille verbunden waren. Dann holte er aus dem Fußraum einen kleinen Helm hervor und setzte ihn auf. Jetzt sah er wie ein echter Rennfahrer aus.

»Ich bin vollständig gesichert«, sagte Jake. »Startklar!«

Der elektrische Motor des Einsitzers erwachte leise zum Leben, und ohne dass Jake das Lenkrad oder die Pedale berührte, setzte das Auto selbstständig aus der Parklücke heraus und rollte die Rampe hoch. Jake lehnte sich in seinen Sitz und winkte dem alten Wärter im Vorbeifahren zu, doch dann fiel ihm ein, dass er hinter den verspiegelten Fenstern ja unsichtbar war.

Das Auto fuhr aus dem Parkhaus und fädelte sich rechts in den Verkehr ein, manövrierte geschmeidig und beschleunigte innerhalb von Sekunden auf fünfzig Stundenkilometer. Früher war Jake noch nervös gewesen, war bei jeder Kurve aufgeschreckt und hatte sich auf die Lippe gebissen, wenn das Auto die Spur wechselte. Aber jetzt war er daran gewöhnt. Dieses Auto gab ihm mehr Sicherheit als seine Mom oder sein Dad hinter dem Steuer. Mittlerweile konnte er sich einfach entspannen.

Damit war es jedoch vorbei, als sie langsamer wurden und schließlich ganz zum Halten kamen.

Der Verkehr war zu dicht. Jake sah aus den Fenstern auf die Highway-Ausfahrten, die zur Bay Bridge führten, es herrschte völliger Stillstand. Autofahrer um ihn herum hupten wild.

»Was ist denn los?«

»Dichter Verkehr auf den folgenden zwanzig Kilometern. Es ist mit großen Verzögerungen zu rechnen«, sagte der Computer.

Jake überprüfte die Uhrzeit. Er hatte keinen Stau eingerechnet und machte sich allmählich Sorgen, dass er nicht rechtzeitig in Sunnyvale ankommen würde. *O Mann*, dachte er beim Anblick der Blechlawine draußen. »Gibt es einen anderen Weg? Ich darf nicht zu spät kommen.«

»Neuberechnung der Strecke.«

Jake betrachtete den Bildschirm auf dem Armaturenbrett, während der Computer verschiedene Alternativen durchging. Jeder Highway auf der Landkarte war rot markiert und zeigte Stau an. Die geschätzten Ankunftszeiten reichten von zwei bis über drei Stunden. Eine Stretchlimousine vor ihm versuchte auf die Abfahrtsspur zu biegen und blockierte letztendlich gleich drei Spuren. Aus allen Richtungen ertönte ein Hupkonzert.

»Ich muss pünktlich ankommen«, bettelte Jake und schlug sich mit der Faust verzweifelt auf den Oberschenkel.

»Optimale Strecke identifiziert«, sagte der Computer. »Fordere nötige Genehmigungen an.«

»Genehmigungen?« *Wen würde der Computer um Genehmigungen bitten?* »Was meinst du mit ›Genehmigungen‹?«

»Genehmigungen erteilt.«

Jake hielt sich am Sitz fest, als das Auto beinahe auf der Stelle herumwirbelte und auf die Fahrspur des entgegengesetzten Verkehrs schlüpfte.

»Wir fahren in die falsche Richtung«, schrie Jake, blickte nach hinten zur Brücke und umklammerte das Lenkrad, während der Wagen nach rechts in eine Gasse abbog und tiefer in ein Industriegebiet fuhr. Jake versuchte dem Wagen die Kontrolle zu entreißen, indem er auf die Bremse trat, aber die war offenbar nur zur Schau da. Das Lenkrad zu drehen zeigte auch keine Wirkung, unverdrossen fuhr das Auto immer weiter in das heruntergekommene Industriegebiet von Oakland hinein. Die Straße war übersät von Autowracks, die Fenster der Lagerhallen waren eingeschlagen, Wände mit Graffiti beschmiert.

»Wohin bringst du mich?«, wollte Jake wissen.

»Sunnyvale-Außenstelle.«

»Bist du sicher?« Die Türen der Gebäude waren zugenagelt und mit Stacheldrahtzäunen umgeben. Jake war noch nie in diesem Teil der Stadt gewesen.

»Erneute Bestätigung der Richtung. Genauigkeit bestätigt.«

Das kleine Fahrzeug fuhr über einen Bordstein und raste auf der Sixteenth Street über einen Parkplatz und eine alte Zufahrtsstraße. Sie preschten an zwei baufälligen Wachhäuschen und einem alten Gebäude vorbei, das wie ein verfallener Bahnhof aussah. Schlitternd blieb der Wagen stehen. Jake starrte aus dem Fenster und atmete tief durch.

»Wo sind wir?«

»Sixteenth-Street-Bahnstation.«

»Aber es *gibt* keine Sixteenth-Street-Bahnstation.«

Das Fahrzeug brummte, als würde es nachdenken, und rollte nach links. Es rangierte vorwärts und rückwärts und bewegte die Räder Millimeter um Millimeter – jedenfalls kam es Jake so vor. *Aber vor uns ist nichts*, dachte er. Das kleine Auto stand etwa zwölf Meter von einem Bordstein entfernt, hinter dem ein Betonfußweg lag und – so schien es – eine Senke … hinunter in einen Tunnel oder einen Graben oder *etwas*.

»Bereite dich auf Turbulenzen vor.«

»Aber da ist doch nich…«

Jake wurde in den Sitz gepresst, als der Wagen losraste. Der Tacho sprang auf fünfzig, sechzig und schließlich achtzig Stundenkilometer.

»Pass auf!«, schrie Jake, aber der Computer ignorierte ihn. Er umklammerte das nutzlose Lenkrad, als sie Tempo hundertzehn und schließlich hundertdreißig überschritten, und riss den Mund weit auf, als wollte er schreien. Das Auto segelte geschmeidig auf die andere Seite des Gehsteigs und dann immer weiter. Jakes Magen drehte sich, als sie in die Tiefe stürzten. Der Moment verging wie in Zeitlupe. Jake sah hinter sich die Straße verschwinden und vor sich die Dunkelheit und den überwachsenen Tunnel auftauchen.

Als das Auto schließlich wieder aufkam, gaben die Stoßdämpfer Jake das Gefühl, es hätte nur einen kleinen Hopser gemacht und wäre nicht aus großer Höhe gefallen, denn er wurde kaum aus seinem Sitz gehoben. Der Computer nahm offenbar nicht einmal wahr, dass sie drei Meter in die Tiefe gestürzt waren. Er steuerte den Wagen einfach weiter. Jetzt ging es in den Tunnel.

Als Jake wieder klar denken konnte, merkte er, dass sie inzwischen auf rostigen, überwucherten Bahnschienen dahinrasten. Er schnappte nach Luft, als er sah, dass der Tacho hundertneunzig Stundenkilometer anzeigte. Die Federung war so stark, dass er kaum die unebenen Schienen unter sich spürte.

»Also, das ist auf jeden Fall eine neue Strecke«, sagte er. Durch die Windschutzscheibe sah er unzählige leere Getränkedosen und anderen Müll auf den Gleisen und jede Menge verblasster Graffiti an den Tunnelwänden.

»Wie wär's mit Musik?«

Jake lehnte sich zurück und beschloss, sich keine Gedanken mehr zu machen, sondern die Reise einfach zu genießen. Rockmusik dröhnte jetzt laut aus den Boxen und das Auto sauste den stillgelegten Bahntunnel hinunter.

Nach einer Viertelstunde verließ der Wagen die Schienen – was einem anderen Autofahrer die Vollbremsung aufzwang –, drosselte das Tempo und hielt sich an die Geschwindigkeitsbegrenzung. Sie fuhren jetzt wieder auf normalen Straßen.

Jake erkannte das Yahoo-Hauptquartier, als sie an den großen lila Schildern vorbeifuhren. Mehrere Biegungen später wurden sie auf einer völlig gewöhnlichen Straße langsamer und bogen in eine Einfahrt. Schranken versperrten ihnen die Durchfahrt.

Jake ließ das Fenster herunter und lächelte in das verspiegelte Fenster des Wachhäuschens.

»Ich habe um vier einen Termin«, sagte er, unsicher, ob sich hinter dem Spiegel eine Person oder lediglich eine Kamera befand.

Es sah wie ein ganz gewöhnliches Geschäft aus, an dem man tagtäglich vorbeifahren konnte – auf dem kaum sichtbaren Schild stand *Glass-Unternehmensgruppe, IT-Beratungsdienste*. Mittlerweile war Jake jedoch oft genug hier gewesen, um alle kleinen Details zu sehen, die darauf hinwiesen, dass es alles andere als gewöhnlich war. Etwa die in der Auffahrt verborgenen betongrauen Dornen, die jederzeit aus dem Boden springen und nach Bedarf Reifen zerstechen konnten. Auf der anderen Seite der Schranke standen Bäume, die in Wahrheit aber Türme waren. Und einmal glaubte Jake, einen Heckenschützen auf dem Dach gesehen zu haben.

Nach quälend langen Sekunden hob sich die Schranke und eine Männerstimme drang aus dem Lautsprecher.

»Zutritt genehmigt. Du bist heute in Raum vier, aber es ist noch ein bisschen früh, Hale.«

Jake lächelte und tätschelte das Armaturenbrett. »Dank meines zuverlässigen Transportmittels.«

Der Wagen fuhr durch die Schranke und setzte ihn vor einer verspiegelten Glastür ab. Er war inzwischen alles andere als makellos, vielmehr sah er aus wie Jakes Jogginghosen nach einem matschigen Fußballtraining – voller Schlamm und Dreck. Doch das interessierte jetzt nicht.

»Ich bin in einer Stunde wieder da«, sagte Jake und lief zur Eingangstür. Er legte eine Handfläche auf den Bildschirm dort und wartete, während die grünen Scanlinien leise summend auf und ab liefen. Die Tür klickte, glitt zur Seite und legte eine kleine Kabine frei, die wie ein Aufzug aussah.

Jake trat ein. Die Trennwand glitt hinter ihm zu. Jake zählte. *Fünf, vier, drei, zwei, eins.* Dann glitt vor ihm eine Tür auf und brachte Jake zum Staunen: Sie war knapp zwanzig Zentimeter dick und bestand aus massivem Stahl. Jake betrat die elegante Eingangshalle und streckte sich mit einem breiten, zufriedenen Lächeln.

Endlich zu Hause.

Sieben Tage die Woche musste Jake so tun, als wäre er ein ganz normaler Teenager. Musste zur Schule gehen, Hausaufgaben machen und mit seinen Kumpels Fußball spielen. Aber einen fantastischen Nachmittag pro Woche wurde Jake zum Stormglass-Undercoveragenten ausgebildet und lernte internationale Verbrecherbanden zu bekämpfen. Nur deshalb fühlte sich Jake lebendig.

Er eilte den Gang entlang und spähte bei der ersten Tür durch das eingelassene schalldichte Fenster. Er sah, wie ein Ausbilder ein Mädchen musterte, das in eine Zwangsjacke gewickelt kopfüber von der Decke hing. Sie wand und drehte sich und mühte sich ab, wobei ihre langen blonden Haare wie eine Peitsche über den Boden fegten. Ihr Blick begegnete dem von Jake, sie hielt inne, lächelte, holte Luft und barst aus ihren Fesseln. Wie eine Akrobatin landete sie mit einem Überschlag auf dem Fußboden und der Ausbilder klatschte Beifall.

Jake zeigte seinen hochgestellten Daumen in ihre Richtung und ging weiter. Er schlenderte den Gang hinunter und fuhr dabei mit dem Finger an der Wand entlang. Er genoss jeden einzelnen Moment hier. Noch immer wusste er nicht, wer ihn für Stormglass rekrutiert hatte. Dieser Ort war nicht einfach eine Schule. Im Sommer war er mit seinen Freunden Lizzie und Filby – beim Gedanken an Filby wurde ihm ganz schwer ums Herz – um die Welt gereist, hatte in der Transsibirischen Eisenbahn mit einem durchgeknallten Killer gekämpft, einen Terroranschlag verhindert und ganz San Francisco gerettet. Nein, dieser Ort war nicht irgendeine Schule. Das hier war eine Akademie für Verbrechensbekämpfung.

Im nächsten Raum war ein Jugendlicher an einen Polygrafen angeschlossen und absolvierte einen Lügendetektortest. Jake hatte bisher nie mehr als fünfzehn Lügen geschafft, die Maschine war ihm jedes Mal auf die Schliche gekommen. Dieser Junge hier war bereits bei der zweiundachtzigsten Lüge! Jake lehnte sich an das Fenster und beobachtete, wie der Ausbilder eine Frage stellte. Der Junge wand und drehte sich schweißgebadet und antwortete schließlich mit einem einzelnen Wort. Der Zähler sprang auf dreiundachtzig. Jake blinzelte fassungslos. *Das will ich auch können*, dachte er und ging weiter.

Seit den Sommerferien war Jake auf keiner weiteren Mission gewesen. Genau genommen hatte er momentan nur mit Stormglass zu tun, wenn er freitagnachmittags hierherkam. Das war der Grund, warum er nur zu gerne Pizza, Kino oder Klettern verpasste, um hier zu sein. Dafür lebte er.

Jetzt stand Jake vor dem nächsten Raum. Ein schwitzender Junge starrte in eine Maschine voller Drähte, die mit zwei roten Dynamitstäben verbunden waren. Er hielt eine Kneifzange in der Hand, während hinter ihm eine riesige Zeitschaltuhr die Sekunden herunterzählte. Nur noch vierzehn Sekunden. Der Junge wischte sich mit dem Handrücken die Stirn, murmelte etwas vor sich hin und fasste in die Maschine. Als der Zeiger auf zwei sprang, kniff der Junge die Augen zu und durchtrennte einen Draht.

Etwas explodierte. Dann ging die Tür auf, schwarzer Rauch quoll heraus und der Junge kam hustend und von oben bis unten voller schwarzem Ruß an die Tür gestolpert.

»Ich hätte den anderen Draht kappen sollen«, sagte er prustend. »Ich bin so bescheuert!«

»Nächstes Mal«, tröstete Jake ihn und tätschelte ihm den Rücken. Dann klopfte er sich den schwarzen Staub von der Hose und ging weiter.

Er kam zum Raum vier. Jake trat vor die Tür und starrte in den Netzhaut-Scanner. Er rührte sich nicht, während das sanfte Licht das einmalige Muster der Blutgefäße in seinen Augen aufzeichnete.

»Zutritt gewährt«, verkündete die warme, digitale Stimme und die Tür glitt zur Seite.

Dahinter befand sich ein weißer Raum mit einem kleinen Tisch und zwei Stühlen. Kein Ausbilder.

Sie kommt nie zu spät, dachte Jake und trat ein.

Eine kleine Hand ragte hinter der Tür hervor und packte ihn am Handgelenk. Jake riss sich los, sprang nach vorne und wirbelte herum, wollte sich dem Gegner stellen.

»Jenny!« Seine Echelon-Kommandantin ging in Angriffsstellung. Sie war hinter der Tür versteckt gewesen.

»Hale«, grüßte sie ihn, ließ die Fingerknöchel knacken und trat auf ihn zu. Sie trug einen schwarzen Kampfanzug, als gehörte sie zu einem militärischen Spezialeinsatzkommando, und ein gefährliches Lächeln breitete sich auf ihrem blassen, schmalen Gesicht aus. Jake warf seine Tasche zur Seite und hob zur Verteidigung die Fäuste.

»Wie läuft deine Woche, Hale?«, fragte sie und trat einen Schritt näher.

»Nicht schlecht«, log Jake und machte einen Schritt zurück.

»Freut mich zu hören«, erwiderte sie.

Wie schon bei ihrer ersten Begegnung erinnerte Jenny ihn an einen Babysitter, den er vor ein paar Jahren gehabt hatte, doch heute war sie weder gesprächig noch fröhlich. Sie war voll und ganz im Agentenmodus und ihre grünen Augen funkelten. Jetzt machte sie zwei Schritte auf ihn zu, warf ihren Kopf in den Nacken und stürzte sich auf Jake.

Er packte ihre Hand, wirbelte herum und hievte sie hoch, um sie über seine Schulter zu werfen, aber Jenny lachte nur. Sie glitt aus seinem Griff und warf sich *ihn* über die Schulter. Stöhnend krachte er auf die Übungsmatte.

Und ehe er sich's versah, hatte sie ihn im Schwitzkasten.

Jake wand sich auf dem Boden, während Jenny ihm mit dem Arm die Luftröhre abdrückte. Seine Wangen wurden heiß. Er schlug hilflos um sich und spürte, wie die Adern in seinem Hals hervortraten.

»Komm schon, Hale«, sagte sie. »Befrei dich doch!«

»Geht nicht«, japste er und mühte sich wie ein Huhn ab, das gerade erwürgt wurde. Der Schmerz war dumpf und Jake bekam kaum Luft. Nicht einmal Jennys Arm bekam er zu fassen, um ihn wegzuziehen. Seine Augen fühlten sich an, als könnten sie jeden Moment herausploppen.

»Training, Hale.«

Jake reckte den Hals und versuchte weiterhin verzweifelt sich aus dem Griff zu befreien, aber Jenny drückte nur fester zu. Er würgte und schnappte nach Luft.

»Ich kann nicht …«

»So wird das nichts«, knurrte Jenny, verlagerte ihr Gewicht und drückte ihn noch weiter runter. »Heb den Rücken vom Boden, Hale! Knie dich hin!«

Da fiel Jake wieder ein, was Jenny ihm beigebracht hatte. Er warf den Oberkörper zur Seite, rollte auf die Knie und drückte sich nach oben. Endlich hatte er wieder Bewegungsspielraum. Er fasste nach hinten und packte Jenny fest an der Schulter. Dann zog er sie nach vorne. Im nächsten Augenblick landete Jenny ihrerseits krachend auf der Übungsmatte.

»Au!«, schrie sie.

Jake lehnte sich völlig außer Puste zurück. Jenny stand auf, klopfte ihm auf den Rücken und reichte ihm eine Flasche Wasser.

»Gut gemacht, Hale«, sagte sie und wischte sich den Schweiß von der Stirn. »Du wirst besser, aber du darfst auf keinen Fall vergessen, wie man sich aus einem Würgegriff befreit. Es könnte dir eines Tages das Leben retten.«

Jake trank einen großen Schluck Wasser.

»D-du hast mich überrascht«, sagte er. »Ich dachte, du würdest zu spät kommen.«

»Nutze immer jeden Überraschungsmoment aus, Hale.«

Sie ging zu dem weißen Tisch hinüber und ließ sich auf den Stuhl dahinter plumpsen.

»Wie bist du mit deinen praktischen Hausaufgaben zurechtgekommen?«, fragte sie.

Jake schnappte sich seine Tasche, machte sie auf und holte ein schweres Vorhängeschloss heraus. Er legte es auf den Tisch und setzte sich.

»Ich habe es ein paarmal geknackt«, erklärte er. »Das hier war aber ganz schön schwer.«

Jenny nahm es und musterte den geöffneten Bügel.

»Nicht schlecht. Dieses Schloss lässt sich wirklich nicht so leicht knacken, aber … du hast Spuren hinterlassen!«

Jake riss die Augen auf, als sie das Schloss herumdrehte und auf das Schlüsselloch zeigte. Seine Werkzeuge hatten es ein wenig zerkratzt.

»Ich habe mir so viel Mühe gegeben und war vorsichtig.« Jake stöhnte enttäuscht.

»Ach wirklich?« Jenny zog ein stiftgroßes UV-Gerät aus ihrer Tasche.

Sie grinste ihn ein wenig selbstgefällig an und schaltete das Ding ein. Sein violettes Licht brachte auf dem Schloss eine Reihe von Fingerabdrücken zum Vorschein.

»Das sieht für mich nicht nach ›vorsichtig‹ aus, Hale. Wenn

das ein echter Fall wäre …«, sie beugte sich vor und musterte Jake mit zusammengekniffenen Augen wie ein misstrauischer Polizist, »… wärst du jetzt in Handschellen.«

Dann lehnte sie sich zurück und schaltete das UV-Licht wieder aus.

»Aber du wirst besser! Und wie steht's mit dem Erkennen von Lügen?«

»Ich habe geübt«, antwortete Jake. Das ganze letzte Wochenende hatte er sich mit Videos auf seinem Stormpad fit gemacht.

»Schauen wir mal«, sagte Jenny. Sie sah nach oben und nach rechts, bevor sie fortfuhr: »Ich war gestern Nachmittag auf einem Boot und habe einen Schmugglerring hochgehen lassen.«

Jake schüttelte den Kopf. »Du bist Linkshänderin und hast nach oben und nach rechts geguckt. Ich glaube, du lügst.«

Wieder blickte sie nach oben und nach links, dann fragte sie: »Habe ich einen Banküberfall in der Transamerica-Bank aufgeklärt?«

»Hast du das *wirklich* gemacht?« Jake lachte.

»Und, glaubst du?«, fragte Jenny mit ernster Miene.

»Ja.«

»Ausgezeichnet«, sagte sie. »Laut Lehrplan steht jetzt Gedächtnistraining an, *junger Jedi*. Wie sieht's aus damit?«

»Ziemlich gut«, meinte Jake und zuckte mit den Schultern. »Aber nicht spektakulär.«

Jenny beugte sich vor, stützte die Ellbogen auf den Tisch und verschränkte die Finger. Sie schloss einen Moment lang die Augen, bevor sie sprach.

»Merk dir folgende Liste: eine Pistole, ein Koffer voller Dollarscheine, sechs Patronen, ein VindiqoQo-Schokoriegel, ein altes

Telefon, eine Big-Fist-Hamburger-Verpackung, ein mumifizierter Finger, eine Frauenperücke und eine Sonnenbrille.«

Sie lehnte sich wieder zurück und verschränkte die Arme.

»Kannst du das wiederholen?« Sie zog die Augenbrauen hoch.

»Was?«, fragte Jake.

»Das sind Beweisstücke, die ich letzte Woche an einem Tatort gefunden habe«, erklärte sie und sah sich um. »Hey, Storm, mach ein Bild für Hale auf.«

Blaue Scanlinien flackerten hinter Jenny über die Wand und neun Hologramme erschienen. Sie drehten sich und zeigten die Pistole, den Koffer und die restlichen Beweisstücke. Jedes Hologramm war mit Namen und Kennnummer versehen und gab außerdem den Fundort an. Jake zuckte beim Anblick des mumifizierten Fingers zusammen, der sich vor ihm an der Wand drehte und aussah, als wäre er von Würmern angefressen worden.

»Das ist ekelhaft«, sagte er.

»Jep. Sei bloß froh, dass du ihn nicht anfassen musstest. *Das* war ekelhaft! Okay, Storm, schließ es wieder.« Die Bilder verschwanden. »Also, liste die Beweisstücke auf. Beeil dich, die Zeit läuft!«

Jake zögerte ein paar Sekunden lang, dann fing er an aufzuzählen, woran er sich erinnern konnte. »Der alte Finger«, begann er, »ein paar Patronen, eine Waffe, ähm … eine Sonnenbrille … ähm … eine Zeitschrift?«

»Okaaay«, sagte Jenny und beugte sich vor. »Dein Gedächtnis funktioniert gerade hundsmiserabel.«

Jake starrte sie an. »Hä?«

»Keine Sorge. Ich kenne einen Trick, der dir helfen wird, dich an *alles* zu erinnern.«

Jake musste grinsen.

»Im Ernst?«, entfuhr es ihm. *Sich an alles zu erinnern, könnte echt nützlich sein. Vor allem in der Sch…* Jake erschauderte. *Daran* wollte er jetzt lieber nicht denken. »Okay, ich höre.«

»Also, ich erspare dir die genaue Geschichte dieser Methode, aber im Grunde handelt sie von einem alten griechischen Typen namens Simonides, der nach einem großen und schicken Abendessen alle Gäste identifizieren musste, die ums Leben gekommen waren. Es hatte ein Erdbeben gegeben und der Palast war eingestürzt. Aus irgendeinem Grund war Simonides währenddessen im Freien und überlebte das Unglück als Einziger. Daher konnte nur noch *er* sich an alles erinnern für den antiken griechischen, äh, Polizeibericht.«

»Boah«, sagte Jake.

»Ja, wenn man genauer darüber nachdenkt, ist es eigentlich eine ganz schön krasse Geschichte, aber es waren sehr viele bedeutende Persönlichkeiten dort – Philosophen, Wissenschaftler, Mathematiker und so. Jedenfalls konnte er tatsächlich jede einzelne Person beim Namen nennen, doch es ist *die Art*, wie er sich an alle erinnerte, die berühmt wurde – man bezeichnet sie als *Gedächtnispalast*.«

»Also …«, fragte Jake, »wie wird mir ein Palast voller … toter Menschen helfen, mich an Dinge zu erinnern?«

»Du wirst dafür deinen eigenen Gedächtnispalast bauen. Ganz gleich, ob es sich dabei um eine Liste von Beweisstücken in genauer Reihenfolge, um ein Autokennzeichen oder um ein Schlüsselwort handelt, das deinen Fall lösen könnte. Du wirst dieses Werkzeug jeden Tag benutzen. So bestehe ich alle meine Prüfungen in der Schule.« Jenny zwinkerte. »Also, bist du bereit?«

Jake nickte, begierig, diesen Trick zu lernen.

»Okay, such dir als Erstes einen Ort aus, mit dem du sehr vertraut bist. Du wirst dir jeden Gegenstand in einem anderen Bereich vorstellen, während wir durch diesen Palast laufen. Also, wo möchtest du sein? Wo bist du? Mal es dir aus.«

Jake stellte sich vor, wie er von der Schule nach Hause kam.

»Ich stehe vor meiner Haustür«, sagte er.

»Super. Jetzt nimm das erste Beweisstück von der Liste und leg es dort hin.«

»Was war noch mal das erste Beweisstück?«

»Eine Waffe«, antwortete Jenny.

»Dann soll ich mir also die Waffe vor meiner Haustür vorstellen?«

»Ja«, erwiderte Jenny und verzog das Gesicht. »Also, mehr oder weniger. Mach es noch außergewöhnlicher. Du wirst dich sonst nicht an eine schlichte kleine Waffe vor deiner Eingangstür erinnern. Um sie dir richtig fest einzuprägen, musst du sie dir riesig und wie eine Karikatur vorstellen. Und verleih ihr eine Persönlichkeit, lass sie irgendetwas machen! Spiel damit!«

Jake schloss die Augen. Er verzog das Gesicht, während er versuchte sich eine Szene auszumalen und lächelte schließlich.

»Okay, Hale, was siehst du?«

»Die Waffe ist jetzt lebensgroß und klingelt an der Tür.«

»Das ist es«, sagte sie. »Tolles Bild! Konzentrier dich jetzt auf die Einzelheiten. Beschreib es noch genauer!«

»Na ja, die Waffe drückt wieder und wieder auf die Klingel und jedes Mal spannt sich der Abzug, schießt beinahe auf die Tür und springt nervös zurück.« Jake gab ein kleines Glucksen von sich.

»Ha«, lachte Jenny, »ausgezeichnet. Damit ist Beweisstück eins abgehakt – eine riesige, nervöse Pistole, die an deiner Haustür klingelt. Nehmen wir uns jetzt Beweisstück Nummer zwei vor. Wo bist du?«

»Ich bin im Eingang«, sagte Jake schnell, dem das Ganze Spaß machte.

»Gut. Stell dir dort den Koffer voller Dollarscheine vor, lass dir was richtig Abgefahrenes einfallen.«

Jake stellte sich den Koffer in seinem Hauseingang vor. Was sollte er sich ausdenken? Plötzlich wusste er es. Die Lederriemen waren bei der großen Menge Dollarscheine im Koffer zum Bersten gespannt. Da war so viel Geld drin, dass es aus den Spalten hervorlugte und zu entkommen versuchte. Der Koffer sah aus, als könnte er jeden Augenblick auseinanderfliegen.

»Hunderttausende Dollarscheine«, beschrieb Jake, »fliegen durch die Luft wie Herbstblätter!«

»Perfekt, Hale! Die Bilder sind klasse. Machen wir weiter! Wohin gehen wir jetzt?«

»Ins Fernsehzimmer.« Jake dachte an das Wohnzimmer seiner Familie, mit dem alten Kamin und dem Breitbildfernseher.

»Also – als Nächstes stehen die sechs Patronen auf der Liste. Erzähl mir, was sie treiben? Welches Möbelstück sieht man als Erstes, wenn man den Raum betritt?«

»Das Sofa.«

»Okay, auf geht's!«

»Hmm, sechs riesige Geschosse. Das ist irgendwie langweilig.«

Jenny blickte ihn ermunternd an.

»Sechs … Geschosse …«, sagte sie.

Und dann hatte er eine Idee.

»Ich hab's«, rief er. »Sie stecken alle in so einem Plastikding, das ein Sixpack zusammenhält.« Jake schloss die Augen und kicherte erneut. Er stellte sich vor, wie die großen Geschosshülsen auf seinem Sofa verzweifelt versuchten sich aus ihrem Joch zu befreien. Sie waren glühend heiß, weil sie gerade erst abgefeuert worden waren. »Sie versengen das Sofa!«, rief er aus.

»Haha, klasse. Du bringst mich zum Lachen, Hale. Jetzt geh wieder vor die Haustür und zähle die ersten drei Beweisstücke auf.«

Jake schloss die Augen. »Nervöse Waffe vor der Tür, Koffer voller Geld explodiert im Eingang und ein Sixpack Patronenhülsen versengt das Sofa.«

»Gut gemacht. Wenn man die Bilder wild oder irgendwie abgefahren gestaltet, kann man sie sich viel leichter merken.«

Sie ließ Jake weiter durchs Haus spazieren und an verschiedenen Orten haltmachen, damit er jeweils ein Beweisstück der Liste ablegen konnte.

Ein gigantischer alter, in den Schaukelstuhl von Jakes Großvater gezwängter VindiqoQo-Schokoriegel schmolz und verschmierte die Schokolade über den ganzen Boden. Das Telefon versuchte im alten Kamin einen Anruf zu tätigen, hatte aber keinen Empfang und schrie unentwegt frustriert herum. Die Big-Fist-Verpackung war mit dem Fernseher zusammengeprallt und hatte Zwiebeln, Senf und Ketchup verspritzt, während dahinter die Nachrichten liefen. Der mumifizierte Finger war lebendig und kroch an der Heizung entlang, die Frauenperücke verteilte Haare über den ganzen Teppich und die Sonnenbrille kletterte das Bücherregal hoch und warf Bücher herunter.

»Du hast den Dreh raus, Alter! Jetzt sag noch mal die ganze Beweisliste auf.«

Jake schloss die Augen und marschierte durch den Gedächtnispalast, während er jeden Gegenstand aus seinen verrückten Szenen perfekt und in der richtigen Reihenfolge abhakte. Er grinste und staunte, wie einfach es war.

»Also, ich bin beeindruckt. So wirst du dir alles merken«, sagte Jenny und erwiderte sein Lächeln. Sie warf einen Blick auf ihre Uhr. »Leider haben wir diese Woche keine Zeit mehr für etwas anderes.«

»Was? Aber das war gerade mal eine Viertelstunde«, rief Jake.

Jenny zeigte auf ihre Uhr. Es war eine ganze Stunde gewesen, die einfach sehr schnell vergangen war.

»Außerdem muss ich nach Peking. Eine Mission«, sagte sie.

»Okay … Kannst du mir Hausaufgaben aufgeben?«, fragte Jake. Das war die Art Hausaufgaben, die ihm gefiel!

»Oh, natürlich, das hätte ich fast vergessen. Lauf einmal am Tag durch deinen Gedächtnispalast. Frisch dein Gedächtnis immer wieder auf. Ich erwarte, dass du nächsten Freitag die Liste in genau dieser Reihenfolge runterspulen kannst.«

»Und was Praktisches?«, wollte Jake wissen. »Ich bekomme sonst auch praktische Aufgaben.«

Auf der normalen Schule hätte Jake niemals um zusätzliche Aufgaben gebeten. Aber das hier war keine normale Schule.

»Hm«, machte Jenny und tippte ein paar Sekunden lang die Fingerspitzen aneinander. »Testen wir deine Überwachungs- und Beobachtungsfähigkeiten. Du bist ja schon in die Theorie eingewiesen worden.«

»Jep«, antwortete er.

»Nächster Schritt: Folge einem Fremden fünf Minuten lang, ohne dass er es merkt.«

»Fünf Minuten ist zu einfach«, wandte Jake ein und gab einen enttäuschten Seufzer von sich. Das hatte er schon gemacht, noch bevor Stormglass ihn überhaupt rekrutiert hatte.

»Ach wirklich? Okaaaay … dann zehn Minuten«, forderte sie ihn heraus.

Jake lächelte. »Kann ich folgen, wem ich will?«

»Such dir niemand zu Einfachen aus und niemanden, den du kennst. Und bei dem leisesten Hauch von Gefahr gehst du auf Ausweichmodus.«

»Wegrennen?«

»Genau«, sagte sie. »Ich erwarte einen vollständigen Bericht, tausend Wörter, die genau beschreiben, welche Tarn-, Überwachungs- und Gegenüberwachungstechniken du angewendet hast und was genau passiert ist. Und denk dran: Der beste Trick, um unbemerkt zu bleiben, ist, selbstbewusst aufzutreten, als würdest du wissen, wohin du gehst und was du tust. Selbstbewusstsein stellt fünfzig Prozent des Handwerkszeugs eines guten Geheimagenten dar.«

»Selbstbewusstsein«, wiederholte Jake und unterdrückte ein aufgeregtes Lächeln.

»Und wie ist es diese Woche in der Schule so gelaufen?«, fragte Jenny.

Jake blickte gefasst und sah nach oben und nach rechts, damit es den Anschein hatte, als sagte er die Wahrheit.

»Super«, log er.

»Gut«, sagte Jenny und klatschte in die Hände. »Dann seh ich dich wie immer nächsten Freitag hier wieder.«

»Klar doch.«

Jake freute sich nicht so wie sonst, als er das Ausbildungszentrum über den kabinenähnlichen Aufzug verließ und in das wartende Auto stieg.

»Aktiviere Fahrzeug«, sagte er.

»Wohin möchtest du fahren, Hale?«

»Zurück nach Oakland.«

Das Auto setzte sich in Bewegung. Er griff tief in seine Tasche und ertastete den zerknüllten Brief von Mr Braganza an seine Eltern.

Jake log Jenny nur ungern an.

04

DOPPELTER ARREST

Jake wollte sich ins Haus schleichen, aber seine Eltern saßen schon am Esszimmertisch und warteten auf ihn. Sein Dad hatte ein völlig ausdrucksloses Gesicht, wie immer, wenn er den ganzen Tag damit verbracht hatte, Webseiten zu bauen. Seine Mom saß mit einem Glas Wein in der Hand da.

»Wurde aber auch Zeit, Jake«, sagte sie.

»'tschuldigung –« Seine Stimme überschlug sich und kiekste mehrere Oktaven höher. Er hustete und räusperte sich: »'tschuldigung«, wiederholte er, »der Verkehr war schrecklich.«

»Deshalb haben wir dir ein Fahrrad und kein Auto geschenkt«, erwiderte sie mit einem Lachen.

Jake lachte nicht. Stattdessen warf er seinen Rucksack wie einen schweren Kadaver in die Ecke und ließ sich seinen Eltern gegenüber auf einen Stuhl plumpsen. Er griff in seine Tasche, holte den zerknitterten Umschlag heraus und schob ihn, ohne hinzusehen, über den Tisch. Dann fing er an seine Fingernägel zu pulen und vermied jeglichen Blickkontakt.

»Was ist das?« Jakes Dad nahm den Umschlag und betrachtete ihn, als wäre die Adresse in einer Fremdsprache verfasst. Er riss ihn auf und nahm den getippten Brief heraus.

»›Sehr geehrte Mr und Mrs Goodis‹«, las er laut vor. »›Während Jakes Noten weiterhin zufriedenstellend sind‹ – ganz mein Junge! –, ›gibt uns sein Sozialverhalten allmählich Anlass zur Sorge.‹ Hm. Worum geht's da, Jake?«

Jake zuckte mit den Schultern, während seine Eltern sich ansahen. Seine Mom schüttelte den Kopf und griff nach dem Brief.

»›Kein Vorfall hatte bisher eine Strafe zur Folge‹«, las sie, »›aber wir sind über die steigende Zahl von Vorkommnissen beunruhigt, die heute in dem unerwarteten Versuch gipfelte, sich unbefugt Zutritt zu einem Raum zu verschaffen.‹ *Jake!*«

»Ich hab nicht …«, setzte Jake an, aber seine Mom hob eine Hand und trank einen Schluck von ihrem Wein.

»Ich werde wohl ein zweites Glas brauchen, um das durchzustehen.« Sie reichte den Brief wieder an Jakes Dad und marschierte in die Küche. Jake beobachtete, wie sein Vater den Rest des Briefs überflog.

»Du hast versucht ins Büro des Hausmeisters einzubrechen? Warum zum Teufel?«

»Jemand hat meine Hausaufgaben unter der Tür durchgeschoben«, erwiderte Jake. Hier war es das Beste, bei der Wahrheit zu bleiben.

»Nicht schon wieder dieser Halbstarke, oder?«, fragte Jakes Mom, die mit einem vollen Glas Wein zurück ins Zimmer kam.

»Frankie«, sagte er. »Ein Vollidiot.«

»Du musst einfach lernen, ihm aus dem Weg zu gehen.« Jakes Dad schob den Brief über den Tisch zurück zu Jakes Mom. »Die Sache ist ziemlich ernst. Jake hat Arrest bekommen.«

»Arrest?« Seine Mom zuckte zusammen und sah ihn mit enttäuschter Miene an.

»Jep«, bestätigte sein Dad mit einem schweren Seufzer.

»Dabei hattest du gerade erst diesen Ärger wegen der Schummelgeschichte«, fügte seine Mutter mit gesenkter Stimme hinzu.

»Ich habe nicht geschummelt.« Jake schüttelte den Kopf.

»Na ja, *egal*, zum Glück lassen sie dich diesmal noch so leicht davonkommen. Vor allem, nachdem du auch noch einen Lehrer der Lüge bezichtigt hast«, fuhr seine Mom fort. »Warum um alles in der Welt hast du das getan, selbst wenn es gestimmt hat?«

»Andererseits …«, wandte Jakes Dad ein, »es ist ja nicht so, als hätten *wir* nie Arrest bekommen.«

»Pst, sei still«, sagte seine Mom schnell.

»Na ja, dabei habe ich jemand ganz Besonderen kennengelernt«, fuhr Jakes Dad fort.

»Bitte kein Wort mehr.« Seine Mutter stand auf und ging wieder in die Küche. »Das Abendessen ist fast fertig. Könnt ihr zwei mir helfen?«

»Dort bin ich dieser Delinquentin über den Weg gelaufen.« Sein Dad beugte sich vor und senkte die Stimme zu einem Flüstern. »Einem Mädchen mit echten Problemen. Man hat sie dabei erwischt, wie sie … *Schatz*, wobei hat man dich noch mal erwischt?«

»Hör auf!«, schrie Jakes Mom aus der Küche.

Jake war erleichtert, dass seine Eltern offenbar nicht ganz so sauer waren, wie er befürchtet hatte.

»Na ja, ich hatte irgendwas völlig Harmloses getan, also wahrscheinlich so was wie in einem Geheimcode schreiben, *wie du.*« Er grinste, als würde er nicht die ganze Wahrheit sagen.

»Ich kann alles hören«, brüllte Jakes Mom.

»Aber dieses Mädchen, dieses süße Mädchen war auf dem Gang dabei erwischt worden, wie sie sich mit zwei Jungs prügelte.«

Jake schnappte nach Luft.

»Mom?«, flüsterte er und zog die Augenbrauen hoch. »Mom hat sich geprügelt?«

»Karate.« Sein Vater nickte.

»Hör nicht auf deinen Dad.« Seine Mutter kam herein und hielt in ihren ofenbehandschuhten Händen eine riesige Auflaufform voller Hähnchen-Enchiladas, die vor Käse nur so trieften. Sie setzte sie klirrend auf dem Tisch ab und zog zwei Servierlöffel aus ihrer Gesäßtasche.

»Vielen Dank für die Hilfe, Jungs«, sagte sie, nahm Platz und ließ den Blick über den Tisch schweifen. »Vor allem dafür, dass ihr den Tisch so nett gedeckt habt.«

Jake sah auf den Tisch hinunter, der von der dampfenden Auflaufform abgesehen völlig leer war. Er und sein Dad blickten gleichzeitig auf, stürmten in die Küche und beeilten sich mit Tellern, Gabeln, Messern und Servietten zurückzukommen.

»Nur weil ich einmal Arrest hatte«, sagte sein Dad, während er eine Enchilada auf einen Teller schaufelte und ihn Jakes Mom reichte, »und *sie* Arrest hatte … und das, na ja, *ähem*, mehr als einmal, heißt das noch lange nicht, dass es in Ordnung ist.«

»Nein.« Jakes Mom warf ihm einen bösen und doch überraschend liebevollen Blick zu. »Es ist alles andere als in Ordnung. Ich bin von dir enttäuscht, Jake. Das sind wir beide.«

»Ich auch«, stimmte Jake zu. Er sah weg und hatte ein schlechtes Gewissen, weil er seine Eltern enttäuscht hatte. Auch wenn sie ihm jetzt mehr Aufmerksamkeit schenkten als sonst, war der Grund dafür nicht der beste.

»Also«, sagte Jakes Dad und sah zur Bestätigung seine Frau an. »Ich glaube, am besten bleibst du dieses Wochenende zu

Hause und benutzt auch den Computer nicht, außer für Hausaufgaben.«

»Ein Wochenende klingt absolut fair«, stimmte seine Mom zu.

»Moment mal, habe ich jetzt etwa auch noch Hausarrest? Aber ich hatte keinen Hausarrest mehr, seit … seit ich zwölf war!«

Seine Mom zog eine Augenbraue hoch. »Und ich könnte schwören, dass seitdem das Telefon nicht mehr richtig funktioniert. Warum um alles in der Welt musstest du die Verkabelung auseinandernehmen?«

»Ich wollte sehen, wie es funktioniert«, grummelte Jake.

»Na, das ist jetzt auch egal. Du hattest seit Jahren keinen Hausarrest mehr, aber du musstest auch noch nie nachsitzen«, gab seine Mom zurück.

»Aber ich hatte dieses Wochenende total viel vor!«

»Daran hättest du denken sollen, bevor man dich erwischt hat …« Sein Dad nahm noch einmal den Brief. »Bevor man dich dabei erwischt hat, wie du dir unbefugt Zutritt zum Büro des Hausmeisters verschaffen wolltest.«

»Es ist das erste Mal, dass du nachsitzen musst«, sagte seine Mom. »Sieh zu, dass es nicht wieder vorkommt.«

»Außerdem haben wir jetzt wichtigere Dinge zu besprechen, zum Beispiel, wie fantastisch diese Enchiladas schmecken werden.« Sein Dad steckte seine Gabel in den geschmolzenen Käse.

Jake nahm eine Gabel voll, doch plötzlich erschien das Abendessen nicht mehr ganz so lecker. Er aß trotzdem einen Bissen und war froh darum – denn es fühlte sich wie eine nette, herzliche Umarmung von innen an.

Nachsitzen UND Hausarrest. Jake machte langsam seine Zimmertür zu, lehnte sich dagegen und drückte die Stirn gegen das kühle Holz. Wenn er seinen Eltern doch bloß von Stormglass erzählen könnte! Dann würden sie es verstehen. Doch er wusste genau, was passieren würde.

»Mom, Dad«, übte er, indem er mit der Tür redete, »ich bin ein Junior-Undercoveragent.«

Sie würden ihn auslachen und glauben, dass er alles erfand. *Ah, aber ich werde ihnen mein Stormpad zeigen,* dachte er und blickte zu seinem begehbaren Schrank hinüber. Darin war sein Stormglass-Tablet, ein virtuelles forensisches Labor in Taschenbuchgröße, unter einem losen Dielenbrett versteckt. *Dann werden sie mir glauben.* Vermutlich würden sie es sofort beschlagnahmen, Jenny oder gar Colonel Cyrus Rex anrufen und Jake aus der geheimen Schule nehmen.

Jake schleppte sich zu seinem Schreibtisch. Er könnte mit Jenny sprechen, aber er wollte nicht, dass sie von seinem Ärger in der Schule erfuhr. Sie würde sonst bestimmt die Zahl seiner Kurse reduzieren oder sie gar komplett streichen.

Er musste irgendwie ein Gleichgewicht zwischen seinen beiden Leben finden. Damit er ein anständiger Schüler UND ein erstklassiger Spion sein konnte. Im Moment war er lediglich dabei eins von beiden zu werden.

Oder keins von beiden, dachte er traurig.

Jetzt, da er Hausarrest hatte, konnte er nicht einmal Spion sein. Er konnte seine praktische Hausaufgabe nicht machen – einem Fremden folgen –, und wenn er Pech hatte, würde er nächsten Freitag vielleicht nicht einmal zum Training in die Außenstelle gehen können. Sein Magen zog sich erneut zu einem festen

Knoten zusammen und er konnte ihn nur mit mehreren tiefen Atemzügen lösen.

Zehn Minuten später lag Jake auf seinem Bett und schlenderte durch seinen Gedächtnispalast.

Zwanzig Minuten später hatte er sein Stormpad herausgeholt und stellte eine sichere Verbindung zu seiner besten Freundin Lizzie her.

»Hey, Amigo«, begrüßte sie ihn und strich sich das braune Haar aus dem Gesicht, so dass man ihre strahlend blauen Augen sehen konnte.

»Hey«, sagte Jake müde. »Rate mal, was passiert ist.«

»Okay, lass mich nachdenken.« Sie musterte ihn eindringlich. »Du hast Mathe bestanden.«

»Jep.«

»Du hast deinen Soziaufsatz fertig«, riet sie weiter.

»Mhmmmmm.«

»Und … es ist was richtig Schlimmes passiert.«

Jake nickte, lehnte sich auf seinem Bett zurück und hielt das Stormpad über sich in die Luft.

»Drei von drei. Kannst du jetzt meine Gedanken lesen?«

»Hab ich's dir nicht gesagt?«, erwiderte sie mit einem Lachen. »Das kommt gleich nach dem Flugtraining. Zuerst Gedankenlesen, dann Gedankenkontrolle und schließlich Telekinese und … was war noch mal das andere … o ja … Pyrokinese.«

»*Pyro*-kinese?«

»Feuer mit seinen Gedanken erzeugen.« Lizzie machte mit einem Zeigefinder riesige, wilde Spiralen. »Also … was ist Schlimmes passiert?«

»Ach.« Jake stützte das Stormpad auf seinen Bauch und erzählte ihr von den Ereignissen des Tages, angefangen mit seinem Streit mit Frankie bis hin zur Sache mit dem Hausarrest.

»Hast du Jenny davon erzählt?«, fragte Lizzie.

Jake schüttelte den Kopf. »Ich möchte nicht, dass sie meine Kurse streicht. Nicht, wenn ich gerade erst richtig in Fahrt komme.«

»Ja, *ich* würde ihr wahrscheinlich auch nichts erzählen.«

»Ich hatte noch nie Hausarrest«, sagte Jake.

»Echt?«

»Na ja, schon seit langem nicht mehr.«

»O Mann. Was wirst du dann das ganze Wochenende machen?«

»Keine Ahnung.« Jake sah sich in seinem Zimmer um. Er hatte die Schuhschachtel voller Spielkarten in der Ecke seit dem Sommer nicht mehr geöffnet, sie war total eingestaubt. Er könnte einen Blick reinwerfen und ein paar seiner alten Tricks üben. Dann sah er den Stapel Schulbücher auf seinem Schreibtisch. »Vielleicht mache ich Hausaufgaben. Was treibst du so?«

»Ich bin gerade auf einer Mission ganz in deiner Nähe, in einer Stadt namens Modesto.« Lizzie war Senior-Agentin, was bedeutete, dass es ihr erlaubt war, an Missionen außerhalb der Schule teilzunehmen. »Glaubst du, du könntest aus deinem Gefängnis ausbrechen und zu mir kommen, um mir zu helfen?«

Jake blickte zur Tür und schüttelte den Kopf.

»Eher nicht«, sagte er und fragte sich, was seine Eltern tun würden, wenn er sich einfach aus dem Staub machen würde. Sie würden ihn überall im Viertel suchen und zur Polizei gehen, was alles nur noch viel, viel schlimmer machen würde. Eine schreckliche Vorstellung. »Erzähl mir von der Mission.«

Als Lizzie loslegte, lächelte Jake träge.

»Die Sache ist total merkwürdig«, sagte sie. »Eine Handvoll Wissenschaftler und Ingenieure aus der ganzen Welt sind verschwunden. Wir glauben, dass sie an irgendeinem streng geheimen Vindiqo-Projekt arbeiten.«

Jake pfiff. Vindiqo war das Unternehmen, das Jakes Lieblingsschokoriegel und Lieblingsgetränke herstellte, nur versklavten sie ihre Arbeiter, um Handys herzustellen, und zwangen Kinder, für ein paar Cent am Tag Zigaretten zu rollen. Manchmal taten sie sogar noch schlimmere Dinge, wie Terroranschläge finanzieren.

»Was hecken sie *jetzt* schon wieder aus?«

»Wir wissen es nicht, aber ich bin in verschiedene Vindiqo-Standorte geschlichen und habe so getan, als hätte ich mich verirrt. Du weißt schon, so auf die Tour: ›Mein Daddy arbeitet hier, aber ich hab mich verlaufen.‹«

Jake lachte, als er sich daran erinnerte, dass sie diesen Trick schon einmal in Russland angewandt hatte. Allerdings war es nicht ganz reibungslos verlaufen.

»Und was hast du herausgefunden?«

»Na ja, *zwei* der Wissenschaftler sind auf irgendwelche Inseln im Indischen Ozean geflogen, nicht weit von den Malediven. Hier, schau dir das mal an.«

Jakes Stormpad schaltete auf eine Luftaufnahme von mehreren Inseln mit idyllischen Stränden, üppigem Dschungel und vier hohen Vulkanen. Das Bild drehte sich. Jake entdeckte sogar ein Riesenrad.

»Moment mal, Lizzie, bist du sicher, dass da irgendwas nicht stimmt? Da ist ein Riesenrad.«

»Ich weiß! Da fängt es ja an merkwürdig zu werden. Die Inselgruppe heißt *Inseln des Verlorenen Paradieses*. Es handelt sich dabei um Vindiqos Ferienort, er wird nächstes Jahr eröffnet. Zwölf Inseln, auf denen man – anscheinend – ausschließlich Spaß hat.«

»Vielleicht machen sie dort wirklich nur Urlaub. Moment …« Jake zählte schnell. »Das sind keine zwölf Inseln, es sind *dreizehn*.«

»Ich weiß«, sagte Lizzie und erschien wieder auf seinem Bildschirm. Sie sah ihm mit einem teuflischen Blick in die Augen. »›Zwölf pure Vergnügungsinseln‹ behaupten sie. Das ist einer ihrer Werbeslogans. Was passiert dann also auf Insel dreizehn?«

»Könnt ihr das nicht mit Drohnen herausfinden?«

»Dafür müssten wir richtig nahe an die Inseln heran, aber da es in der näheren Umgebung kein Festland gibt, würden wir das Risiko eingehen, entdeckt zu werden. Im Moment stellen wir nur erste Ermittlungen an. Wenn sie nächstes Jahr die zwölf Inseln für den Tourismus öffnen, werde ich einen *Familien*urlaub dort machen.« Sie setzte das Wort »Familie« in Anführungsstriche. »Dann erkunden wir die Inseln mit Drohnen und Mini-U-Booten. Aber rate mal, was ich *dieses* Wochenende mache?«

»Ähm.« Jake musterte ihr Gesicht und versuchte zu raten. Sie war so gut darin auszutüfteln, was *er* dachte, aber sie trainierte ja auch schon seit Jahren mit Stormglass. Er betrachtete ihre blauen Augen, ihre scharfen Wangenknochen und ihre lange Nase, doch sie verrieten ihm nichts. Null. »Ich weiß nicht. Sag's mir.«

Sie hielt eine Eintrittskarte hoch.

»Tof Flintoff.« Ihre Lippen verzogen sich zu einem breiten Lächeln. »Eine Eintrittskarte, Sonntagabend.«

»Hast *du* ein Glück«, sagte er, konnte sich aber einen mürrischen Blick nicht verkneifen. Er würde nicht einmal das Haus verlassen können – und sie ging auf ein Konzert. Jake fragte sich, was ihr anderer Teamkollege so trieb … er hatte seit Monaten nicht mehr mit ihm geredet. »Hast du von Filby gehört?«

»Natürlich nicht«, erwiderte sie und hielt inne. »Warum? *D-du … etwa?*« Sie kaute auf ihrer Unterlippe und wölbte nervös die Augenbrauen, bis Jake den Kopf schüttelte.

»Nein. Nicht seit jener Nacht.«

»Hey, ich muss los«, sagte Lizzie. Auf einmal sah sie ein wenig grün aus. »Lass uns später weiterreden?«

»Klar doch.« Jake seufzte, als sein Stormpad-Bildschirm schwarz wurde.

Er warf sich auf das Bett und schlug auf ein Kissen ein. *Ich hätte Filby nicht erwähnen sollen*, dachte er und fühlte sich plötzlich total erschöpft.

Er drehte sich auf den Rücken und betrachtete die Decke. Letzten Sommer war Filby ihr Teamkollege gewesen, ihr Vertrauter und ihr Freund. Mit seinem scheinbar grenzenlosen Wissen hatte er ihnen unzählige Male das Leben gerettet. Dann hatte sich herausgestellt, dass alles an Filby eine einzige Lüge war.

Na ja, bis ganz am Ende, als es wirklich um alles ging. In dem Moment hatte Filby ihnen reinen Wein eingeschenkt.

Aber Filby hatte kein einfaches Leben gehabt, erinnerte sich Jake. Seine Eltern waren von Vindiqo ermordet worden und ihn hatten sie mit Lügengeschichten dazu gebracht für sie zu arbeiten und ein Stormglass-Doppelagent zu werden.

Jake stöhnte. Er wünschte, das Leben wäre einfacher. Filbys und sein eigenes. Er blickte aus dem Fenster auf die letzten schwachen Sonnenstrahlen, die hinter einer Häuserreihe auf der anderen Seite der Straße verschwanden. Es würde ein langes Wochenende werden.

05

VERSTEIGERUNG

Jake brachte die nächsten beiden Tage damit herum, Hausaufgaben zu machen, Matheaufgaben zu lösen und einen Aufsatz über das Paarungsverhalten von Schnecken zu schreiben – was sich als viel merkwürdiger herausstellte, als er gedacht hatte.

Außerdem telefonierte er mit seinen Großeltern in New York. Als sie wissen wollten, warum er nachsitzen musste, fühlte Jake sich gleich noch viel schlechter.

Aber vor allem dachte er an diesen beiden Tagen über Stormglass nach. Er übte ein paar der Kampfsporttricks, die Jenny ihm beigebracht hatte, doch ohne Partner machte es keinen Spaß.

Er rannte durch seinen Gedächtnispalast und versuchte neue zu bauen, indem er verschiedene Räume benutzte, um sich verschiedene Listen zu merken. Weil er den Palast interessant genug gestaltete, konnte er sich schon bald problemlos an dreißig Gegenstände in der richtigen Reihenfolge erinnern.

Und er machte Tarnübungen im Keller – in seinem Hoodie mit hochgezogener Kapuze, was ihm das Gefühl gab, ein Ninja zu sein –, während er sein neues Nachtsichtgerät ausprobierte, das wie eine echte Brille aussah, nur eine breitere Fassung hatte. Selbst in der Dunkelheit konnte Jake damit perfekt sehen. Er war lautlos an der Waschmaschine und dem Trockner vorbeigeschlichen und hatte sich dem Wasserboiler genähert, als wäre er ein Zielobjekt. In der Finsternis streckte er die Hand aus wie ein Attentäter kurz vor dem Angriff und schrie dann vor Schmerz auf, als er aus der Ferne das Klicken eines Lichtschalters hörte und vor seinen Augen plötzlich grell-grüne Fackeln aufloderten.

Jake riss die Brille herunter und steckte sie in die Tasche seines Hoodies. Sie bei Licht zu benutzen war, als würde man direkt in die Sonne blicken.

»Was machst du hier unten in der Dunkelheit?«, fragte seine Mom, die die Kellertreppe mit einem Korb dreckiger Wäsche herunterkam.

»Ich k-konnte den Lichtschalter nicht finden«, sagte Jake und massierte seine schmerzenden Augenlider.

Sie gab einen missbilligenden Laut von sich, als sie sich an ihm vorbeizwängte. »Komm, hilf mir.«

Jake zog seinen Hoodie aus, hängte ihn an einen Haken und half ihr.

Am Montagmorgen wachte er früh auf, in seinem Kopf überschlugen sich die Gedanken. Er schloss die Augen und stellte sich die Haustür seines Palastes vor. Dann flüsterte er sich seinen Weg durch Jennys Liste von Beweisstücken, von der Pistole bis zur Sonnenbrille.

Jenny wird beeindruckt sein, dachte er, sprang aus dem Bett und zog ein T-Shirt und eine Jeans an. Wenn er einem Fremden folgte, der in dieselbe Richtung unterwegs war wie er, würde er es problemlos pünktlich um neun zur Schule schaffen. Er hatte jede Menge Zeit.

Außerdem würde sich niemand über einen Jungen wundern,

der einfach nur zur Schule lief. Aber irgendetwas ließ ihm keine Ruhe. Er schaltete das Radio aus. Was war es bloß? Vermutlich nichts Wichtiges.

Jake putzte sich schnell die Zähne, überprüfte die Zeit – *sieben Uhr fünfundvierzig* – und zog sich noch einmal um, als ihm aufging, dass ein knallrotes T-Shirt nicht die schlauste Wahl war, um jemandem unauffällig zu folgen. Er tauschte es gegen ein langweiliges graues.

»Schon besser«, sagte er und schnappte sich seine Mütze der San Francisco 49ers.

Er hielt inne. Wenn er zu spät zur Schule kam, würde er hundertprozentig Ärger bekommen.

Er fand seinen Hoodie da, wo er ihn im Keller hatte hängen lassen, und zog ihn über.

»Bis später, Mom, Dad«, rief er und nahm sich auf dem Weg zur Tür eine Banane vom Küchentisch.

»Du hast Mom verpasst«, gab sein Dad zurück, der von seinem Laptop aufsah. Er blinzelte ein paarmal und wischte sich die Augen, aber sie waren immer noch glasig. »H-hast du deine Hausaufgaben gemacht?«

»Jep.« Jake erkannte den zerstreuten Gesichtsausdruck, den sein Vater immer hatte, wenn er arbeitete.

»Und du kommst auch nicht zu spät zur Schule?«

Jake schaute zur Uhr an der Wand. »Ich habe massig Zeit. Der Unterricht fängt nicht vor neun an, ich hab also noch fünfundfünfzig Minuten.«

»Gut – ich will nur sichergehen, dass du zum ersten und letzten Mal nachsitzen musst.«

»Ja. Ich auch. Bis später, Dad.«

Jakes Dad wandte sich wieder seinem Computer zu und fing an drauflloszutippen.

Jake schloss die Tür hinter sich, eilte den Block entlang, während er die Banane aß – es sah aus, als könnte es jeden Moment regnen –, und sprintete anschließend zur Martin Luther King Avenue, einer der größeren Straßen der Stadt. Es war nicht der beste Weg zur Schule, doch hier war es viel einfacher ein Zielobjekt zu finden. Jake hielt die Augen offen und ließ den Blick durch die Gegend schweifen.

Eine Frau, die einen Buggy schob und ein weinendes kleines Mädchen hinter sich herzog, wäre ein einfaches Ziel gewesen – sie war sehr abgelenkt –, aber das wäre *zu* einfach gewesen. Der obdachlose Mann, der Passanten um Kleingeld bat, sah nicht so aus, als würde er in absehbarer Zeit irgendwohin gehen. Dann bemerkte Jake an einer Ecke einen Mann in einem blauen Pulli. So wie er sich mit der Hand durchs Haar fuhr, das jetzt durch die Reibungselektrizität zu Berge stand, wirkte er verdächtig.

Jake spürte wieder dieses nagende Gefühl im Nacken und kniff die Augen fest zusammen. Er konnte sich inzwischen problemlos willkürliche Listen mit dreißig Gegenständen merken, doch er wusste, dass er *irgendetwas* vergessen hatte. *Etwas, das mit dem Unterricht zu tun hat*, ging es Jake durch den Kopf, während er alle Fächer Revue passieren ließ, die er heute haben würde. Er beobachtete, wie ein glänzender Tesla vorbeifuhr, auf dessen Windschutzscheibe Regentropfen spritzten.

Jake blieb abrupt stehen.

O nein … Heute war ja gar kein Unterricht. Heute war der Ausflug! Er musste in der Schule sein um …

Jake warf nur einen flüchtigen Blick auf seine Uhr, bevor er losrannte und die sechs langen Blocks zur Schule hinunterstürmte. Eine Frau schrie auf, als er mit ihr zusammenprallte, und er spürte, wie ein Mann ihn zu packen versuchte, vermutlich weil er Jake für einen Dieb hielt. Jakes Herz schlug wie wild, als er den Gehsteig entlangsprintete. Wenn er den Bus verpasste, würde er erneut in Schwierigkeiten stecken und müsste wahrscheinlich einen ganzen Monat lang nachsitzen.

Er durfte nicht zu spät kommen.

Als er um die letzte Ecke vor dem Schulgebäude kam, sah er den Bus und beschleunigte noch einmal. Er erreichte ihn, gerade als sich die Türen schlossen, und brüllte, damit sie auf ihn warteten. Zu seiner Erleichterung öffnete der Fahrer die Türen und Jake stieg keuchend im selben Moment ein, als es anfing zu schütten.

Mr Wakefield saß auf dem Vordersitz. Er verschränkte die Arme und warf Jake einen strengen Blick zu.

»Du bis *so* nah dran.« Er hob zwei Finger und hielt sie aneinander. »Das ist die letzte Warnung, Jake Goodis, die allerletzte.«

Jake lächelte Mr Wakefield schwach an. »Entschuldigung.«

Er zwängte sich den Gang hinunter, beachtete Frankies fieses Grinsen nicht, klopfte Pete auf die Schulter und quetschte sich auf den leeren Sitz neben Aaron.

»Ich hätte nicht gedacht, dass du es noch schaffst«, sagte der und zog seinen Rucksack zur Seite.

»Wie war das Klettern?«, keuchte Jake.

»Der Hammer. Du solltest dir so was nicht entgehen lassen. Aber ich weiß jetzt, was dein Problem ist. Du hast Höhenangst, oder?«

Jake lächelte matt. Das Einzige, wovor er Angst hatte, war,

noch mehr Ärger zu bekommen. Ganz gleich, was passierte, er musste sich auf der Auktion von seiner besten Seite zeigen.

»Ich habe keine Höhenangst«, erwiderte er.

Pete lugte durch den Spalt zwischen den Sitzen vor ihnen. »Also, die große Versteigerung … habt ihr vor mitzubieten?« Sogar durch den Spalt konnte Jake sein schelmisches Grinsen sehen.

»Auf jeden Fall«, sagte Aaron, »was bringt es sonst, dort zu sein?«

Jake griff in seine Tasche und holte drei Münzen hervor. »Ich bin dabei, solange sie … mit fünfundsiebzig Cent zufrieden sind.«

»Hey … Die Versteigerung fängt bei fünfzehn*tausend* Dollar an«, teilte ihnen Pete mit einem ulkigen Japser mit, während er ihnen die Auktionswebsite auf seinem Handy zeigte.

»Boah«, platzte Jake heraus. Geistesabwesend ließ er eine Münze vor und zurück über seine Knöchel wandern und dann über alle fünf Finger rollen.

Der Regen peitschte gegen die Busfenster. Jake zog den Reißverschluss seines Hoodies zu und betrachtete Mr Wakefields Hinterkopf. Während der Bus durch die verregnete Innenstadt von Oakland fuhr, hörte er Aaron und Pete nur mit halbem Ohr zu, als sie ihm erzählten, was er alles auf der Party verpasst hatte. Er musste einen Weg finden, die Sache mit seinem Lehrer wieder in Ordnung zu bringen.

Als der Bus anhielt, wischte Jake das angelaufene Fenster frei und entdeckte draußen ein schwarzes Gebäude. Auf einem Schild stand: *Auktionshaus Moneybee, seit 1883.* So alt sah es gar nicht aus. Vielmehr wirkte es wie eine Hochsicherheitsbank, kalt und düster, mit verdunkelten Fenstern und zwei riesigen Männern in Regenmänteln, die mit dunklen Sonnenbrillen an der Tür standen.

Mr Wakefield pfiff leise, als er die lange Menschenschlange vor dem Block sah.

»Okay, also, hier ist ein wenig mehr los, als ich erwartet hatte. Setzt euch alle wieder hin. Wartet, während ich schaue, ob ich …«

Er trat in den Regen hinaus, rannte die kurze Betontreppe hinauf, vorbei an Leuten mit Regenschirmen, und sprach mit den beiden Türstehern. Einer von ihnen holte ein Handy hervor und nach ein paar Minuten rannte Mr Wakefield zum Bus zurück und schüttelte sich.

»*Wow*, da draußen ist es kalt. Okay, lasst alles im Bus. Eure Rucksäcke, eure Regenschirme, eure Handys, alles. Miss Wong, Ihr Telefon – lassen Sie es hier. Es ist hier beim Busfahrer sicher. Er wird alles im Auge behalten. Die Sicherheitsmaßnahmen sind hier sehr streng und sie erlauben im Auktionshaus keinerlei Aufnahmegeräte, Taschen oder sonst irgendwas. Ihr könnt eure Sachen also entweder hierlassen oder man wird sie euch an der Tür abnehmen. Und jetzt ab, im Gänsemarsch aus dem Bus, direkt die Treppe hoch und durch die Tür! Wir müssen uns nicht anstellen – einfach schnell, direkt und sicher rein.«

Mr Wakefield zählte alle Schüler, als sie an ihm vorbeimarschierten und durch den strömenden Regen ins Auktionshaus rannten. Als Jake vorbeiging, packte ihn der Lehrer.

»Mach heute keinen Ärger«, sagte er mit scharfem Blick, während er Jakes Arm fest umklammerte. »Ich werde dich im Auge behalten.« Jake sah seinen Lehrer an und räusperte sich.

»W-werd ich nicht.« Er eilte zur Bustür und stürzte sich in den Regen.

Als er die Treppe hinaufeilte, warf er den Wachen einen verstohlenen Blick zu. Beide trugen Waffen in Schulterhalftern. Ebenso der Wachmann, der den Metalldetektor beobachtete. *Die Sicherheitsvorkehrungen hier sind ganz schön streng*, dachte er, während ihm klar wurde, dass die Antiquitäten, die hier versteigert wurden, wahrscheinlich viel mehr wert waren, als er ahnen konnte.

Jake überprüfte seine Jeanstaschen, während er wartete, dass Isobel und Arev durchgingen, legte dann seine Schlüssel, eine Büroklammer und drei Vierteldollarmünzen in eine kleine Schüssel und stellte sich unter den hohen Rahmen des Metalldetektors.

Ein schriller Alarm schallte durch den Eingang.

»Herrgott noch mal«, schimpfte Mr Wakefield hinter ihm. »Beeil dich! Wir werden hier draußen nass.«

»Aber ich hab nichts«, erwiderte Jake, der seine leeren Jeanstaschen umstülpte.

»Was ist mit deinen Hoodietaschen?«, fragte der Wachmann.

Jake griff hinein und schluckte. Er nahm langsam die Hand mit der Nachtsichtbrille heraus.

»Du bist so was von erledigt«, sagte Frankie und grinste Jake fies an.

Er hatte die Nachtsichtbrille vergessen.

»Leg sie einfach hin und versuch's noch mal«, meinte Mr Wakefield. »Beeil dich.«

Jake legte die Brille in die kleine Wanne und ging noch einmal durch den Metalldetektor. Diesmal gab das Gerät keinen Ton von sich und er schnappte sich die Brille und steckte sie tief in die Tasche, während er sich selbst verfluchte.

Aaron ging nach Jake hindurch und der Detektor schlug wieder Alarm.

»'tschuldigung«, sagte Aaron und händigte sein Telefon mit einem schelmischen Grinsen aus, »hab ich vergessen.«

»Im Gebäude sind keine Aufnahmegeräte erlaubt. Du kannst es auf dem Rückweg wieder abholen.« Der Wachmann warf das Handy in eine Schachtel und reichte ihm einen Zettel mit einer Nummer darauf.

Sobald alle drin waren, führte Mr Wakefield sie durch einen Gang voller Männer und Frauen in regendurchnässten Zweiteilern, an gerahmten Fotografien von berühmten Kunstwerken vorbei – Jake erkannte ein Gemälde mit geschmolzenen Uhren, die mit Ameisen bedeckt waren, und ein spritzlackiertes Gemälde, das wohl ein Banksy war – und in die lange Auktionshalle mit den grauen Wänden. Hunderte von Holzstühlen standen bereit, sie waren schon zur Hälfte besetzt.

Frankie versuchte auf einen leeren Platz zu schlüpfen, aber Mr Wakefield packte ihn an der Schulter.

»Diese Plätze kosten jeweils fünfzig Dollar. Die gute Nachricht ist, dass wir uns kostenlos an die Wand lehnen dürfen.«

Als Mr Wakefield die Klasse in einer langen Reihe an der Wand entlangschob, blickte Jake über das Meer der Fünfzig-Dollar-Plätze und erinnerte sich an das einzige Mal, als sein Dad die ganze Familie mit in die Oper genommen hatte. Die Karten hatten *fast* fünfzig Dollar gekostet, doch eine Sängerin hatte aus Versehen ein Weinglas mit der Resonanz ihrer Stimme zerspringen lassen – was es die ganze Sache wert gemacht hatte. Eigentlich, so erinnerte sich Jake, war das der Teil der Vorstellung gewesen, der ihm am besten gefallen hatte.

Hier lag auf jedem Stuhl ein schwarzes Schild, das wie ein Pingpong-Schläger aussah, nur mit einer Nummer darauf. Als mehr und mehr Leute in den Raum strömten und sich auf ihre Plätze setzten, nahmen sie die Schilder und legten sie auf ihren Schoß oder auf den Boden. Es wurde langsam richtig voll.

»Uff«, rutschte es Jake heraus, als ihn ein großer Mann mit dem Ellbogen beiseiteschubste. Jake drückte sich nach rechts und blieb an Aaron und Isobel dran, um in der Nähe seiner Klasse zu bleiben. Er wollte sichergehen, dass Mr Wakefield ihn jederzeit sehen konnte. Die Leute hier trugen größtenteils Anzug und Krawatte – und ähnelten somit Jakes Onkel Mike, einem Investmentbanker. Ein paar trugen Jeans mit geknöpften Hemden. Ein junger Typ, zerzaust und unrasiert, hatte ein zerrissenes T-Shirt an. Jake war überrascht, dass er es sich leisten konnte, auf den kostenpflichtigen Plätzen zu sitzen. Er ließ den Blick über die Gesichter schweifen und fragte sich, wer alle diese Leute waren und ob sie wegen der Tesla-Auktion hier waren oder einer anderen Versteigerung.

»Hey«, sagte eine Frau, »seht ihr, was ich sehe?«

Sie zeigte auf den Eingang.

»Wo?«, fragte ein Mann und drehte sich um, während jedes Gesicht in Jakes Klasse – sein eigenes eingeschlossen – in dieselbe Richtung herumwirbelte. Inmitten der Menge war eine kleine Schneise entstanden und offenbarte einen blonden Teenager.

Tof Flintoff.

Jake schubste Aaron vor Überraschung, als Tof sich in dem Raum umsah. Plötzlich war es ganz still geworden. Der Popstar warf allen ein flüchtiges, lässiges Lächeln zu und ging zu den vielen aufgereihten Stühlen vor. Sogar Mr Wakefield hatte mitten im Satz aufgehört zu reden und staunte.

Jake hüpfte auf und ab. Tof war möglicherweise die berühmteste Person, die er je gesehen hatte. Er trug teuer aussehende Jeans und sein Markenzeichen, einen Hoodie. Und er bewegte sich mit dem coolen Selbstbewusstsein von jemandem, der seit Jahren im Rampenlicht steht. Ihm folgte ein kahlköpfiger Riese mit Spitzbart, der einen schwarzen Anzug und eine Sonnenbrille trug, offensichtlich ein Leibwächter. Er schob mit finsterer Miene Leute beiseite, um sich einen Weg durch die Menge zu bahnen.

Tof fuhr sich mit den Fingern durch sein schulterlanges blondes Haar und ließ sich dann vorne auf einen Platz fallen. Der Leibwächter blieb in der Nähe stehen und behielt die Menschenmenge im Blick.

Jake griff nach seinem Handy, um seinen Eltern eine Nachricht zu schicken, fluchte aber, als er die leere Tasche spürte – er hatte es im Bus gelassen. *Sie werden's mir nicht glauben*, dachte er.

Auf der anderen Seite des Raums langte Tof ebenfalls in seine Tasche, holte eine Sonnenbrille heraus, setzte sie auf und zog seine Kapuze hoch. Das Gemurmel der Menge setzte wieder ein.

Jetzt musste sich Jake auf Zehenspitzen stellen, um über die große Menge Menschen hinwegsehen zu können, die um ihn herumstand. Er beobachtete, wie ein kleiner, ausgezehrter Mann in schwarzem Anzug die Bühne betrat. Wieder wurde es still. Der Mann hustete ein Mal leise, dann noch einmal und wandte sich schließlich in einem sehr britischen Akzent an die Anwesenden.

»Setzen Sie sich bitte. Ruhe bitte. Das Auktionshaus Moneybee freut sich, heute als Erstes einen antiken Überseekoffer zur Versteigerung anzubieten, der vermutlich dem Erfinder Nikola Tesla gehörte.«

Er drückte einen Knopf am Pult und trat zur Seite, als zwei Männer eine mit Samt bedeckte Bahre in den Saal rollten. Ein leises *Aaah* erhob sich aus der Menge. Auf der Rollbahre befand sich ein alter Kasten, fünfmal so groß wie ein normaler Koffer, das Leder ramponiert wie ein abgelaufener Schuh. Obwohl er so aussah, als hätte man ihn schon vor Jahren wegwerfen sollen, wurde er wie ein Schatz ausgestellt. Der untere Teil des Koffers war dunkel, als wäre er voller Flecken, und das Leder der Riemen wirkte sogar im grellen Licht der Scheinwerfer stumpf. An einer Ecke hingen zwei Zentimeter eines schmutzigen Lappens oder eines alten Hemdschoßes heraus.

»Der Koffer wiegt hundertsiebenundachtzig Kilo und wird ungeöffnet verkauft. Er ist in recht schlechtem Zustand und sein Inhalt ist praktisch gänzlich unbekannt. Auf der unteren Hälfte des Schrankkoffers werden Sie Verschleißspuren bemerken, möglicherweise von einem Wasserschaden. Bitte beachten Sie, dass es sich beim Inhalt lediglich um Tand und Plunder, alte Kleidung und wertlose Dinge handeln könnte.« Ein winziges Lächeln erschien auf dem Gesicht des Engländers. »Andererseits könnte der Koffer auch viel bedeutendere Dinge beinhalten. So könnten sich darin Tagebücher, Unterlagen oder sogar Erfindungen des Genies Nikola Tesla, des Vaters der Elektrizität, des Radios und vielleicht sogar des Internets, befinden.«

Er hielt inne, während das Publikum ihm gebannt lauschte, und Jake hörte nur ein vereinzeltes Husten.

Der Auktionator fügte hinzu: »Wie immer gibt das Auktionshaus Moneybee keine Garantie und nimmt gekaufte Artikel nicht zurück. Die Versteigerung fängt heute bei fünfzehn*tausend* Dollar an. Erste Gebote, bitte.«

Gebotsschilder hoben sich im ganzen Raum. Jake streckte sich noch höher auf die Zehenspitzen, um zu sehen, wer bot. Offenbar gehörte Tof Flintoff nicht dazu. *Vielleicht ist er für eine spätere Versteigerung hier*, dachte Jake, *oder wie wir einfach nur, um das Ganze mitzuerleben.*

»Ah, höre ich da sechzehntausend?«, fragte der Auktionator, während er die Augenbrauen hochzog und mit dünnen Armen auf die von ihm ausgewählten Gebote zeigte. »Siebzehntausend? Achtzehntausend?« Mit jedem höheren Preis hoben sich Dutzende Schilder, was Jake an hungrige Koi-Karpfen erinnerte, die versuchten sich ausgestreute Brotkrumen zu schnappen. Aaron hielt eine Hand hoch, als wollte er mitbieten, aber Mr Wakefield langte schnell nach hinten und zog sie runter.

Der Preis erhöhte sich schnell in Tausenderschritten – »Siebenundfünfzigtausend? Achtundfünfzig? Neunundfünfzig?« – und lag innerhalb einer Minute bereits bei über hunderttausend Dollar. Aaron drehte sich mit heruntergeklappter Kinnlade zu Jake. Jetzt hoben sich weniger Gebotsschilder und zögerlicher als zuvor, aber es boten immer noch mindestens sechs Interessenten mit.

»Hundertdreitausend«, sagte der Auktionator und streckte den Arm aus. »Einhundertvier, einhundertfünf.«

Jake beobachtete, wie eine Frau mit blondem Haar auf ihrer Unterlippe kaute und ihr Gebotsschild hochhob. Er fragte sich, wie viel höher sie wohl bieten würde.

»Ist das nicht unglaublich?«, flüsterte Mr Wakefield, während er sich über die Reihe Schüler beugte und sich die Hände rieb. »Es ist wie Geschi…« Ein Wachmann brachte ihn zum Schweigen und er hob entschuldigend die Hand.

»Einhundertzwanzigtausend von dem Herrn hinten im Raum. Höre ich hundertdreiundzwanzig?«

Die blonde Frau drückte die Augen zu, packte fest ihr Gebotsschild und fing an es mit zittriger Hand zu heben. Dann ließ eine männliche Stimme sie erstarren.

»Eine Million«, rief er.

Ein aufgeregtes Raunen ging durch den Raum. Die blonde Frau ließ ihr Gebotsschild sinken und legte den Kopf in die Hände. Aaron reckte sich in die Höhe, um besser zu sehen, drehte sich dann zu Jake und sagte lautlos: »Tof Flintoff!«

Jake stellte sich wieder auf die Zehenspitzen und riss die Augen auf. Der Popstar lümmelte auf seinem Stuhl, sein Kopf war kaum zu sehen.

»Entschuldigung, haben Sie gerade eine *M-million* Dollar geboten?«, fragte der Auktionator nach.

Tof streckte die Arme aus, knackte mit den Schultern und nickte, tief auf seinen Platz gekauert. »Ja. Aber ich hab's eilig, wenn Sie also zum Ende kommen könnten, wäre das super.« Der Rest des Publikums erwachte flüsternd und murmelnd zum Leben.

»Ruhe bitte«, sagte der hagere Auktionator. »Ruhe. Ich höre eine Million Dollar von dem jungen Mann. Höre ich eine Million eintausend?« Er ließ den Blick über den Raum schweifen, als mehrere Gebotsschilder klappernd zu Boden fielen. »Eine Million eintausend Dollar? Zum ersten …«

Jake lächelte beim Anblick der unzähligen enttäuschten Gesichter, beeindruckt von der coolen Art, wie Tof Flintoff gerade die Konkurrenz ausgeschaltet hatte.

»Zum zweiten … und – *aha!*«

Ein kollektives Japsen rauschte durch das Publikum, als sich ein einzelnes Gebotsschild aus der Mitte der Menge erhob. Köpfe drehten sich, um einen Blick auf den Bietenden zu erhaschen, und Jake stellte sich wieder auf Zehenspitzen. Es war der ungepflegte Typ in dem gammeligen T-Shirt und den abgewetzten Jeans. Mr Wakefield beugte sich vor.

»Das ist der Erfinder von Fa…« Das mahnende »Schhhh!« des Wachmanns schnitt ihm das Wort ab.

»Ein Million eintausend von unserem neuen Bieter.«

»Zwei Millionen«, sagte Tof, der mit zusammengekniffenen Augen verärgert nach hinten in die Menge geschaut hatte. Jake runzelte die Stirn. Er hatte immer gedacht, Tof wäre bloß ein Sänger. Aber offenbar interessierte er sich auch für Wissenschaft. Der Typ im T-Shirt hob behutsam sein eigenes Gebotsschild.

»Zwei Millionen eintausend von dem Herrn in der Mitte des Raums. Ich nehme an, dass Sie mit drei Millionen dagegenhalten werden, Sir?«

»Drei klingt klasse«, erwiderte Tof und wedelte schnell mit der Hand. »Schicken Sie den Koffer an …«

»Drei Millionen eintausend vom Herrn hinten im Raum.« Das Publikum schnappte nach Luft.

»Was zum Teufel?« Tof riss sich die Sonnenbrille von der Nase und wirbelte herum. Er scannte die Menge und sagte dann ganz langsam: »Vier Millionen.«

Der Typ im T-Shirt hob lächelnd sein Gebotsschild und Tof kniff die Augen zusammen. Seine Lippen wurden schmal – Jake nahm an, dass Tof ihn erkannte.

»Sie sind doch der Typ, der diese Website erfunden hat, oder?«, sagte Tof durch den Raum.

Der Mann nickte und der Auktionator schlug mit seinem Hammer auf das Pult. »Das ist höchst regelwidrig.«

»Wie hoch haben Sie vor zu gehen?«, rief Tof.

Der Typ im T-Shirt zuckte mit den Schultern.

»Sir, bieten Sie dagegen?«, fragte der Auktionator noch einmal.

Tof schwieg und stand dann plötzlich auf. *Was ist da bloß drin?*, fragte sich Jake. *Was will Tof so unbedingt haben? Und auch der andere Typ?*

»Sir, bitte setzen Sie sich. So laufen die Dinge nicht …«

Tof hob eine Hand.

»Geben Sie ihm den Koffer«, sagte er, während er leicht den Kopf schüttelte. »Ich will ihn nicht mehr.«

»Nun ja«, erwiderte der Auktionator in arrogantem Tonfall, »wenn es keine weiteren Gebote gibt, muss ich sagen: Zum ersten … zum zweiten …«

Aber bevor der Auktionator den Satz beenden konnte, gingen die Lichter aus, der Raum versank in völliger Dunkelheit und eine Frau schrie auf.

06

EIN SCHUSS IN DER DUNKELHEIT

»Leute … Kinder, bleibt, wo ihr seid«, sagte Mr Wakefield laut in die Dunkelheit. Jake spürte, wie sich fremde Körper an ihn drückten, und Stimmen wurden schnell laut.

»Was ist mit dem Licht?«, schrie ein Mann und ein anderer: »Wo sind die Sicherheitsleute? Ich brauche mein Telefon!«

»Bleiben Sie ruhig«, schrie der Auktionator. »Hat irgendjemand eine Taschenlampe? Sicherheitsdienst?«

Jake streckte die Hand nach Aaron aus, aber ein korpulenter Körper stieß ihn zur Seite und er stolperte in herumstehende Stühle.

»'tschuldigung«, sagte er und versuchte wieder aufzustehen.

»Leute, nehmt jeweils die Hand des Klassenkameraden neben euch«, rief Mr Wakefield, doch seine Stimme klang weit entfernt. Jake streckte die Hand aus, konnte aber keinen seiner Mitschüler ertasten oder ihre Gestalten in der Dunkelheit ausmachen. Sein Gesicht wurde in den Oberkörper eines Mannes gedrückt, der ihn weiter in die Menge drängte.

»Sicherheitsdienst!«, ertönte die Stimme des Auktionators. »Sicherheitsdienst!!«

Jake stolperte gegen einen weiteren Stuhl, verlor das Gleichgewicht und landete auf einem fremden Schoß.

»Entschuldigung«, sagte er, wobei er etwas Hartes und Metallisches spürte, das sich ihm in den Magen bohrte. *Die Nachtsichtbrille!* Er langte in die Tasche seines Hoodies. Jake wusste, dass er sie nicht in der Schule benutzen sollte, allerdings war er ja nicht wirklich *in* der Schule. Außerdem würde er ohne sie wohl ernsthaft Gefahr laufen, niedergetrampelt zu werden.

Jake setzte die Brille auf.

Aus der Dunkelheit tauchte die Welt in einem grünen Licht mit smaragdfarbenen Schatten auf. Ein verängstigter Mann zwängte sich an Jake vorbei, als würde er vor einem Feuer fliehen, während eine Frau gelangweilt und genervt, die Arme über der Brust verschränkt, an der Wand stand. Im Licht der Brille funkelten die Augen aller wie außerirdische Edelsteine. Jake stellte sich auf die Zehenspitzen und versuchte über die Menge zu sehen und Mr Wakefield auszumachen.

Dutzende dunkle Gesichter, von denen er kein einziges kannte.

Jake machte einen Schritt von den Stühlen weg und bahnte sich einen Weg an den grünen Körpern vorbei. Auf einmal fühlte er sich selbstbewusst. Die Brille verschaffte ihm einen klaren Vorteil. Er ignorierte die gequälten Stimmen, vermied Stolperfallen, fing einen stürzenden Mann auf und half ihm wieder auf die Füße, sah sich aber gleichzeitig immer nach seiner Klasse um. Er war kleiner als die meisten Auktionsbesucher und beachtete ihre Klagen nicht, während er sich an ihnen vorbeischob und unablässig die Augen nach seiner Klasse offen hielt.

Mit einem Ächzen zwängte er sich durch eine schmale Lücke und konnte sich schließlich aus der Menge befreien. Da merkte er, dass er auf der Bühne gelandet war. Der Auktionator hielt sich blind und verzweifelt am Pult fest.

Jake drehte sich um, weiterhin mit suchendem Blick, doch dann entdeckte er etwas so Überraschendes, dass es jeden anderen Gedanken verblassen ließ.

Der Tesla-Überseekoffer war geöffnet worden.

Die Lederriemen zerschnitten, der Deckel zur Seite geworfen. Alte Hemden und modrige Bücher lagen auf dem Boden verstreut und der Umriss von etwas Großem – *das nicht mehr da war* – zeichnete sich in dem Plunder ab.

Jake holte tief Luft und trat einen Schritt vom Tatort zurück. *Wer war das? Wo sind …*

»Hey«, schrie eine Stimme und Jake drehte sich um. Nicht weit von ihm entfernt fiel ein Wachmann zu Boden. Gleich dahinter rannte jemand durch eine Tür.

Ohne nachzudenken nahm Jake die Verfolgung auf.

Er schlitterte um eine Frau herum, die blind um sich tastete, manövrierte um den gestürzten Wachmann herum und riss die Tür auf. Dahinter befand sich ein Treppenhaus, das aufwärts führte. Jake rannte weiter. Er nahm immer zwei Stufen auf einmal, glitt gerade noch rechtzeitig um eine Ecke und sah, wie am Ende des Treppenhauses eine Tür zufiel. Er sprintete die restlichen paar Stufen hinauf, sprang nach vorne und packte die Klinke – gerade als das Schloss klickte.

Der Türknauf ließ sich nicht bewegen.

Jake fiel auf die Knie und holte schnell die Büroklammer, eine besonders dicke, aus seiner Tasche. Er knickte sie hektisch vor und zurück, bis sie in zwei Teile brach, und bog jede Hälfte entsprechend zurecht. Dann tastete er den einen Teil und schließlich den anderen ins Schloss und versuchte die winzigen Druckveränderungen zu erspüren, um es aufzubekommen. Da, ein Klicken – abgerutscht. Jake fing noch einmal von vorne an, hob erst einen Stift an, dann einen zweiten und schließlich die restlichen paar – *drei, vier, fünf* – in rascher Folge. Er spürte, wie sich das Schloss öffnete, und ein kleines stolzes Lächeln machte sich auf seinem Gesicht breit. Er drehte den Knauf, zog lautlos die Tür einen Spalt auf und trat auf Zehenspitzen hindurch.

Der große Raum dahinter war voller Tische. Telefone, Blumen und gerahmte Fotos standen darauf. *Büros*, dachte Jake. Eine Gruppe Erwachsener tastete sich vorsichtig durch den Raum. Sie baten immer wieder um Taschenlampen und keiner sah wie der Mann aus, der weggerannt war. Jake schlüpfte mühelos um die Leute herum und wandte sein Stormglass-Training an, um ihre verwirrten Ausrufe auszublenden und wie ein Profi zu lauschen.

Tappende Schritte von links – Jake drehte sich um und erblickte eine Frau. Sie hielt nervös einen Ordner und eine volle Tasse, die kurz davor war überzuschwappen. Er beachtete sie nicht weiter und lauschte dem Ticken einer großen Uhr an der Wand vor ihm.

Und dann drang ein kaum hörbares Geräusch – ein Klicken – aus dem Zimmer rechts neben ihm herüber. Jake lauschte einen weiteren erstarrten Moment lang, ging dann langsam durch die halb geschlossene Tür und verteilte sein Gewicht gleichmäßig auf beide Füße, um seine Schritte zu dämpfen.

Es schien ein Lagerraum für bizarre Antiquitäten zu sein. Da stand eine Vitrine mit alten Spielzeugrobotern, eine weitere mit geschnitzten Elfenbein- und Hornstücken sowie eine voller rostiger Feuerzeuge in allen möglichen Formen und Größen. Jake bewegte sich langsam zwischen verschiedenen Skulpturen – Gestalten, die er nicht ausmachen konnte – und blieb schließlich stehen.

Auf einem Tisch lag das merkwürdigste Objekt, das Jake je erblickt hatte.

Es hätte ein Gewehr sein können – irgendwie sah es danach aus –, aber eins, das einem verrückten Wissenschaftler aus einem alten Science-Fiction-Film oder so etwas gehörte. Anstelle eines Gewehrlaufs befand sich ein fast sechzig Zentimeter langes Kupferrohr mit Metallschaltern, Reglern und glänzenden Kabeln, die an der Seite entlangliefen. Der Gewehrkolben war aus Holz und Glas und in der Mitte war ein schillernder Kristall eingelassen. Der Kristall pulsierte leicht in Jakes Nachtsichtbrille. *Was ist das?*, dachte Jake und trat nach vorne, während ihm sein Herz laut in den Ohren pochte. Er streckte die Hand nach dem Gerät aus, hielt inne und riss den Kopf herum.

Irgendetwas stimmte nicht.

Er konnte seinen Großvater riechen oder vielmehr das *Haargel* seines Großvaters. Er drehte sich blitzschnell um und sah jemanden, der mit dem Rücken zu einer Vitrine voller Keramikpuppen in Deckung ging.

»Ich sehe Sie«, flüsterte Jake. »Stehen Sie auf.«

Die Person stand auf und Jake erstarrte.

Es war ein Junge.

Er war ungefähr so alt wie er selbst, von Kopf bis Fuß schwarz angezogen, braunes, nach hinten gegeltes Haar. Seine Augen funkelten in einer toxischen Farbe, als er trotzig in die Dunkelheit blickte. Mit seiner spitzen Nase und den scharfen Hasenzähnen sah er beinahe aus wie … eine Ratte.

»Wer …«, setzte Jake an und überlegte, ob der Junge möglicherweise auch Stormglass-Agent war, bis er eine Pistole auf ihn richtete.

»Geh zurück«, knurrte er und scheuchte ihn mit der Waffe weg.

Jake trat einen Schritt zurück und hob die Hände, als hätte man ihn verhaftet, während ihm gleichzeitig das Herz in die Hose rutschte.

»Dreh dich um.«

Jake gehorchte. Er wusste, dass es keine gute Idee war, sich jemandem mit einer Waffe zu widersetzen. Und er sah – in einer der Glasvitrinen gespiegelt –, wie der Teenager näher kam. Jake erstarrte zur Salzsäule, als er die Mündung der Pistole an seinem Hals spürte.

»Versuch nicht, den Helden zu spielen!«, drohte ihm der Junge und presste das kalte Metall gegen Jakes Hals.

»Okay, okay«, sagte Jake, wandte den Blick von der Spiegelung ab und versuchte nachzudenken. Fragen über Fragen jagten ihm durch den Kopf, ohne dass er auf eine einzige eine Antwort gehabt hätte. *Wer ist dieser Junge? Was will er? Wie bleibe ich am Leben?*

»Nette Brille.« Der Kerl riss sie Jake vom Gesicht und scherte ihm dabei grob über die Ohren.

Jetzt war alles stockduster – Jake konnte in der pechschwarzen Finsternis nicht einmal die Wand vor sich sehen. Etwas fiel krachend auf den Boden.

»Vergiss sie«, flüsterte der Dieb, sein heißer Atem streifte Jakes Ohr. »Sie war technologisch sowieso überholt. Kontaktlinsen sind jetzt der letzte Schrei.«

Jake spürte, wie sein Herz schneller schlug, als die Waffe über seinen Nacken und an seinem Haaransatz entlangfuhr, bevor sich die kalte Mündung von seiner Haut löste. Jake hielt still und versuchte seine flache, nervöse Atmung zu beruhigen. Schritte bewegten sich weg von ihm und plötzlich raschelte etwas. Es klang so, als würde der Junge etwas in eine Tasche stecken und den Reißverschluss zumachen.

Jake blinzelte schnell und versuchte seine Augen an die Dunkelheit zu gewöhnen … aber um ihn herum war weiterhin alles pechschwarz.

»Du hast *nichts* gesehen«, sagte der Dieb, »und solltest du mir je wieder über den Weg laufen, werde ich dich umbringen.«

Jake legte seine zitternden Hände auf eine Glasvitrine, schloss die Augen und lauschte angestrengt. Er hörte Schrauben und ein metallisches Klirren und dann ein paar schwere, dumpfe Schläge. Er hielt den Atem an, hörte, wie der Junge zweimal ächzte, und anschließend kratzte irgendetwas. Dieses Geräusch – fast wie Fingernägel auf einer Kreidetafel – wurde leiser, als der Dieb sich weiter entfernte.

Jake lauschte dreißig Sekunden lang, bis er das Kratzen kaum mehr wahrnehmen konnte und sich sicher war, dass der Kerl den Raum verlassen hatte.

Er ging in die Hocke und tastete nach seiner Brille. Er hob sie auf, aber sie bestand nur noch aus zerbrochenem Glas, Plastik und Metallteilen. Also steckte er sie in seine Tasche und hielt blind die Hände vor sich ausgestreckt. Als sie den Tisch mit der Waffe berührten und er wusste, wo er war, blieb er stehen, um über die Situation nachzudenken.

Das Kratzen entfernte sich weiter. Er brauchte Licht!

Dann erinnerte er sich an die Sammlung alter Feuerzeuge hier irgendwo und tastete sich einen Weg zurück.

Er trat gegen einen Tisch und prallte gegen etwas, woraufhin ein Gegenstand – eine Skulptur? – auf den Boden krachte.

»Was war das?«, rief eine Frau.

Ich werde so was von Ärger bekommen, dachte Jake und sein Magen zog sich zusammen, aber er verdrängte den Gedanken. *Ich muss den Dieb erwischen, das ist mein einziger Ausweg.*

Er bewegte sich langsamer und öffnete ungeschickt mehrere Vitrinen, bis er die eine fand, die sich richtig anfühlte. Seine Hand warf eine ganze Reihe von Feuerzeugen um, bevor er schließlich eins greifen konnte. Es funktionierte nicht und das zweite auch nicht, doch beim dritten – einem schweren Metallfeuerzeug – hatte er endlich Glück.

Als der kleine Docht zu brennen anfing, wurde das Zimmer in flackerndes gelbes Licht getaucht. Schatten wurden von den Wänden zurückgeworfen wie gefährliche Kreaturen.

Jake drückte die Tür zu, damit ihn die Leute vor dem Raum nicht bemerkten, und drehte sich um.

Die Waffe mit dem funkelnden Kristall war verschwunden.

Oben an der Wand hatte jemand eine Lüftungsabdeckung entfernt. Jake rannte hinüber und kletterte im zuckenden Licht auf eine Glasvitrine. Als er sich aufrichtete, verbrannte er sich die Finger und ließ das Feuerzeug zuschnappen. Er zog sich an den Rand des Lüftungsschachts und lauschte. Das metallische Scharren hallte von weiter vorne im Schacht, als würde der Dieb etwas Schweres hinter sich herziehen.

Jake zündete noch einmal das Feuerzeug.

Der Lüftungsschacht, ein enger Metalltunnel, war nicht viel breiter als Jakes Schultern und er konnte nichts darin erkennen.

Jake atmete tief durch, um sich zu beruhigen. Er hatte keine

Zeit zu verlieren, der Dieb war gerade dabei zu entkommen. Jake ließ das Feuerzeug zuschnappen und steckte es in seine Tasche, holte noch einmal tief Luft, streckte die Arme in den Tunnel und hievte sich hinein.

Es knarrte und ruckelte. Jake erstarrte. Der Tunnel führte abwärts.

Mit rasendem Herzen hielt Jake die Luft an.

Der Schacht hielt seinem Gewicht stand.

Jake drückte zitternd die Hände gegen die Metallwände und robbte bäuchlings vorwärts. Es war mühsam und er kam nur langsam voran, aber sobald seine Füße im Schacht waren, konnte er sich mit ihrer Hilfe nach vorne schieben.

Die engen Tunnelwände und die völlige Dunkelheit gaben ihm das Gefühl, lebendig begraben zu sein, und sein Atem ging unregelmäßig. *Bitte lass mich hier lebendig wieder rauskommen*, dachte er verzweifelt, während er sich ein paar Zentimeter durch das Aluminiumrohr weiterschob. Das scharrende Geräusch wich auf einmal einem ohrenbetäubenden Lärm, einem metallischen Kreischen wie von einem Zahnarztbohrer.

Jake krabbelte weiter, um dieser Falle so schnell wie möglich zu entkommen. Wenigstens musste er jetzt nicht mehr leise sein.

Mit den Handflächen flach auf den Boden gedrückt und mit Hilfe seiner Füße, die von hinten anschoben, robbte er weiter, während er sich gut zuredete, um nicht in Panik zu geraten. Nach einer Weile sah er einen Lichtschimmer. Er konnte gerade so den Rand einer T-Kreuzung vor sich ausmachen, hielt einen Moment inne und bewegte sich dann lautlos und mit angehaltenem Atem vorwärts.

Der ganze Tunnel vibrierte mittlerweile.

Jake konnte den Dieb nur drei Meter entfernt vor einer Wand, dem Ende des Tunnels, sehen. Licht sickerte durch sie hindurch, als der Junge irgendein Werkzeug um die Tunnelränder zog, und Jake begriff, dass er gerade eine Öffnung nach draußen schnitt.

Jake schaute hilflos zu. Der Schacht war so eng, dass er sich weder umdrehen noch rückwärtsbewegen konnte, und er wagte es nicht sich weiter vorzuschieben, vielleicht würde der Kerl ja auf ihn schießen. Er atmete mehrmals tief ein, beobachtete den Dieb stumm und hielt nach Hinweisen Ausschau. Er registrierte die Nike-Sneakers und die Jeans des Jungen sowie dessen schwarzes Haar, das in dem einfallenden Licht glänzte, aber nichts von alledem war ungewöhnlich. Zwischen ihnen lag ein blauer Seesack, an dem jedoch auch nichts besonders war. Jake musste herausfinden, wer dieser Dieb war.

Der Junge schnitt das letzte Stück aus. Licht strömte herein und Jake kniff die Augen zusammen, als das Rattengesicht durch die Öffnung verschwand und die Tasche mit einem letzten Scharren hinter sich herzog.

Jake robbte so schnell er konnte vorwärts und lauschte. Erst hörte er Schritte, die scheppernd davoneilten – *eine Feuertreppe?* –, dann einen dumpfen Knall – *der Dieb, der auf den Boden gesprungen ist?* – und schließlich einen startenden Automotor. Jake ignorierte den scharfen Schmerz in seinen Handflächen, als er die rauen Ränder der Öffnung umklammerte, und kletterte nach draußen ins Tageslicht.

Auf halbem Weg die Gasse hinunter sah er ein grünes Auto und las schnell das Kennzeichen: 2GQT1A3. Er schloss die Augen, wiederholte es und nutzte seinen Gedächtnispalast, um es sich zu merken. Zwei riesige Schuhe, die vor der Haustür miteinander kämpften, eine schnatternde *G*ans im Eingang, eine wütende *Q*ualle auf dem Sofa … bis hin zu *drei* blinden Mäusen, die auf einem Tisch Stepp tanzten. Jake rannte ein paarmal durch den Gedächtnispalast, um sicherzustellen, dass er sich alle Bilder eingeprägt hatte, und zog sich hinaus in die Gasse.

Wenigstens regnet es nicht mehr, dachte Jake, als er das kurze Stück auf die nasse Feuertreppe fiel.

Er wischte sich die Hände ab und untersuchte die roten Rillen an seinen Handflächen – zumindest bluteten sie nicht. Er strich seinen Hoodie und seine Hose glatt und wollte gerade auf die Abdeckung eines großen Müllcontainers springen, als ihn plötzlich mehrere Stimmen anschrien.

»Hände hoch!«

»Zeig deine Hände, damit ich sie sehen kann«, brüllte ein anderer Mann.

»Hoch! S-s-sofort«, schrie ein Dritter mit nervöser, ängstlicher Stimme, als würde gleich irgendetwas in die Luft gehen. Jakes Atmung wurde flach und ihm drehte sich der Magen um. Dann verlor er jedes bisschen Kontrolle über seine Arme und Beine, als wären sie zu Butter geworden. *Nein,* dachte er, hob zitternd die Hände und drehte sich langsam um. Fünf bewaffnete Polizisten in der Gasse unter ihm richteten ihre Waffen direkt auf seine Brust.

Jake wurde schwindlig. Er hielt sich an einem Metallgeländer fest, um das Gleichgewicht nicht zu verlieren, und kletterte die Leiter eine Sprosse nach der anderen hinunter.

»Du hast das Recht zu schweigen«, sagte ein Cop, packte ihn grob und drückte ihn auf den Boden.

»Ich war es nicht!«, verteidigte sich Jake, sein Mund schmerzhaft gegen den Asphalt gepresst, verwirrt, dass sie ihm nicht glaubten.

»Alles, was du sagst, kann vor Gericht gegen dich verwendet werden.« Der Polizist holte Handschellen hervor und bog ihm die Arme auf den Rücken.

»Er entkommt«, schrie Jake und sein Mund wurde vom Schmutz des Asphalts ganz sandig. »In einem grünen Auto! Das Kennzeichen ist …«

Die Handschellen schnappten fest um Jakes Handgelenke zu.

»Du hast das Recht auf einen Anwalt. Hast du das verstanden?«

07

AM ABGRUND

»Ich habe nichts gestohlen«, wiederholte Jake noch einmal.

»Jake, du musst nichts sagen«, erinnerte ihn der Pflichtverteidiger und streckte einen Arm nach ihm aus.

»Aber er WILL etwas sagen«, erwiderte der Polizist. Er rieb sich das unrasierte Kinn mit seiner übergroßen Hand. »Das treibt dich in den Wahnsinn, was, Jake? Dass der Rest der Gang dich allein zurückgelassen hat, damit man dich erwischt?«

»Ich gehöre zu keiner Gang«, schoss Jake genervt zurück. Er saß jetzt schon seit Stunden auf der Wache.

»Mhmmmm, ja klar. Woher hast du die dann?« Der Officer legte die kaputte Nachtsichtbrille auf den schmalen Tisch des Verhörraums. Dann lehnte er sich vor und blies Jake eine Kaffeefahne ins Gesicht. »Du schleppst also nur zufällig ein etwa zehntausend Dollar teures Nachtsichtgerät mit dir herum?«

Jake wandte den Blick ab.

»Ich habe nichts gestohlen«, sagte er beharrlich.

»Nichts … außer dem hier?«, sagte der Polizist und legte das Feuerzeug auf den Tisch. In dem grellen Licht konnte Jake sehen, dass es ein altes Zippo war, auf dessen Seite ungeschickt das Wort »Papa« eingeritzt war.

»Ein altes Feuerzeug. Ich hatte nicht vor, es mitzunehmen.«

»Natürlich nicht. Es war alles nur Zufall, was? Du hast nur zufällig, schauen wir mal, eine Nachtsichtbrille an einem stockdusteren Tatort dabeigehabt, den Weg zu einem Ausgangstunnel gefunden und dich damit aus dem Staub gemacht. Was auch immer in dem Koffer war, hat dir nicht gereicht, was? Du wolltest noch mehr. Du wolltest Hemingways Feuerzeug, stimmt's?«

Jake würgte und hatte das Gefühl, dass man ihm den Boden unter den Füßen wegriss.

»Das ist Hemingways Feuerzeug?« Der Anwalt lehnte sich vor und nahm es in die Hand. »Echt?«

Jakes Mund wurde mit einem Schlag staubtrocken und er bekam keine Luft mehr. »Ernest H-hemingway?« Er hatte *Der alte Mann und das Meer* letztes Jahr im Englischunterricht gelesen und es hatte ihm gefallen – aber … er hatte das Feuerzeug des Typen wirklich nicht stehlen wollen.

»Ja, es sollte nächste Woche versteigert werden. Sie haben es auf achttausend Dollar geschätzt«, erklärte der Polizeibeamte.

»Achttausend?«, wiederholte der Anwalt ungläubig und drehte es um. »*Wirklich?* Für ein Feuerzeug?«

»Ich verspreche Ihnen …«, warf Jake ein. Sein Herz schlug wie wild, während er versuchte sich etwas einfallen zu lassen, um sie von seiner Unschuld zu überzeugen. »Wenn Sie das Auto finden, werden Sie auch den Dieb finden.«

»Richtig«, sagte der Officer. »Das Auto, das mysteriöse Auto. Wie lautet noch mal das Kennzeichen? 2GQ … und noch etwas.«

»2GQT1A3«, ratterte Jake herunter. Er konnte es nicht fassen, dass sie nicht auf ihn hörten.

Der Officer musterte Jake misstrauisch, blickte dann zum Anwalt hinüber und zog die Augenbrauen hoch.

»Wie lange hast du das Auto gesehen, Jake?«, fragte er.

»Ein paar Sekunden.«

»Und doch erinnerst du dich …«, er sah auf seine Uhr, »vier Stunden später immer noch an das Kennzeichen. Wie ist das möglich?«

Ich bin ein junger Geheimagent!, hätte Jake am liebsten geschrieen.

»Ich habe einen Gedächtnistrick benutzt.«

»Niedlicher Trick. Du weißt schon, dass das Auto heute Morgen gestohlen wurde, oder?«

»Nein«, sagte Jake kopfschüttelnd und Panik ergriff ihn. *Werden sie mir das auch noch in die Schuhe schieben?*

»Hören Sie, lassen Sie uns die Sache hier beenden«, sagte der Anwalt. »Jake weiß eindeutig nichts. Er ist ein guter Junge.« Er senkte die Stimme. »Sie haben ihm Angst eingejagt. Lassen Sie ihn gehen.«

Der Officer stand auf, schüttelte den Kopf und ging um Jake herum, während er ihn beobachtete.

»Er ist nicht so gut, wie Sie glauben. Ich habe mit seinem Lehrer, einem Mr Wakefield, gesprochen und anscheinend ist unser Jake hier ein Schüler, bei dem es gerade steil bergab geht. Er hat Unsinn über seine Lehrer verbreitet und sich auf den Gängen mit Mitschülern geprügelt. Letzten Freitag, halten Sie sich fest, letzten Freitag wurde er dabei erwischt, wie er sich unbefugten Zutritt zu einem Raum verschaffen wollte. Hat wohl für das große Ereignis geübt.«

Der Anwalt sah Jake an. »Ist das wahr?«

Jake senkte den Blick. Er wusste nicht, was er dazu sagen sollte. Was *konnte* er schon sagen?

»*Einbruch*«, sagte der Officer. »Wissen Sie, dass er heute Abend in der Schule nachsitzen sollte? Na ja, das *tut* er wohl.« Er kicherte über seinen eigenen Witz. »Nein, ich kriege diesen Jungen dran wegen unbefugtem Betreten, mutwilliger Beschädigung – er hat nicht nur das Licht- und das Alarmsystem außer Gefecht gesetzt, sondern auch eine alte Vase zerbrochen – sowie wegen Einbruch und Diebstahl von mindestens einer wertvollen Antiquität. Dann noch *Verdacht* auf Diebstahl des Kofferinhalts, was auch immer da drin war. Fügen Sie noch schweren Autodiebstahl hinzu. Glauben Sie wirklich, dass ich da ein Auge zudrücken kann?«

»Aber Sie können ihn in die Obhut seiner Eltern geben«, wandte der Anwalt ein. Jake schwieg erwartungsvoll und schöpfte Hoffnung.

Der Officer schüttelte den Kopf.

»Vielleicht für ein paar Stunden, damit sie sich von ihm verabschieden können, aber nein. Seine Eltern sind entweder nicht qualifiziert, damit umzugehen, oder tun es einfach nicht. Er muss in Jugendhaft.«

Der Anwalt sah zuerst Jake mit zusammengekniffenen Lippen an, dann den Officer. »Könnte ich einen Moment allein mit meinem Mandanten sprechen?«

»Klar doch.« Der Officer nickte knapp, steckte das Feuerzeug zurück in den Beweisbeutel und verließ den Raum.

»Verrate ihm die Namen der anderen«, drängte der Anwalt ihn, sobald sie allein waren.

»Wa…?«, setzte Jake erstaunt an. *Sogar mein Anwalt glaubt mir nicht?*

»Ich mein's ernst. Sie haben fünf Zeugen, die dich im Notfalltunnel gesehen haben. Man hat dich mit gestohlenen Gegenständen verhaftet. Jake, wir werden da auf keinen Fall rauskommen.«

Jakes Herz rutschte ihm schwer wie ein Anker in die Hose und er bekam plötzlich nicht mehr richtig Luft.

»Ich … ich habe nichts damit zu tun.« Er schüttelte heftig den Kopf und drückte die Augen fest zu. Das konnte einfach nicht wahr sein. Dann hielt er inne. *Und wenn ich ihm von Stormglass erzähle?* Gab es nicht so was wie eine anwaltliche Schweigepflicht? Aber schloss das auch Jugendliche ein? Jake wusste es nicht. Er war sich nicht sicher, ob er das Risiko eingehen konnte.

»W-was wird mit mir passieren?«

»Wenn du nicht gestehst, Jake, wenn du die anderen nicht verpfeifst – und ich bitte dich wirklich dringend, es jetzt zu tun –, dann werden sie dich wahrscheinlich in die JVA schicken.«

»In die was?«

»In die Justizvollzugsanstalt. Es ist wie ein vorübergehendes Haftzentrum. Du wirst dort wahrscheinlich eine Woche lang mit anderen Häftlingen untergebracht sein, bis sich der Jugendstrafrichter die Anklagen ansehen kann. Ich werde dich verteidigen. Oder jemand anders. Es steht deinen Eltern frei, sich einen anderen Anwalt zu suchen. Aber im Moment, Jake, den Beweisen und deiner mangelnden Kooperation nach zu urteilen …«

»Aber ich …«

Der Anwalt hob eine Hand, um ihn zum Schweigen zu bringen.

»Ich habe nicht viel Hoffnung, dass wir den Fall gewinnen können. Deine Geschichte … na ja, klingt einfach nicht glaubwürdig.«

Jakes Kiefer zitterte unkontrolliert, als wäre ihm kalt, obwohl er schwitzte.

»Es ist dein erstes Vergehen, aber dir wird eine Menge zur Last gelegt und du bist *vierzehn*. Hier in Kalifornien kann dich der Richter, wenn er das will, als Erwachsenen verurteilen. Wenn du wissen willst, was schlimmstenfalls passieren könnte, na ja, dann würde ich sagen, zwei Jahre Gefängnis … bei *guter* Führung.«

Jakes Brust zog sich zusammen und er japste. »Zwei J…Jahre?« Der Raum drehte sich, als er anfing zu hyperventilieren.

Die Tür ging auf und der Polizist betrat wieder das Verhörzimmer.

»Seine Eltern sind hier«, sagte er, lief durch den Raum und schloss Jakes Handschellen auf. Jake hatte das Gefühl, er würde neben sich stehen und die Szene von außen beobachten, während er die Arme nach vorne nahm, sich die Hände massierte und gleichzeitig die schwere Tür mit benommenen, unkonzentrierten Augen anstarrte.

Zwei Jahre …

Er sah auf seine Handgelenke hinunter, die rot aufgescheuert waren.

Zwei Jahre …

Er stand wie ein Zombie auf und folgte dem Anwalt nach draußen, wo seine Eltern auf ihn warteten.

Seine Mom, die sich heftig mit einem Polizisten stritt, hatte ein geschwollenes Gesicht und verweinte Augen. Die Miene seines Dads war wie versteinert und er war leichenblass, fast als hätte man ihn durch eine Schaufensterpuppe ersetzt, die wie er aussah. Jake stand da und beobachtete das Ganze unbemerkt. Er war verunsichert und musste sich gegen die Wand lehnen, weil sich der Eingang um ihn herum zu drehen schien.

»Sind Sie sicher, dass es derselbe Jake Goodis ist!«, sagte seine Mom. »Es könnte irgendein anderer Jake Goodis sein, es könnte ...«, und dann sah sie Jake. »O Schatz!«, rief sie, rannte zu ihm und drückte ihn fest an sich.

»Bitte sag mir, dass das alles ein Missverständnis ist«, flehte sie und die Tränen liefen.

»Es war alles ein Missverständnis.« Jake erwiderte ihre Umarmung und fühlte sich dabei kein bisschen wie ein Geheimagent. Stattdessen kam er sich wieder wie ein Teenager vor und noch dazu ein sehr junger.

»Sie schicken dich in eine Haftanstalt«, sagte seine Mutter schluchzend. »Sie sperren meinen kleinen Schatz ein.«

Während seine Eltern mit dem Anwalt sprachen, wartete Jake auf einem zerkratzten und mit Graffiti beschmierten Plastikstuhl, der im Eingang am Boden festgeschraubt war. Er war vornübergebeugt, das Gesicht auf den Knien, und kämpfte gegen den Drang an, sich zu übergeben. In solchen Schwierigkeiten hatte er noch nie gesteckt. Dabei hatte er noch nicht einmal was angestellt!

Er bemerkte kaum den Mann im dunklen Anzug, der sich, leise wie ein Gespenst, den Gang entlang auf sie zubewegte.

»Hallo, Jake.«

Jake blickte auf und entdeckte Mr Wakefield, dessen Haut in dem fluoreszierenden Licht beinahe grün wirkte. »Da bist du ja in einen schönen Schlamassel geraten, was?«

Jake hatte nicht erwartet seinen Lehrer hier zu treffen und hätte sich am liebsten versteckt. Er legte wieder den Kopf zwischen die Knie, betrachtete seine Füße und wollte im Erdboden versinken. Speichel kam ihm die Kehle hoch.

»Wie ich höre, schicken sie dich in eine JVA. Stimmt das?«

Jake starrte einfach weiter auf den Boden und wünschte, Mr Wakefield würde weggehen. Doch stattdessen setzte sich sein Lehrer neben ihn.

»Warst du schon mal in einer Justizvollzugsanstalt, Jake?«

»Nein«, murmelte er und kniff die Augen fest zu, um die Tränen zurückzuhalten, die ihm in den Augen brannten. Er wollte nicht weinen, nicht vor seinem Lehrer.

»Das ist kein netter Ort. Man wird dich zusammen mit Verbrechern, Widerlingen, Idioten und Spinnern einsperren, die alle auf ihren Prozess warten. Einige sind Straßenräuber, andere Autodiebe, manche haben gemordet.«

Jake atmete unregelmäßig, sagte aber kein Wort.

»Und du wirst mit ihnen zusammen hinter Gittern sein. Natürlich laufen Wärter durch die Gänge und behalten alles im Auge, aber sie werden nicht immer da sein. Und sobald die Lichter aus sind, wird es richtig furchterregend.«

Jake fing an zu zittern. Er wusste zwar, dass Mr Wakefield ihn nicht mochte, doch der Lehrer schien sich besondere Mühe zu geben, grausam zu sein.

»Also, was würdest du sagen, wenn ich dir eine Alternative dazu anbieten kann?«

Jake drehte den Kopf und sah Mr Wakefield mit tränenerfüllten Augen an.

»Siehst du«, der Lehrer senkte den Blick auf seine manikürten Fingernägel, »wie es der Zufall will, habe ich da von einer Gruppe gehört, man könnte sie auch ein Kollektiv nennen. Es wird zum Teil von der Polizei geleitet und ist besonders gut darin, sich um Fälle wie diesen zu kümmern. Clevere Jugendliche, die auf die schiefe Bahn geraten sind.«

»Ich bin nicht auf die sch-schiefe Bahn geraten«, gab Jake schniefend zurück.

»Ich weiß«, sagte Mr Wakefield und griff in seine Jacke, »und genau deshalb bin ich hergekommen. Ich fühle mich für die heutigen Ereignisse teilweise verantwortlich und kann den Gedanken nicht ertragen, dass man dich in der Justizvollzugsanstalt auseinandernimmt – nicht *buchstäblich* natürlich, zumindest hoffe ich das. Dafür bist du zu schlau. Ich wollte ihnen empfehlen, dass sie dich stattdessen diesem Programm hier anvertrauen.« Er holte ein kleines Silberetui aus seiner Jackentasche, etwa halb so dick wie ein Kartenspiel. Er öffnete es, holte eine Karte heraus und hielt sie ihm hin.

Jake setzte sich langsam auf und nahm sie aus Mr Wakefields offener Hand.

»BVT-Hilfsnetz«, sagte der Lehrer.

»Was ist BVT?« Jake wischte sich die Augen und musterte die Karte genau.

»Bezwingen, Vernichten und Triumphieren«, antwortete Mr Wakefield. Jake bemerkte, wie sich die Augen seines Lehrers leicht trübten. »Eine siebentägige Maßnahme, die nicht von der Regierung, sondern von prominenten Geschäftsleuten und ehemaligen Ordnungshütern geleitet wird. Sie wird dich unter Garantie auf Vordermann bringen und wieder auf den rechten Weg führen.«

»Ich weiß nicht.« Beim Anblick der Karte zog sich sein Magen zu einem Knoten zusammen und er spürte, dass etwas nicht stimmte. »Vielleicht sollten Sie das mit meinen Eltern besprechen.«

»Ich würde der Polizei wirklich gern empfehlen, dich dorthin zu schicken, aber *nur* mit deiner Erlaubnis.«

»Ist es dort wie in der Justizvollzugsanstalt?«

»Kein bisschen«, erwiderte Mr Wakefield leise, stand auf und lächelte auf Jake herunter. »Es ist eine völlig andere Welt. Mit dieser Maßnahme wirst du sehen, wie sich die Dinge verändern.«

Mr Wakefield drehte sich um und ging lautlos auf das Verhörzimmer zu. Jake musterte noch einmal die Karte und steckte sie in die Tasche.

»Verändern«, flüsterte er.

Als sie durch die nassen Straßen fuhren, war die Stimmung angespannt. Jake war jetzt nicht mehr übel und er war auch nicht mehr niedergeschlagen. Er fühlte sich einfach nur leer. Seine Mom saß am Steuer. Sein Dad öffnete nervös das Handschuhfach und schloss es wieder.

»Jake, ich weiß, dass du unschuldig bist.« Seine Mom streckte die Hand aus und drückte das Fach vollends zu. »Hör auf damit«, flüsterte sie.

»Könnt ihr denn *nichts* machen?«, fragte Jake. Seine Mom antwortete nicht gleich, sondern starrte durch die Windschutzscheibe.

»Der Anwalt sagt Nein, wir können nichts machen«, erwiderte sie schließlich.

»Gott sei Dank gibt es diese BVT-Maßnahme«, meinte sein Dad. Er drehte sich nach hinten und sah Jake an. »Die Justizvollzugsanstalt wäre nicht gut gewesen.«

»Ich bin skeptisch«, wandte seine Mom ein, »andererseits ist wohl alles besser als die Justizvollzugsanstalt.«

»Ich weiß«, flüsterte Jake. Mr Wakefields Beschreibung der JVA verfolgte ihn immer noch. Aber über BVT wusste er ja noch absolut nichts, also war es auch nicht viel attraktiver. Das mit dem »Bezwingen, Vernichten, Triumphieren« klang sogar furchterregend. »Muss ich da wirklich hin? Ich habe Schule.«

Seine Mom antwortete nicht und bog an einer grünen Ampel links ab, vergaß aber den Blinker zu setzen.

»Ich habe Schule«, wiederholte Jake.

»Nein«, erwiderte sein Dad, diesmal sah er sich nicht um. »Sie haben dich suspendiert.«

Jake sackte in sich zusammen.

»Wir sollten die Schule verklagen«, sagte seine Mom leise. Sie klang erschöpft. »Wenn du nicht bei dieser Versteigerung gewesen wärst, wäre das nie passiert …«

Jake sank tiefer in seinen Sitz.

Ich muss ihnen von Stormglass erzählen, dachte er. *Von den Ausbildungskursen, davon, was wir letzten Sommer gemacht haben, von allem. Vielleicht werden sie stolz auf mich sein.* Aber als er den Regen von den Bäumen tropfen sah, wusste er, dass sie nicht stolz auf ihn sein würden. Sie würden sich wahrscheinlich Sorgen machen.

Als er ein paar der gefährlichen Situationen Revue passieren ließ, in die er bereits geraten war – allein auf sich gestellt in Argentinien, unter Beschuss in Tansania, die Bienen in England –, wurde ihm klar, dass sie es absolut nicht gutheißen würden. Vielleicht würden sie ihn sogar zwingen, Stormglass zu verlassen. Oder die Spionagearbeit für immer aufzugeben.

Seine Mom fuhr in ihre Einfahrt, schaltete den Motor aus und drehte sich um.

»Jake, geh jetzt hoch in dein Zimmer. Mr Wakefield hat gesagt, dass sie dich um sieben abholen, fang also an zu packen, okay? Dein Dad und ich müssen miteinander reden.«

»Okay.« Jake schnallte sich los und stieg aus. Er schlurfte langsam den nassen Weg hoch und zog vor der Tür die Schuhe aus. Es war unnötig, seine Eltern noch mehr zu verärgern, indem er im Haus alles nass machte. Er ging mit gesenktem Kopf hinauf in sein Zimmer, wie ein verurteilter Gefangener, und machte die Tür auf.

Da saß ein Mädchen auf seinem Bett. Sie kniff die Augen zusammen, bevor sie ihm wie eine alte Vertraute zuzwinkerte.

»Hey, Greenhorn«, begrüßte sie ihn.

08

WIEDERSEHEN

»Lizzie!« Jake strahlte, stürzte zu ihr und umarmte seine hochgewachsene Freundin. »Was machst du hier?«

»Filby hat diese dämlichen automatisierten Alarme eingerichtet … na, egal … Ich hab jedenfalls gesehen, dass du verhaftet worden bist. *Was ist passiert?*«

»Kommt Filby auch?«, fragte Jake und rieb sich nervös den Nacken. Er hatte seit Monaten nicht mehr mit Filby gesprochen und war sich nicht sicher, was er ihm zu sagen gehabt hätte.

»Keine Ahnung«, erwiderte Lizzie. »Ist mir auch egal, wir haben keine Zeit. Was ist passiert?«

Jake ließ sich auf seinen Sitzsack plumpsen und erzählte Lizzie die ganze Geschichte. Sie beobachtete ihn dabei stumm und bewegte leicht die Lippen, als würde sie sich in Gedanken Notizen machen.

»Dann schicken sie dich also in die JVA?« Sie holte ihr Stormpad heraus, wischte ein paar Benachrichtigungen weg – sie hatte offenbar eine Menge Anrufe in Abwesenheit bekommen – und tippte schnell auf dem Bildschirm herum.

»Nein.« Jake fischte die Visitenkarte des BVT-Hilfsnetzes aus seiner Tasche. »Die Polizei schickt mich stattdessen eine Woche lang dorthin.« Lizzie nahm die Karte und musterte sie.

»BVT? Nie gehört«, meinte sie und steckte die Karte ein. »Wie lautet die Anklage?«

»Die Anklage?«

»Was werfen sie dir vor?«

»Sachbeschädigung von Nikola Teslas altem Koffer, Diebstahl von Ernest Hemingways Feuerzeug und Teslas bescheuerter Waffe und Zerstörung irgendeiner alten Vase. Nächste Woche gibt es eine Anhörung.«

»*Willst* du zu dieser … BVT-Maßnahme gehen?« Lizzie zog eine Augenbraue hoch.

»Nein, nein, nein, nein …«, flüsterte Jake. Auch wenn BVT – Bezwingen, Vernichten, Triumphieren – vermutlich nicht ganz so übel war wie die Justizvollzugsanstalt, wollte er eigentlich nirgendwohin gehen. Er wollte an keinem Ort sein, der voller Verbrecher war.

»Dann bringen wir das in Ordnung.« Ein starrer, kühler Blick trat in ihr Gesicht. »Bist du dabei?«

»Was meinst du?«

»Möchtest du, dass ich dich aus diesem BVT-Programm heraushole? Wir werden aber improvisieren müssen.«

Jake senkte den Blick auf seine Finger und stellte fest, dass er seine Nägel abgekaut hatte. Er wusste, was sie mit Improvisieren meinte. *Lügen.* Zwar würde er so vielleicht der Justizvollzugsanstalt *und* dem BVT entgehen können, aber dadurch würde er der Liste auch gleich noch ein weiteres Verbrechen hinzufügen. Sein Großvater spielte gern um Fünf- und Zehncentstücke und nannte das »den Einsatz verdoppeln«. Wenn Jake der Sache zustimmte, würde er genau das machen. Und es konnte noch mehr Ärger bedeuten, wenn sie den Dieb nicht erwischten.

Andererseits konnte Jake den Gedanken an eine Erziehungsanstalt nicht ertragen. Ja klar, er verdoppelte zwar das Risiko, aber der Gewinn war hundertmal größer.

Jake sah zu Lizzie auf und holte tief Luft.

»Ich bin dabei.« Ihm war sofort etwas leichter ums Herz.

»Okay, los geht's.« Sie schaute aus dem Fenster. »Wir haben wahrscheinlich nicht mehr viel Zeit. Erzähl mir von dem Dieb. Wie hat er ausgesehen?«

Jake gab sich alle Mühe, den Jungen zu beschreiben: die rattenähnliche spitze Nase, die scharfen Zähne, sein nach hinten gegeltes Haar und dass er wie sein Großvater gerochen hatte.

»Finde heraus, was dein Großvater da benutzt«, sagte Lizzie und blickte kurz auf, während sie weiter auf ihrem Stormpad herumtippte. »Du sagst, es war stockduster. Wie hat der Kerl irgendwas sehen können?«

»Nachtsichtkontaktlinsen«, erinnerte sich Jake. »Ich habe der Polizei nicht erz…«

»Das spielt jetzt keine Rolle. Er hat also ein paar Hightech-Verbindungen. Erzähl mir von dem Auto.«

»Grün, klein, ein Fiat möglicherweise. Die Polizei meinte, es wäre gestohlen worden.«

Ihr Stormpad klingelte, aber sie nahm den Anruf nicht an.

»Hast du das Kennzeichen?«

»Ja …« Jake rief sich kurz den Gedächtnispalast in Erinnerung und ratterte dann das Kennzeichen herunter, das Lizzie direkt in ihr Stormpad eingab.

»Okay«, sagte sie. »Sie haben es am Flughafen von San Francisco auf dem Kurzzeitparkplatz gefunden. Hier, ist es das?« Sie zeigte ihm das Foto.

»Ja, das ist es.«

»Keine Sorge, Hale.« Sie packte ihn an der Schulter und drückte sie. »Wir bringen das in Ordnung.«

Sie wandte sich wieder dem Stormpad zu und scrollte durch eine Reihe unscharfer Schwarzweißfotos. »Rattenähnlich«, murmelte sie vor sich hin. »Hier, ist das der Junge, den du gesehen hast?«

Jake betrachtete das Foto eines Jungen, der offenbar mit seinen Eltern unterwegs war.

»Nein, er war älter und seine Haare waren länger.«

Lizzie wischte an Bildern vorbei und zog neue auf – Flughafenrestaurants, Business-Class-Lounges, Flugsteige, alle gerammelt voll mit Reisenden.

»Was ist mit dem?« Sie zeigte Jake ein Foto von einem älteren Jungen mit längeren Haaren, der eine Packung Kaugummis kaufte.

Jake schüttelte den Kopf. »Zu alt«, erwiderte er und hielt dann inne. »Irgendwie wünschte ich, Filby wäre hier und würde uns helfen.«

Lizzie tippte weiter auf dem Stormpad herum.

»Wir haben dafür jetzt keine Zeit«, sagte sie, ihre Stimme auf einmal eiskalt. »Ist das der Dieb?«

»Ja!« Jake schrie beinahe, so überrascht war er.

Auf dem Bildschirm waren Passagiere zu sehen, die mit ihren Boardingkarten in der Hand an einem Flugsteig warteten. Jake legte zwei Finger auf den Bildschirm und zog sie auseinander, um den Jungen mit den nach hinten gegelten Haaren heranzuzoomen. Er verkleinerte das Bild wieder.

»Das ist er hundertprozentig«, sagte Jake.

»Okay, er sitzt in einem Flugzeug nach Belgrad.« Lizzie blickte auf ihre Uhr. »Es ist vor einer Stunde abgeflogen. Wir werden uns beeilen …«

Die Zimmertür flog krachend auf und Jake schnappte beim Anblick seines Dads nach Luft.

»Dad«, schrie er. »Kannst du nicht anklopfen?«

»Du machst Videospiele?«, fragte sein Dad ungläubig und streckte die Hand aus, um Jake Lizzies Stormpad aus der Hand zu reißen. Jake öffnete den Mund und schloss ihn wieder, während er um sich schaute. Lizzie hatte sich in Luft aufgelöst.

»Nein, ich habe mir nur …«, sagte Jake.

»Bilder von Tof Flintoff angesehen?«, beendete sein Dad den Satz.

Jake riss den Kopf hoch. »Was?«

»Also wirklich, Jake.« Sein Dad warf das Stormpad aufs Bett. Jake stürzte sich darauf und betrachtete noch einmal das Foto. Nur ein paar Schritte hinter dem Dieb, von Leibwächtern in dunklen Anzügen umgeben, stand *der kanadische Popstar*!

»Komm schon, Jake. Hör auf mit dem Unsinn. Hast du gepackt?«

Jake schüttelte den Kopf, während er weiterhin das Foto musterte. Der Sänger trug dieselbe dunkle Sonnenbrille und denselben Hoodie wie auf der Auktion, aber auf diesem Foto kam noch etwas hinzu: ein Lächeln.

Jakes Dad ging zu dem begehbaren Schrank und fing an Kleidungsstücke herauszuholen.

»Jake, ich weiß, dass dich das alles sehr mitnimmt, uns geht es nicht anders, aber wir müssen uns zusammenreißen.«

Jake blickte zu seinem Dad und schluckte schwer, als er direkt vor ihm Lizzies Beine sah. Sie versteckte sich im Schrank.

Sein Dad zog ein Hemd vom Kleiderbügel. Lizzie sprang nur Zentimeter entfernt blitzschnell auf die Seite. Jake hielt den Atem an. Sein Dad fuhr damit fort, direkt vor ihr Jakes Hemden und Hosen durchzugehen.

Auf einmal hielt er inne und bückte sich. Jake schlug das Herz bis zum Hals, jetzt hatte sein Vater Lizzie bestimmt gesehen – doch er hob nur eine Socke auf. Einen Moment lang hielt er sie reglos in der Hand, dann wirbelte er herum.

»Ich hab dich lieb, Jake«, sagte er, stürzte zu ihm und umarmte seinen Sohn ganz fest. »Es tut mir leid, dass ich dir das nicht ersparen kann. Ich habe meinen Anwalt angerufen, ich habe … ich habe alles versucht, was ich kann … Ich weiß, dass du das nicht getan hast, Jake.« Er fuhr mit der Hand durch Jakes Haar und drückte ihn wieder an sich. »Ich glaube an dich, mein Junge.«

Jake wand sich aus der Umarmung und sprang in den Schrank, bevor sein Dad es tun konnte.

»Ist schon in Ordnung, Dad«, sagte er und griff nach Kleidungsstücken, hinter denen er Lizzie nicht vermutete.

»Seit wann hast du ein iPad?« Sein Dad hielt das Stormpad hoch und wischte sich etwas weg, das wie eine Träne aussah.

Jake schüttelte den Kopf.

»Es gehört mir nicht«, erwiderte er. »Ich muss es einer Freundin zurückgeben.«

»Okay. Gehen wir nach unten. Deine Mom macht noch schnell was zu essen. Mr Wakefield hat gesagt, dass jemand gegen sieben kommt, also in etwa einer Stunde.«

Jakes Brust zog sich zusammen, als er sich vorstellte, wie das Auto vorfahren würde. Widerwillig trat er aus dem Schrank. Auch wenn Lizzie ihm versprochen hatte, ihm aus diesem Schlamassel herauszuhelfen, konnte er sich nicht vorstellen, wie sie das schaffen wollte. Aber vielleicht konnte sie ja den Fall lösen und seine Unschuld beweisen.

»Überprüfe Tof«, flüsterte er, bevor er das Zimmer verließ, in der Hoffnung, dass Lizzie ihn hörte. Er schaltete das Licht aus und schloss die Tür.

Unten sackte Jake am Esszimmertisch zusammen, legte den Kopf auf seine verschränkten Arme und lauschte, wie seine Mom mit seinen Großeltern telefonierte.

»Ich verstehe nicht, wie das passieren konnte«, sagte sie, während ihn der Duft von warmen Fleischbällchen und Tomatensoße einhüllte. Bei dem Gedanken daran, was er gerade dabei war zu verlassen, traten ihm Tränen in die Augen. »Nein, ich stehe voll und ganz hinter Jake. Ja, das sehe ich auch so.«

Schließlich legte sie auf.

»Sie haben gesagt, dass sie sich das nicht gefallen lassen werden.« Jakes Mom stellte eine große Platte Nudeln auf den Tisch. Sie zog einen Stuhl heran und setzte sich. Dann sah sie Jake an und strich ihm über die Schulter.

Jake starrte bloß auf seinen dampfenden Teller, sein Appetit war schon längst verflogen.

»Es *muss* einen Weg geben, wie wir dich da rausholen können.«

»Es ist nur eine Woche bis zur ersten Anhörung«, wandte Jakes Dad ein, »und da werden wir die ganze Sache abschmettern.«

»Was ist, wenn sie mich schuldig sprechen?«, fragte Jake und seine Eltern ließen gleichzeitig ihre Gabeln fallen.

»Dazu wird es nicht kommen.«

Jake schloss die Augen und versuchte sich vorzustellen, wie es in der BVT-Anstalt wohl sein würde – aber er sah nur Gänge voller Delinquenten und Verbrecher vor sich. Mr Wakefields Beschreibung der Justizvollzugsanstalt ließ ihn einfach nicht mehr los.

»Glaubt ihr, dass dort auch Mörder in Haft sind?«, fragte er und schob sein Essen auf dem Teller hin und her.

»O nein, Schatz«, erwiderte seine Mom. »Bestimmt nicht.«

»Mr Wakefield hat vielmehr gesagt, dass welche in der Justizvollzugsanstalt sind.«

»Na ja, ich habe BVT wenigstens mal gegoogelt und die Bewertungen gelesen. Klingt alles nach … einem guten Programm. Die Eltern sind alle voll des Lobes.«

»Kommt ihr mich besuchen?«

Jakes Dad sah zu seiner Mom. Sie seufzte.

»Sie lassen uns nicht«, antwortete sie.

»Oh, verstehe«, sagte Jake.

»Aber du bist ja nur eine Woche dort«, fügte sie hinzu, »und wir können jeden Tag telefonieren. Lass einfach dein Handy eingeschaltet.«

»Hat Mr Wakefield nicht gesagt, dass er sein Handy nicht mitnehmen darf?«, wandte sein Dad ein.

»Oh«, sagte sie. »Stimmt. Ähm. Du könntest eins reinschmuggeln.«

»Ich habe schon genug Ärger am Hals.« Jake türmte die Spaghetti zu einem Berg auf, so dass es wie ein kleiner Vulkan aussah.

»Sie haben dort bestimmt Münztelefone, Jake. Ruf uns an«, bat sie ihn.

Mit seiner Gabel schob er ein mit Soße getränktes Fleischbällchen oben auf den Vulkan hinauf, wo es wie eine große Lavakugel ruhte.

»Wir haben noch fast eine Stunde«, sagte sein Dad. »Wir könnten uns einen Teil des Spiels im Fernsehen ansehen. Was meinst du, Jake?«

»Ist schon in Ordnung. Es interessiert mich gar nicht so. Ich habe auch keinen großen Hunger.«

Jake nahm seinen Teller und trug ihn in die Küche. Dort warf er sein unberührtes Abendessen in den Komposteimer und spülte den Teller ab. Plötzlich schrillte die Türglocke. Der Teller fiel krachend auf den Boden.

»Jetzt schon?«, hörte er seinen Dad im Esszimmer sagen. Jake seufzte, drehte den Wasserhahn zu und ging durchs Haus, um zu sehen, wie sein Dad die Tür aufmachte. Draußen stand ein dünner Teenager, der ein Hemd mit fest geknöpftem Kragen, Jeans und Jackett trug.

»Hallo«, sagte der Teenager. »Ich bin von BVT. Ich soll hier jemanden abholen.«

»Ja, ich bin – wir sind seine Eltern«, erklärte sein Dad, trat einen Schritt zurück und betrachtete den Teenager von oben bis unten. »Entschuldige, aber ich hatte eine … eine etwas … na ja, ältere Person erwartet.«

»Ja.« Der Teenager lehnte sich zurück, kaute auf seiner Unterlippe und entblößte dabei eine Zahnlücke. »Das gehört alles zum Programm: Ehemalige Übeltäter – ich bin resozialisiert, versprochen, *haha* – fahren Ersttäter zum Zentrum.«

Er trat näher an Jakes Dad heran und flüsterte etwas. »Es soll ihm auch einen kleinen *Schreck einjagen*. Unterwegs werde ich ihm Gruselgeschichten erzählen, wie schlimm alles wird, wenn er sich nicht schnell wieder im Griff hat.«

Jake war sich nicht sicher, ob er diesem Jungen über den Weg trauen sollte. Er wirkte ein wenig ungehobelt und irgendwie sogar gefährlich.

»Also, kannst du dich wenigstens ausweisen?«, fragte Jakes Mom, die an die Tür gekommen war. Der Typ kratzte sich an seinem spärlichen Kinnflaum und griff in seine Tasche. Er holte eine Visitenkarte heraus.

»Reicht das?«, fragte er und überreichte sie Jakes Mutter. »Ich bin nicht in Vollzeit angestellt, eigentlich bin ich bloß Fahrer, was anderes kann ich Ihnen leider nicht zeigen.«

»Na ja, ich nehme an ...« Jakes Dad musterte die Karte. Jake blickte hinüber – sie sah genauso aus wie die Karte, die Mr Wakefield ihm gegeben hatte.

»Schatz, wir werden die ganze nächste Woche versuchen deine Unschuld zu beweisen«, sagte Jakes Mom. »Und du denkst diese Woche auch darüber nach, okay?«

»Okay«, antwortete Jake.

Er nahm seinen Seesack.

»Noch eine Umarmung«, sagte seine Mom und drückte ihn an sich. »Die ist von deinen Großeltern in New York.«

Das erinnerte Jake an etwas.

»Mom, warum riecht Grandpa so, wie er riecht?«

»Wie bitte, was?«, sagte sie und trat einen Schritt zurück.

»Du weißt schon, sein Geruch ... liegt es an seinem Aftershave?«

»Ach, Schatz, das ist so lieb von dir, dass du in diesem Moment an ihn denkst. Er hat dich auch lieb.«

»Aber woher kommt sein Geruch?«

»Oh, das ist vermutlich seine Haarpomade.«

»Ah, okay. Welche Marke?«

»Ich glaube, sie heißt *Golden Age.*« Sie kratzte sich am Kopf. »Man kann sie überall kaufen, das ist so ein Zeug für alte Männer.«

Jake ließ die Schultern hängen. Dann war es also kein außergewöhnliches Produkt, das Lizzie mühelos auf die Spur des Diebs hätte bringen können.

»Soll ich sie dir kaufen?«

»Nein, nicht so wichtig.«

»Gut«, sagte sie. »Es wäre irgendwie auch komisch, wenn ein Junge dieses Zeug benutzen würde.«

Jake umarmte seinen Dad und fühlte sich dabei absolut nicht wie ein Geheimagent. Er hatte das Gefühl, dass nichts mehr so sein würde wie früher, sobald sein Dad ihn losließ, und klammerte sich weiter an ihn.

»Komm schon, Kleiner«, drängte der Typ.

Jake löste sich mit einem langen Seufzer aus der Umarmung. Er sah seine Eltern an und beide erwiderten seinen Blick mit glasigen Augen. »Bis bald.«

»Ruf an«, flüsterte seine Mom und hängte sich an seinen Dad, als wäre er ihr Fels in der Brandung.

Jake folgte dem Fahrer die Einfahrt hinunter und stieg auf den Rücksitz des wartenden Autos. Er schnallte sich langsam an, der Motor lief bereits. Jake sah zurück und winkte seinen Eltern verhalten zu, die immer noch an der Tür standen. Das Auto setzte sich in Bewegung und ein paar Sekunden später waren sie aus Jakes Blickfeld verschwunden.

Er schloss die Augen und versuchte gleichmäßig zu atmen, um sich zu beruhigen, schreckte aber hoch, als von vorne eine Mädchenstimme zu ihm drang.

»Und, bist du so weit?«

Jake fuhr hoch, riss die Augen auf und ballte automatisch die Fäuste. Lizzie lehnte sich über den Vordersitz, ein verschlagenes Grinsen im Gesicht.

»A-aber …«, sagte Jake und sah sich um. *»Wie?«*

»Das ist Goose«, erklärte sie und kam lachend zu ihm auf den Rücksitz geklettert.

Der junge Fahrer hob eine Hand und drehte sich mit einem Lächeln um. »Hi, Hale.«

Jake war immer noch sprachlos. »W-was?«

»Ich hab's dir doch gesagt.« Lizzie verschränkte selbstbewusst die Arme. »Wir werden diese Sache aufklären.«

»Aber w…was ist mit dem BVT-Programm? Sie holen mich um sieben ab!«

»Nein, tun sie nicht«, sagte Goose. »Ich hab die Nummer auf der Karte angerufen, die du Lizzie gegeben hast, und den Anruf über das Netzwerk der Polizeiwache geleitet. Ich habe ihnen erklärt, dass sich alles geändert hätte und du jetzt doch in die JVA gehen würdest. Sie waren nicht begeistert.«

»Aber *warum*?«, fragte Jake.

»Mann, streng deinen Grips an!« Lizzie streckte die Hand aus und schlug ihm auf die Schulter. »Wir müssen einen Dieb fangen und deine Unschuld beweisen!«

»Ja, aber …«, rief Jake und spürte, wie sein Puls vor Aufregung raste, »ich habe meine Stormglass-Ausrüstung nicht dabei.«

»Macht nichts«, gab sie zurück. »Du bist Geheimagent. Es wird Zeit, dass du lernst, ohne auszukommen. Goose, bring uns zum Flughafen!«

»Ja, Ma'am!« Er grinste, startete den Motor und brauste los.

DER DIEB 09

Sobald die sichere Verbindung hergestellt war und der Bildschirm zum Leben erwachte, lächelte der Dieb und ließ seine großen Vorderzähne aufblitzen. Er zog die Lippen darüber und fuhr sich dann mit einer Hand durch sein fettiges braunes Haar. Es war ihm egal, was andere sagten … er sah gut aus. *Richtig gut.*

Plötzlich tauchte das unfreundliche Gesicht des Ingenieurs auf dem Bildschirm auf, er erschrak, fasste sich aber schnell.

»Also, haben Sie das Paket erhalten?«

»Ja.« Das Gesicht des Ingenieurs zitterte vor Aufregung. »Es ist gerade vor einer Stunde angekommen. Ich … ich kann's nicht fassen … sie ist echt!«

»Ich habe Ihnen doch gesagt, dass sie echt ist«, erwiderte der Dieb und lehnte sich zurück.

»Hast du sie dir angesehen?« Der Ingenieur nahm die Waffe. Sie ähnelte kein bisschen ihren verschiedenen Prototypen. Vielmehr glich sie einem Kunstwerk. Die Kupferdrähte, die Metallrohre, der sanft leuchtende, im Glas eingebettete Kristall.

Der Ingenieur hielt sie ehrfürchtig, beinahe wie einen heiligen Gegenstand.

»Natürlich habe ich sie mir angesehen«, erwiderte der Dieb. »*Ich* habe sie Ihnen geschickt.«

»Sie sieht fast wie ein Todesstrahlengerät aus.«

»Und doch ist sie es nicht. Freuen Sie sich aber nicht zu früh. Ich habe schlechte Nachrichten: Sie funktioniert nicht.«

Der pausbackige Ingenieur war sichtlich enttäuscht und seine Augenbrauen sackten dümmlich nach unten. »Sie funktioniert nicht?«, wiederholte er und schob die Unterlippe vor wie ein bockiges Kind.

»Nein, nein. Tesla konnte sie auch nicht zum Laufen bringen. Er hat sich darüber in seinen Briefen an Edison ausgelassen.«

»Tesla konnte *alles* reparieren.« Der Ingenieur wischte sich etwas aus den Augen. »Bist du sicher, dass sie nicht funktioniert?«

»Ja. Ich habe sie in San Francisco ausprobiert.«

Das Gesicht des Ingenieurs wurde leichenblass. Er brauchte mehrere Sekunden, um wieder zu Atem zu kommen, bevor er weitersprach.

»D-du hast sie *in San Francisco* ausprobiert?«

»Am Flughafen«, fügte der Dieb verwegen hinzu.

»Aber … du hättest die Stadt, n-nein, den gesamten Bundesstaat zerstören können! Du hättest ganz Kalifornien l-l-lahmlegen können!«

»Ich weiß. Ich weiß. Das war dumm von mir, ich hab nicht richtig nachgedacht. Aber ich hatte schon so lange nach ihr gesucht. Ich musste wissen, ob sie funktioniert.«

»Du hast mir v-versprochen«, wandte der Ingenieur ein, »dass wir sie benutzen, um die Welt zu *retten*. Das stimmt doch, oder?«

»Natürlich«, log der Dieb. »Also, während *Sie* versuchen herauszufinden, warum sie nicht funktioniert, mache ich mich auf den Weg nach Serbien. Ich glaube, Sie haben Recht. Ich glaube,

Tesla wusste, wie er sie reparieren konnte, und ich glaube, ich weiß, wo ich die Antwort finden kann.«

Der Dieb kappte die Verbindung. Er war so nah dran, er konnte es regelrecht schmecken, und er würde nicht zulassen, dass ihm irgendjemand in die Quere kam.

10 DIE JAGD BEGINNT

Jake starrte aus dem Fenster und beobachtete, wie unter ihnen dichte Wolken vorbeiflogen.

»Keine Angst, Hale«, beruhigte Lizzie ihn und nahm sich geistesabwesend eine weitere Handvoll Popcorn. »Wir werden diesen Typen finden, ein Geständnis aus ihm rausholen und dich noch vor dem Gerichtstermin zurück nach Oakland bringen.«

Jake sah zu ihr hinüber. »Okay«, sagte er zögerlich. »Ich mache mir nur die ganze Zeit Sorgen, dass …«

»Hör auf damit! Wir müssen uns konzentrieren. Los jetzt. Hast du schon den Namen von dem Kerl mit dem Rattengesicht herausgefunden?«

Jake schüttelte den Kopf und schob ihren Stormpad über den Tisch zurück.

»Nein, ich habe alle Passagiere dieses Flugs überprüft. Da waren zwar ein paar Jugendliche, aber er war nicht dabei.«

»Der Rattenjunge«, murmelte sie und blickte zum Großbildfernseher auf der anderen Seite der Flugkabine. Dort lief gerade leise eine Reisesendung.

»*Genau.* Wenn wir den Rattenjungen schnell genug einholen, könnten wir Tof sehen!«

Jake kniff die Augen zusammen, als sie sich ihren Stormpad

schnappte und eifrig anfing zu tippen. »Ja«, rief sie und tippte noch schneller. »Er hat einen Auftritt in Belgrad. Sie haben es gerade erst angekündigt. Er tritt nur einen Abend auf, und zwar morgen! Komm schon, was meinst du?«

»*Dir ist schon klar*, dass ich eine Haftstrafe riskiere, oder? Jetzt, wo ich abgehauen bin, könnte ich vielleicht sogar in einem richtigen Knast landen.«

»Ich weiß. Und wir *werden* diese Sache aufklären. Aber die Show wäre auch eine gute Abwechslung.«

Sie blickte mit großen, hoffnungsvollen Augen auf, aber Jake runzelte die Stirn.

»Als würde es nicht schon reichen, dass ich an der Schule ständig Mist baue, nein, das hier muss ich auch noch total vermasseln. Wenn ich ein guter Geheimagent wäre, so wie *du*, hätte man mich bei der Versteigerung erst gar nicht erwischt. Ich sollte es besser bleibenlassen. Ich tauge wohl nicht dazu.«

»Du hast gerade erst angefangen, Hale.« Lizzie sprach langsam und schob ihr Stormpad beiseite. Sie lehnte sich über den Tisch. »Ohne dich hätten wir den Fall im Sommer nie gelöst. *Schon vergessen?* Was, glaubst du, wäre passiert, wenn Doktor Augenbraue und dieser durchgeknallte Terrorist Kim mit der Bienengeschichte davongekommen wären? Du … deine ganze Familie … ihr könntet jetzt alle tot sein. Zehntausende könnten tot sein, Hale, und du hast das verhindert. *Du.*«

Jake zuckte mit den Schultern. Er kam sich nicht wie ein Held vor. Auch wenn er zur Aufklärung dieses Falls beigetragen hatte, fragte er sich, ob er nicht einfach nur Glück gehabt hatte.

»Ihr hättet ihn auch ohne mich aufgeklärt«, wandte er ein.

Lizzie schüttelte mit ernster Miene den Kopf.

»Da bin ich mir gar nicht so sicher. *Du-weißt-schon-wer* hat versucht die Mission zu sabotieren. Ich saß in der Klemme, Hale. Und du hast mich rausgeholt. Du.« Sie streckte die Hand über den Tisch und pikste ihn mit dem Finger in die Brust. »Du«, sagte sie und pikste ihn noch fester. »Du!«

Jake fing an zu kichern und schob ihre Hand weg.

»Hör auf!«, rief er, als Lizzie ihn weiterkitzelte.

Sie lehnte sich lachend zurück. »Schau, so schlimm ist es doch gar nicht.«

»Warst du auch so ein miserabler Agent, als du bei Stormglass angefangen hast?«

»Natürlich«, erwiderte Lizzie. »Aber man hat mich nicht wie dich einfach so ins kalte Wasser geworfen.«

»Wie hast du angefangen?«

»So wie du – man hat mich rekrutiert. Ich habe einen Brief bekommen, in dem man mir einen Platz an einer supergeheimen Akademie angeboten hat – ich wusste nicht, dass es Stormglass war, und habe angenommen.« Sie blickte aus dem Flugzeugfenster. »Ich war erst sieben Jahre alt.«

»Du hast mit sieben schon Verbrechen aufgeklärt?« *Wie hat sie das vor ihren Eltern geheim gehalten?*

»Nein, natürlich nicht. Zuerst musste ich einfach Rätsel lösen, wie bei einem Intelligenztest, und sie haben mir so Sachen wie Mnemonik und Gedächtnispaläste beigebracht, um besser klarzukommen.«

»Ich habe *gerade erst* von Gedächtnispalästen gehört.«

»Das liegt daran, dass du gerade erst mit deiner richtigen Ausbildung angefangen hast. Dann haben sie mich in Selbstverteidigung unterwiesen. Zuerst dachte ich, es wäre alles ein Spiel, als würden sie nur vorgeben, es wäre eine Schule für Geheimagenten. Du weißt schon, so wie es zum Spaß Star-Wars-Schulen und so was in der Art gibt. Aber mit neun haben sie mich auf meine erste Mission geschickt. Da ist mir klar geworden, dass es kein Spiel war, sondern tödlicher Ernst.«

»Hast du deinen Eltern davon erzählt?«

»Natürlich nicht! Außerschulische Aktivitäten und Hobbys sind richtig gute Tarngeschichten.«

»Wie geht's dann weiter?«, fragte Jake. »Was passiert danach?«

»Manche Agenten werden Ausbilder«, erklärte Lizzie. »Jenny war noch vor ein paar Jahren selbst Agentin.«

»Möchtest du das auch werden?«

Lizzie schüttelte den Kopf. »Ich will Spionin werden. Nicht nur Teilzeit wie jetzt. Ich will das *rund um die Uhr* machen. Ich möchte im Ausland leben, in Russland zum Beispiel, und verdeckt ermitteln. Ich möchte praktisch James Bond sein.«

»James Bond war ein Typ«, sagte Jake lachend. »Du kannst nicht *James* Bond sein.« Tief in seinem Innern wusste er aber, dass sie mehr von James Bond hatte als sonst irgendjemand, den er kannte.

»Dann halt *Jane* Bond«, erwiderte sie mit einem Kichern und drohte ihm mit dem Finger. »Willst du noch einmal den Stormglass-Finger der Qualen zu spüren bekommen? Willst du das? Willst du das?!«

»Was bedeutet *Stormglass* eigentlich? Filby wollte es mir im Sommer nicht verraten, aber ich habe es nachgeschlagen und bin auf merkwürdiges Zeug gestoßen.«

Lizzie lehnte sich zurück, verschränkte die Hände und zog die Augenbrauen hoch. »Merkwürdig? Zum Beispiel?«

»Na ja, es gibt dieses Spiel, aber auch ein altes Wettervorhersagegerät, das als Sturmglas bezeichnet wird.«

»Jep. Und hast du gesehen, wer es erfunden hat?«

Jake rieb sich den Kopf, als er versuchte sich daran zu erinnern. »Es war der Kapitän von Charles Darwins Forschungsschiff … der *HMS Beagle*. Er hieß, glaube ich, Admiral FitzGibbons oder so ähnlich.«

»Admiral Robert FitzRoy. Er hat nicht nur das Stormglass erfunden, sondern auch die Stormglass-Akademie gegründet.«

Jake war verwirrt. »Habt ihr mir nicht erzählt, die Vereinten Nationen hätten Stormglass gegründet?«

»Nein, nein. Die Vereinten Nationen haben die Organisation 1961 *legalisiert*. Dag Hammarskjöld unterschrieb eine geheime Verfügung namens ›Stormglass-Protokoll‹. Du kannst mehr darüber auf deinem Stormpad erfahren. Kurz danach starb er bei einem mysteriösen Flugzeugabsturz. Aber die Akademie ist viel älter. Sie behaupten, Admiral FitzRoy hätte sie 1836 gegründet.«

»Dann hat er seiner Schule und seinem Wettervorhersagedings denselben Namen gegeben?«

»Das hat mir jedenfalls Jenny erzählt. Das Storm*glass* sollte Matrosenleben retten und die Schule zur Verbrechensbekämpfung sollte das Leben aller retten.« Lizzie sah sich schnell um, als würde sie nach Lauschern Ausschau halten, und flüsterte: *»Ich glaub's nicht.«*

»Was meinst du?« Jake lehnte sich vor, begierig, ihre Verschwörungstheorie zu hören.

»Na ja, sie behaupten, Darwin und FitzRoy hätten in der Kapitänskajüte der *Beagle* gemeinsam die Idee für eine Geheimagentenschule gehabt. Die ersten Schüler waren vier Jugendliche aus

Feuerland. Aber ich habe mich über FitzRoy schlaugemacht und manches ergibt keinen rechten Sinn.«

»Zum Beispiel?«

»Na ja, als er noch ein Kind war … ich meine, FitzRoy ist der Marine beigetreten, *als er zwölf war*. Als er vierzehn war, brach er zu seinem ersten Seeabenteuer auf.«

»Du glaubst also, dass er auch ein jugendlicher Geheimagent war?«

»Es heißt, er hätte schon Verbrechen aufgeklärt, als er so alt war wie wir. Und das wirft eine große Frage auf.«

»Wer hat Robert FitzRoy ausgebildet?«

»Genau. Wo hat er gelernt, was man als Agent tun muss? Es fällt mir schwer zu glauben, dass er einfach ein jugendliches Genie war. Könnte es schon davor eine Geheimagentenschule gegeben haben? *Hey!*« Sie wirbelte zum Fernseher herum. »Das sind die Inseln, von denen ich dir erzählt habe! Die *Vindiqo*-Inseln.«

Im Fernsehen jonglierten Männer in Grasröcken mit Feuer und Frauen tanzten den Hula, während sie Getränkedosen auf dem Kopf balancierten. Sie schnappte sich die Fernbedienung und drehte die Lautstärke hoch.

»Man kann sich der Schönheit und dem Wunder dieser zwölf Inseln nicht entziehen«, sagte der Werbesprecher. »Das ist nicht einfach der Garten Eden, es sind gleich *zwölf* Gärten Eden, zwölf paradiesische Ferieninseln, präsentiert von Vindiqo Entreprises, dem Unternehmen, dem *Sie* wichtig sind.«

Lizzie drehte sich mit einem fiesen Grinsen wieder zu Jake um. »Vindiqo«, flüsterte sie, sah auf ihr Stormpad hinunter und lehnte mit einer Grimasse einen Anruf ab. Jake sah auf den Bildschirm, während der Sprecher fortfuhr.

»Auf jeder Insel kann man sich in Swimmingpools, Planschbecken, Surfpools und Mini-Gezeitentümpeln für Kinder tummeln. Es gibt drei Kasinos und sogar eine Roulettescheibe in der Größe eines Karussells. Würden Sie nicht auch gerne eine Reise für die ganze Familie gewinnen?«

Ein fröhlicher Mann in einem Polohemd drehte sich zur Kamera und lächelte. »Also ich bin dabei«, sagte er und schlang die Arme um eine Frau und zwei Kinder.

»Diese Werbung ist so kitschig«, stöhnte Jake, aber Lizzie brachte ihn zum Schweigen.

»Diese Inseln sind nicht nur zum Entspannen. Es gibt vier majestätische Vulkane, atemberaubende Naturkunstwerke, alle mit Wanderwegen bergauf und Radwegen bergab.«

»Vulkane?«, sagte ein Mann und drehte sich mit einem entsetzten Blick in die Kamera.

»*Haha*, diese alten Vulkane sind nicht aktiv«, fuhr der Sprecher fort, »ganz im Gegensatz zur Dankbarkeit ihrer Familie. Die einzige Lava, die sie je zu Gesicht bekommen werden, befindet sich im Lava-Freizeitpark hier auf Insel vier.«

»Dieser Ort sieht fantastisch aus«, sagte Jake.

»Sie sind so hinterlistig.« Lizzie drehte die Lautstärke herunter. »Vindiqo hat diese Inseln nur gekauft, damit sie ihr ganz eigenes Land haben können.«

»Ein Land? Ein ganzes Land, das Vindiqo gehört?«

»Ja, wie ein *Vindi*-Land. Sie haben einen Sitz bei den Vereinten Nationen beantragt und alles.«

Jake schüttelte angewidert den Kopf.

»Aber so funktioniert Weltpolitik.« Lizzie schaltete den Fernseher aus. »Darüber haben *wir* überhaupt keine Kontrolle.«

»Ermittelst du immer noch in der Sache mit den vermissten Wissenschaftlern?«, fragte Jake.

»Das liegt erst mal auf Eis, bis wir deinen Kumpel, *Rattengesicht*, gefunden haben«, antwortete sie. »Egal, ob wir auf Tofs Konzert gehen oder nicht, deine Unschuld zu beweisen ist meine Topppriorität.«

»Warum sind sie unterwegs nach Serbien?«

»Sie oder *er*?«

»Ich gehe davon aus, dass sie zusammen reisen«, meinte Jake.

»Auf dem Foto standen sie nicht zusammen«, wandte Lizzie ein. »Du hast sie auch nie zusammen gesehen.«

»Tof wollte Teslas Überseekoffer kaufen«, sagte Jake. »Vielleicht wollte er *unbedingt* etwas haben, das drin war.«

»So wie du mir davon erzählt hast, klang es nicht danach, als hätte er ihn unbedingt ersteigern wollen.«

»Nein, stimmt«, gab Jake mit einem Seufzer zu. »Aber Tof hat versucht den Schrankkoffer zu kaufen und dann hat der Dieb, oder Rattengesicht …«

Lizzie entblößte die Zähne und machte Klauenfinger.

»Dann hat Rattengesicht irgendwas daraus gestohlen und jetzt fliegen sowohl Tof als auch Rattengesicht gerade nach Belgrad. Das kann kein Zufall sein, oder?«

»Tof ist auf jeden Fall reich genug, um zwanzig dieser Koffer zu kaufen. Warum würde er das Ding stehlen, was auch immer es war?«

»Aber warum sitzen Tof und Rattengesicht dann im selben Flugzeug?«

Lizzie hob die Hand und öffnete einen Finger nach dem anderen, während sie mögliche Erklärungen aufzählte.

»Erstens: Rattengesicht ist Teil von Tofs Gefolge, nur habe ich ihn nie auf Bildern oder in Videos gesehen.

Zweitens: Rattengesicht folgt Tof überallhin.

Drittens: Er hat vor, Tof umzubringen, was für die Musikbranche ein schwerer Schlag wäre. Moment, wo war ich?«

»Viertens«, sagte Jake.

»Genau, viertens: Es gibt einen Grund, warum *beide* auf dem Weg nach Belgrad sind.«

»Gut, Tof gibt dort ein Konzert, aber was könnte es sonst noch für einen Grund geben?«

»Genau das müssen wir herausfinden«, sagte Lizzie.

»Was weißt du über Serbien?«, fragte Jake.

»Es liegt in Europa. Ähm, es ist einer der größten Himbeerexporteure der Welt und … also … es gibt dort Vampire. Wurde der erste echte Vampir nicht in Kisiljevo begraben?«

»Vampire.« Jake zuckte zusammen und witzelte: »Ich kann Vampire nicht ausstehen.«

»Wie gut, dass es sie nicht wirklich gibt.« Lizzie reichte ihm ihr Stormpad. »Hier sind ein paar Bilder von dem Ort, zu dem wir gehen.«

»Wow«, sagte Jake und betrachtete die ausgebombten Gebäude. »Das sieht aus wie San Francisco nach dem großen Erdbeben. Was ist passiert?«

»Belgrad, die Hauptstadt, war vor ein paar Jahren noch Kriegsgebiet«, erklärte sie, während sie durch eine Reihe von Bildern einer zerstörten Stadt scrollte. »Willst du dich über Serbien schlaumachen? Wir könnten ein paar Infos gebrauchen.«

»Klar«, sagte Jake, »aber wenn Filby hier wäre, wüsste er wahrscheinlich schon über alles Bescheid.«

»Jep.« Lizzie verschränkte die Arme und sah weg.

»Was meinst du, wo ist er jetzt?«

»Interessiert mich das?« Lizzie schürzte die Lippen.

»Wahrscheinlich nicht.« Jake wandte sich wieder dem Stormpad zu und suchte nach einem Fremdenführer für Belgrad. Obwohl Filby nervig, ein bisschen selbstgefällig *und* ein Verräter gewesen war, hatte er immer alles gewusst. Und Jake vermisste ihn, auch wenn Lizzie das offensichtlich nicht tat.

Er überflog einen Artikel über eine orthodoxe Kirche und irgendwelche römischen Ruinen, aber es klang nicht nach Orten, an denen sie den Dieb finden würden. Dann griff auch er in die Schüssel mit Popcorn. Er legte sich eins auf die Lippen, saugte es ein und würgte.

Lizzie blickte abrupt auf, als Jake den Kern aushustete.

»Alles in Ordnung?«, fragte sie.

Jake hielt das Stormpad hoch. »Was meinst du – ist Rattengesicht dorthin unterwegs?«

Sie las vom Bildschirm ab. »›Verpassen Sie Belgrads *Nikola-Tesla*-Museum nicht, das einzige auf der Welt‹.« Sie hob langsam den Daumen. »Dann ist Tesla also auch aus Belgrad. Wir sollten genau dort mit der Suche anfangen. Wenn jetzt bloß einer von uns über Tesla Bescheid wüsste.« Sie zog die Augenbrauen hoch und legte den Kopf schief.

»Dann sollte *ich* mich wohl über Tesla schlaumachen.« Jake schnappte sich noch eine Ladung Popcorn und legte mit der Recherche über den toten Erfinder los.

Wie Mr Wakefield gesagt hatte, war Tesla ein vergessenes Genie. Obwohl er Elektrizität, das Radio, Radar, alle möglichen Beleuchtungen erfunden hatte, manche davon sogar drahtlos, hatte er nur selten die Anerkennung dafür bekommen. Seine Erfindungen waren ihm gestohlen worden.

Es klang auch so, als wäre er ein wenig verrückt gewesen. So lud er spätnachts irgendwelche Prominente in sein Labor ein. Zu diesen Anlässen zog er dann einen schwarzen Smoking, weiße Lederhandschuhe und Schuhe mit Korksohlen an, legte vor allen einen Schalter um und jagte sich Tausende Volt Strom durch den Körper.

Jake betrachtete ein Bild davon und murmelte leise: »Boah.« Tesla sah darauf aus, als würde er zittern, nahezu glühen, und mit funkelnden Augen sein Publikum fixieren.

Das Flugzeug fing an zu ruckeln und die Stimme des Piloten ertönte über die Lautsprechanlage. »Schnallen Sie sich bitte an. Wir treffen gerade auf …« Das Flugzeug wurde noch heftiger durchgeschüttelt und Jake packte das Stormpad, das über den Tisch schlitterte. Der Pilot fügte hinzu: »… Turbulenzen.«

Jake zog seinen Gurt fester und sah zu Lizzie hinüber.

»Tesla scheint ein total durchgeknallter Wissenschaftler gewesen zu sein«, sagte er.

Sie zog die Augenbrauen hoch. »Davon werden wir uns wohl bald überzeugen.«

11

WILLKOMMEN IN BELGRAD

Nachdem sie die Turbulenzen heil überstanden hatten und sanft gelandet waren, öffnete der Pilot die schwere Flugzeugtür. Regen prasselte aus einem eiskalten grauen Himmel nieder.

Die Landepiste hier in Belgrad war sehr schlicht und so grau wie der Himmel, umgeben von zerstörten Gebäuden und Schutt. Die Gegend sah verlassen aus, als wäre sie immer noch Kriegsgebiet. Vor ihnen ragte ein grauer Wohnblock auf mit einem klaffenden seitlichen Loch und aus Backsteinen, die gefährlich im Ungleichgewicht schienen. Auf der anderen Seite der Piste wartete ein gelbes Taxi mit eingeschalteten Scheibenwischern. Der Fahrer blendete zweimal auf und wischte dann das beschlagene Fenster, hinter dem ein Pappschild zum Vorschein kam mit der Aufschrift »лиззие«.

»Ist das Russisch?«, fragte Jake – er erkannte die kyrillische Schrift aus den paar Russischstunden, die er im Sommer gehabt hatte.

»Serbisch«, erwiderte Lizzie, schlug ihren Jackenkragen hoch und trat an den Rand der Fluggastbrücke. »Komm, gehen wir.«

Jake eilte ihr mit seiner Tasche über der Schulter hinterher und hielt sich dabei am glitschigen Geländer fest. Als sie durch den Regen rannten, griff der Taxifahrer nach hinten und öffnete ihnen die Tür. Sie stiegen ein.

»Argh.« Lizzie rubbelte mit einer Hand ihr kurzes, nasses Haar. Dann wandte sie sich dem Fahrer zu. Seine Haut war olivfarben, die Augenbrauen dunkel und er war unrasiert. »Hi.« Lizzie nickte ihm freundlich zu.

»Wohin?«, fragte er mit einem starken, harten Akzent, während er sie von oben bis unten musterte.

»Kennen Sie das Tesla-Museum?«, fragte Jake.

»Natürlich«, antwortete der Fahrer, als wäre das die dümmste Frage der Welt. Er wandte sich wieder nach vorne, legte einen Gang ein und murmelte vor sich hin. »Nikola Tesla, unser Nationalheld. Ob ich ihn kenne? *Tsss!*«

Sie passierten ein Tor und fuhren einen schmalen Kiesweg hinunter, rumpelten anschließend an heruntergekommenen Lagerhäusern mit eingeschlagenen Fenstern und verrotteten Türen vorbei und bogen schließlich scharf um eine Kurve. Plötzlich befanden sie sich mitten im quirligen Getriebe einer Stadt. Menschen in Regenmänteln und mit Regenschirmen eilten den Gehsteig entlang, vorbei an hohen Betonwohnblöcken und Läden mit farbigen Markisen.

Lizzie zeigte auf die andere Straßenseite hinüber, auf ein Gebäude, das aussah, als wäre es frisch plakatiert worden mit bunten Postern. »Schau«, sagte sie. »Tof.«

Die eine Hälfte der Poster zeigte das lächelnde Gesicht des Sängers mit künstlich glänzendem Haar, übertrieben strahlenden Zähnen und funkelnden Augen. Auf den restlichen Postern war ein Ganzkörperfoto von ihm zu sehen, wie er auf der Bühne mitten in einem Song in die Luft sprang. Auf jedem Poster stand sein Name in Großbuchstaben – aber in kyrillischer Schrift, ТОФ – sowie das heutige Datum.

»Das wird ein Hammerkonzert«, sagte Lizzie und grinste breit. »Es wäre ein Mordsspaß hinzugehen.«

»Vielleicht«, erwiderte Jake, der sich allmählich fragte, ob Lizzie vielleicht nicht doch Recht hatte. Es ergab keinen Sinn, dass der Popstar jemanden angeheuert hatte, um etwas aus dem Koffer zu stehlen. Er hätte ihn einfach kaufen können, aber zumindest am Ende schien er ja kein Interesse mehr daran gehabt zu haben. Außerdem war er ein weltberühmter Star. Was hätte er damit anfangen sollen?

»Tof«, sagte der Fahrer. »Mögt ihr Tof?«

Jake sah Lizzie an, die seinen Blick erwiderte, und sie nickten beide. Der Taxifahrer fummelte an seinem Handy herum und kurz darauf lauschten sie Tofs Liebesballade *Little Miss Special*, während der Fahrer mitsang.

»Little Miss Special«, sang er schief und mit seltsamer Aussprache. »I got my eyes on you ...«

Lizzie stimmte mit ein. »I don't know what to do, I'm so in love with you.«

Jake blickte zwischen dem Fahrer und seiner Teamkollegin hin und her.

»Echt jetzt?«, sagte er, als sie weitersangen.

»But please, oh won't you please, oh won't you please – *please please please please please* – just stop being blue ...«

Jake starrte aus dem Fenster, als das ruckelnde Taxi die verregneten Straßen Belgrads entlangsauste. Es versetzte ihm einen Stich, als er sich an die Heimfahrt mit seinen Eltern erst am Abend zuvor erinnerte. Sobald sie diesen Fall gelöst hatten, konnte er nach Hause gehen und seine Unschuld beweisen. *Das wäre schön*, dachte er mit einem leichten Zittern. Aber er war nicht überzeugt, dass es wirklich so reibungslos ablaufen würde.

Zwanzig Minuten später hielt das Taxi schlingernd an einer Straßenecke vor einer alten Villa mit hohen, vernebelten Fenstern und gewaltigen Säulen. Der Fahrer zeigte mit einem dicken, behaarten Finger hinaus.

»Hier drin«, sagte er.

»Okay«, antwortete Lizzie. »Können Sie auf uns warten? Wir sind gleich wieder zurück.«

Sie stiegen aus. Jake folgte Lizzie schnell die Treppe hinauf und durch die prächtigen Holztüren, um dem heftigen und eiskalten Regen zu entkommen.

Drinnen schüttelte sich Lizzie wie eine Katze und stapfte hinüber zum Kartenschalter. Ihre nassen Schuhe patschten über den kalten Boden und hallten durch die Gänge.

Eine weißhaarige Dame in Uniform schreckte hoch.

»Sprechen Sie Englisch?«, fragte Lizzie.

Die runzelige Frau sah mit zusammengekniffenen Augen auf sie herab.

»Amerikaner?«, fragte sie.

Jake und Lizzie nickten. Das einzige Geräusch war der Regen, der gegen die Fenster prasselte.

»Und wo sind eure Eltern?«

»Zu Hause«, antwortete Lizzie. »Wir sind mit der Schule hier.«

»Ach ja? Und wo sind eure Klassenkameraden?«

Die Dame spähte zum Eingang hinüber, als könnte jeden Augenblick eine ganze Meute einfallen. »Verstecken sie sich? Oder seid ihr heute alleine hier? Kommen sie vielleicht einer nach dem anderen rein?«

»Ähm, nein.« Lizzie sah Jake an und sprach dann langsam weiter. »Sie sind in ein … anderes Museum gegangen?«

»Ins Geschichtsmuseum«, warf Jake ein.

Lizzie ließ den Blick zu den anderen Räumen schweifen. »Aber wir machen ein Klassenprojekt über Nikola Tesla, deshalb wollten wir hierherkommen.«

»Gut. Für Schüler ist der Museumsbesuch kostenlos.«

Sie drückte einen stumpfen Plastikknopf auf einer stark zerkratzten Metallmaschine und zwei Papierkarten sprangen heraus.

»Ich glaube, einer eurer Klassenkameraden ist auch hier«, sagte sie.

Jake und Lizzie sahen sich kurz an.

»Echt?«, fragte Jake.

»Ja. Ein anderer amerikanischer Junge ist heute reingekommen. Ein Klassenkamerad?«

Jake lugte in den Raum mit Glasvitrinen und Schaukästen und ein Kribbeln breitete sich in seiner Brust aus. Er konnte niemanden sehen, aber irgendwo in diesem riesigen Museum *war noch ein anderer amerikanischer Junge*.

»Dieb«, flüsterte Jake Lizzie zu.

»Wie sieht er aus?«, fragte Lizzie.

»Ein bisschen älter als ihr beide. *Kein* gutaussehender Junge.«

»Rattengesicht«, wisperte Lizzie und sah Jake vielsagend an, während sie sich ihre Eintrittskarte schnappte. »Danke«, sagte sie zu der alten Dame und patschte ins Museum.

Jake ging ihr hinterher – er machte dabei genauso viel Lärm und verfluchte seine nassen Turnschuhe. Auch wenn das keine sonderlich spionagemäßige Herangehensweise war, spürte Jake, wie sich das Adrenalin aufstaute, denn er wusste, dass sie der Sache näher kamen.

Schon bald wären sie wieder auf dem Rückweg und Jake könnte seine Unschuld beweisen und wieder zur Schule gehen. Sie hätten nicht länger als einen Tag gebraucht, der einfachste Fall in Jakes kurzer Karriere.

Langsam gingen sie um einige Vitrinen herum, die mit Messing-, Glas- und Drahtapparaten gefüllt waren. Aber hier in dem ersten Raum trafen sie auf niemanden. Lizzie winkte Jake zum nächsten Raum und ging schon auf die weit geöffnete Holztür zu, als sie plötzlich erstarrte.

Sie wich einen Schritt zurück und drehte sich mit weit aufgerissenen, angsterfüllten Augen um.

»Was ist?«, fragte Jake lautlos und hob die Arme.

Lizzie drückte sich an die Wand und schüttelte langsam den Kopf.

»Sag schon?«

Lizzie schüttelte den Kopf schneller.

Jake *musste* sich das ansehen. Er patschte so leise er konnte zur Tür, beugte sich vor und lugte um die Ecke.

Filby!

Der pummelige rothaarige Agent – *ihr Freund! der Verräter!* – stand da und betrachtete scheinbar fasziniert eine Vitrine mit alten Maschinen und Büchern. Er blinzelte, drehte sich um und sah Jake. Er fuhr zusammen, als hätte jemand direkt vor seinem Gesicht in die Hände geklatscht. Dann lächelte er nervös und sah Jake mit einem Hundeblick an.

»H-hi, Hale«, sagte er, hob vorsichtig eine Hand und winkte ihm zögernd zu. Jake rannte zu Filby hinüber und wollte ihn schon umarmen, aber in letzter Sekunde riss er sich zusammen. Misstrauisch musterte er Filby.

»K-komm schon, Hale.« Filby packte Jake und drückte ihn fest an sich. Verlegen erwiderte Jake die Umarmung. »Ich gehöre immer noch zu Stormglass. *Versprochen.*« Jake ließ sich noch fester drücken.

Lizzie marschierte lärmend in den Raum.

»Was machst du hier, Filby?«, fragte sie und ballte die Fäuste. Ihre Knöchel waren weiß.

Filby ließ die Arme sinken und trat einen Schritt von Jake zurück.

»I-ich habe versucht, dich anzurufen«, stotterte er und machte den Mund wie ein Goldfisch auf und zu. »Ich wollte helfen. Ich h-h-habe gesehen, dass Hale verhaftet worden ist und dass ihr einen Stormglass-Jet bestellt habt, der euch nach Belgrad bringt. Dann habe ich von dem Raubüberfall gehört und hab mir gedacht, dass ihr vielleicht hierherkommen würdet. K-kann ich euch helfen?«

Lizzie trat einen Schritt zurück und musterte Filby von Kopf bis Fuß. »Dann spionierst du uns also immer noch hinterher.«

»N-nein, ich versuche einfach nur zu h-h…«

»Wir brauchen deine Hilfe nicht«, gab Lizzie scharf zurück.

Filby ließ die Schultern hängen und machte ein enttäuschtes Gesicht. »Es tut mir leid. Ich w… ich war ein Idiot. Ich habe einen Fehler gemacht.«

»Du *bist* ein Idiot.« Lizzie funkelte ihn böse an. Jake sah von einem zum anderen, unsicher, auf welche Seite er sich schlagen sollte. Er verstand, warum Lizzie sauer war, aber …

»Filby hat uns *gerettet*«, sagte Jake, »in Kanada, schon vergessen?«

Lizzie würdigte Filby keines Blickes. Sie starrte auf ihre Füße und drückte ihre Zehen in den Boden. *Wahrscheinlich denkt sie gerade daran, wie Filby uns mit Betäubungspfeilen außer Gefecht gesetzt und gefesselt hat*, dachte Jake.

Filby grub jetzt die Hände in seine Hosentaschen und fing an nervös auf seiner Lippe herumzukauen. Keiner von beiden sah wie ein Geheimagent aus, sondern wie ganz normale Teenager.

»Jetzt wo Filby schon mal da ist«, setzte Jake an, »könnte er uns doch ein wenig unter die Arme greifen. Was meinst du?«

Lizzie hielt den Blick gesenkt und weigerte sich, Jake auch nur in die Augen zu sehen.

»Lass uns kurz darüber reden«, sagte Jake und zog Lizzie wie einen störrischen Esel von Filby weg. »Schau, wir könnten seine Hilfe wirklich gebrauchen«, flüsterte er.

»Aber ich habe ihm noch nicht verziehen.« Lizzie sah ihn noch immer nicht an. »Ich bin nicht bereit dazu.«

»Hier geht es aber nicht um *dich*«, flüsterte er angespannt. »Hier geht es darum zu verhindern, dass ich im Gefängnis lande. Wir brauchen jede Hilfe, die wir kriegen können. Bitte!«

Lizzie kaute auf ihrer Lippe herum.

»Bitte!«

»Okay.« Sie gab nach, starrte aber immer noch auf ihre Füße. Jake blickte zum Balkon hinauf. Er glaubte einen Schatten gesehen zu haben, doch da war offenbar niemand. Es gab nur weitere Schaukästen.

»Freunde?« Filby trat vor.

»Na schön«, sagte Lizzie zähneknirschend. »Vorerst.«

Jake klatschte in die Hände, als würde er eine nervige Stechmücke zum Schweigen bringen. »Okay, also, es sieht folgendermaßen aus.« Er fasste für Filby kurz die letzten vierundzwanzig Stunden zusammen. »Wir wissen nicht, warum er hierhergekommen ist, aber das Museum schien uns der geeignete Ort zu sein, um mit der Suche anzufangen.«

»Es ist ein f-faszinierendes Museum«, sagte Filby. »Hier gibt es ein paar wunderbare Artefakte.«

Lizzie gähnte übertrieben.

»Was ist das?« Jake zeigte auf eine große Stange mit einem riesigen Silberring an der Spitze.

»Ach, das ist ein Tesla-Transformator«, erklärte Filby. »Nikola Tesla hat ihn für drahtlose Übertragungen erfunden.«

Lizzie betrachtete das Gerät und ließ dann den Blick über den Boden schweifen. Sie lief durch den Raum, griff hinter eine Vitrine und tastete ein paar Sekunden herum, bevor sie verkündete: »So klingt es total langweilig. *Das* ist ein Tesla-Transformator.«

Wiiiisch!

Jake warf sich auf den Boden. Eine elektrische Peitsche, kalt und blau, sprühte aus der Silberspule wie ein elektrostatischer Blitz. Kleine voltaische Finger schossen wie Krallen hervor, während der Arm hierhin und dorthin schlug, durch den Raum flackerte und gefährlich rauchte. Jake bekam kaum mit, dass Filby dem aderigen Faden auswich und zu Lizzie rannte – er war zu sehr damit beschäftigt, den Blick über den Balkon schweifen zu lassen, in der Hoffnung, niemanden dort zu entdecken. Lizzies unbesonnenes Verhalten überraschte ihn.

»Bitte m-mach das nicht«, kreischte Filby, fasste um den Transformator herum und schaltete ihn aus. »Das ist gefährlich.«

Mit einem Zipp verschwand der Blitz und die Maschine wurde dröhnend langsamer.

»Aber ganz schön cool«, erwiderte Lizzie und trat einen Schritt zurück. »Oder?« In der Luft hing der schwere Geruch von metallischen Funken.

»Eher ganz schön verrückt«, sagte Jake und strich sich das Haar nach hinten. Es war ihm nicht geheuer, dass Lizzie den Transformator einfach so eingeschaltet hatte. »Typisches Zeug eines verrückten Professors.«

»Ich kann nicht fassen, dass du ihn einen verrückten Professor nennst«, wandte Filby ein. »Er war ein Genie.«

»Was weißt du denn alles über ihn?«, fragte Jake, der das Gespräch unbedingt wieder auf den Fall lenken wollte.

»Er ist einer meiner persönlichen Helden«, sagte Filby mit einem verträumten Blick. »Wegen ihm habe ich angefangen Serbisch zu lernen.«

»Du sprichst Serbisch?«, fragte Jake und spürte, wie ihm ganz flau im Magen wurde, als hätte er etwas Schlechtes gegessen oder etwas sehr Wichtiges vergessen. Hatte er das? Es musste irgendetwas mit der alten Dame am Kartenschalter zu tun haben …

Filby nickte. »Ich habe schon als kleiner Junge angefangen Serbisch zu lernen. Ich wollte Teslas Tagebücher lesen können. Die meisten sind auf Englisch, aber ein paar der richtig seltenen sind auf Serbisch. Die habe ich mir gerade hier drüben angesehen.«

Jake schaute in die Vitrine, die Filby zuvor betrachtet hatte und die voller Relikte aus Teslas Leben war – Taschentücher, eine weiße Fliege und eine Reihe von ledergebundenen Büchern. Auf den Buchrücken standen Jahreszahlen.

»Ich habe sie alle in der Stormglass-Bibliothek gelesen«, sagte

Filby, dem offensichtlich das Wasser im Mund zusammenlief, als würde er das Schaufenster eines Süßigkeitengeschäfts betrachten, »aber *die* hier sind Originale.«

Jake senkte den Blick auf den Boden und bückte sich. Unter dem Schaukasten lag kaum sichtbar ein aufgebrochenes Vorhängeschloss. »Hast *du* das Schloss aufgebrochen?«

Filby schüttelte den Kopf. »Nein.«

Er ging in die Hocke und untersuchte es. »Wie habe ich das übersehen können?«

Jake stand auf, lehnte sich vor und schaute in die Vitrine. Auf den ersten Blick schien nichts zu fehlen, alles war mit einer dünnen Staubschicht überzogen.

»Schaut euch den Staub an der Stelle da an«, sagte Lizzie.

Jake und Filby beugten sich vor. Da waren leichte Spuren, als wären die Bücher bewegt worden.

»*Sehr* komisch«, meinte Filby, der auf das Glas klopfte und lautlos den Mund bewegte. »Das Resonanztagebuch ist nicht da … aber es könnte irgendwo anders sein …«

»Resonanz?«, fragte Lizzie und wurde leichenblass. »Daran haben die verschwundenen Wissenschaftler gearbeitet …« Sie senkte die Stimme. »Daran haben die verschwundenen Wissenschaftler gearbeitet«, wiederholte sie.

»Die auf der Insel?«, fragte Jake.

»Genau die, ja.«

Plötzlich machte es in Jakes Kopf klick und er wandte sich an Filby. »*Moment mal* – du hast Serbisch gelernt, um seine Tagebücher zu lesen. Als du reingekommen bist, hast du da mit der Dame am Kartenschalter geredet?«

»Natürlich«, sagte Filby.

»Auf Englisch oder Serbisch?«

»Auf Serbisch.« Filby verlagerte sein Gewicht auf die Fersen, blähte die Brust auf und fiel dann fast rückwärts in die Vitrine. *»Ähem*, natürlich. Ich bin schon seit Jahren nicht mehr hier gewesen und muss üben.«

»Ha«, entfuhr es Lizzie. »Dein Akzent war *so* übel, dass sie uns erzählt hat, du wärst Amerikaner.«

»Nein«, sagte Filby und rieb sich den Kopf. »Sie dachte, ich wäre aus ihrem Dorf.«

»Echt?« Jake kniff die Augen zusammen. »Sie dachte, du wärst Serbe?«

Filby nickte.

»Sie hat uns gesagt, dass noch ein anderer Amerikaner hier ist«, erklärte Jake.

»Dann *ist* noch ein anderer Amerikaner hier!«, platzte Lizzie heraus.

»Der Dieb«, sagte Jake kaum hörbar.

»Rattengesicht«, zischte Lizzie.

Jake sah genau in dem Moment zum Balkon hinauf, als der Schuss losging.

12 DER DIEB GREIFT AN

Etwas pfiff an seinem Kopf vorbei und Jake warf sich auf den Boden. Glas zerbrach und Scherben regneten auf ihn herab.

»Ich hab dich doch gewarnt, dass ich dich *umbringen* werde«, schrie der Dieb vom Balkon herunter.

Jake duckte sich und kickte mit dem Schuh einzelne Glasscherben weg. Lizzie und Filby kauerten beide hinter einem Schaukasten auf seiner Rechten und tuschelten miteinander. Jake blickte vorsichtig um die Vitrine herum und konnte sehen, wie der Dieb mit dem Rattengesicht auf dem Balkon hin- und herging.

»Natürlich«, sagte Rattengesicht, wobei seine Stimme durchs Museum hallte, »hast du deine Freunde in diesen Schlamassel mit hineingezogen.«

Jake sah, wie Lizzie und Filby in ihren Rucksäcken kramten. *Zumindest arbeiten sie jetzt wieder zusammen*, dachte Jake und ließ den Blick durch den Raum schweifen, um sich einen Plan einfallen zu lassen, auch wenn er keine Waffen hatte. Seine Tasche lag im Taxi draußen vor der Tür, aber darin waren auch nur Klamotten.

»Ich habe alles gehört, was du gesagt hast, du behämmerte Kuh«, schrie der Dieb von oben. Lizzie warf ihm einen finsteren Blick zu. »*Alles.* Daher wirst auch du sterben.«

Zwei Wachen kamen in den Raum gestürmt und Jake hörte

zwei weitere Pistolenschüsse. Noch mehr Glas zersplitterte, gefolgt von schweren Schritten und einem Schrei: *»Polizia!«*

Da der Dieb nicht mehr zu sehen war, kroch Jake um eine Ecke des Schaukastens, blieb aber dahinter in Deckung.

»Ihr könntet mich jetzt sowieso nicht mehr aufhalten.«

Der Dieb tauchte wieder auf und feuerte einen weiteren Kugelhagel ab. Ein Plastikmodell zersprang in tausend Stücke und ein alter Motor knallte auf den Boden. Jake fürchtete um sein Leben.

Als er aufsah, bemerkte er, dass er sich gegenüber der Vitrine mit dem Tesla-Transformator befand, den Lizzie eingeschaltet hatte.

»Ablenkungsmanöver«, flüsterte er Lizzie zu.

Sie packte sofort Filbys Rucksack – Filby hatte kaum Zeit es zu bemerken – und warf ihn in die Luft.

Zwei Schüsse knallten und Jake rannte hinüber zur Vitrine. Er griff auf die Rückseite, tastete verzweifelt nach dem Schalter, fand ihn endlich und drückte.

Ein riesiger elektrischer Blitz sprühte aus der Metallspule und der Dieb schrie auf, denn die Garbe schoss in seine Hand und in die Pistole. Er machte einen Satz nach hinten und ließ die Waffe fallen. Klirrend schlug sie unter dem Balkon auf den Fliesen auf. Jake hörte über dem Knistern des Blitzes, wie draußen Sirenen aufheulten.

»Kommt schon«, schrie Lizzie, während sie durch eine dunkle Holztür rannte, und alle drei Agenten stürmten die enge Treppe zum Balkon hoch. Der riesige Tesla-Transformator knisterte immer noch vor sich hin und sie mussten sich an die Wand drücken, um den elektrischen Garben auszuweichen. Der Dieb aber war verschwunden.

Während Filby wieder Atem schöpfte, bedeutete Lizzi ihm, in die eine Richtung zu gehen, und Jake, ihr zu folgen. Jake war sich nicht sicher, ob sie Filby einfach nur loswerden wollte, aber er war froh, dass sie ihn nicht allein losschickte.

Er folgte ihr in einen Raum voller Vitrinen mit merkwürdigen Maschinen und eigenartigen Antiquitäten. Die Decken waren hoch und aus altem Holz. Lizzie bedeutete Jake weiterzulaufen, während sie zur gegenüberliegenden Wand hinüberhuschte. Er beobachtete, wie sie mit ihm Schritt hielt und um jeden Schaukasten lugte. Außer ihnen war niemand hier. Lizzie zeigte stumm auf eine Tür, die weiter ins Innere des Museums führte.

»Da hinein«, sagte sie lautlos.

Jake huschte durch die Tür und Lizzie eilte ihm hinterher. Es war nahezu das genaue Spiegelbild des vorherigen Raums, mit Glasvitrinen und alten Maschinen, aber keinen Besuchern. Sie gingen langsam weiter und schauten hinter jeden Schaukasten. Als sie die nächste Tür erreichten, schlüpfte Lizzie an die Wand.

»Ich gehe«, sagte sie lautlos und zeigte auf sich.

Sie betrat den Raum und Jake schnappte nach Luft, als er sah, wie eine Hand nach ihrem Hinterkopf griff. Lizzie duckte sich, rollte aus dem Weg, verlagerte dann ihr ganzes Gewicht auf einen Arm und kickte mit beiden Füßen gegen die Beine des Angreifers. Der kippte vornüber, sie sprang wie eine Katze auf die andere Seite und riss ihm die Pistole aus den Händen. Als er unsanft auf dem Boden landete, saß Lizzie auch schon auf ihm und richtete die Waffe auf sein Gesicht.

»Lizzie«, schrie Jake, als er die wattierte blaue Jacke und die Mütze sah, »es ist ein Polizist!«

Der Mann stöhnte und versuchte sich aufzusetzen, aber Lizzie stand schon wieder aufrecht und wankte japsend nach hinten. Der Polizist hustete, schnappte sich das Funkgerät an seinem Gürtel und brüllte heiser hinein. Er ließ den Blick von Lizzie zu Jake schweifen und schrie etwas. Jake nahm an, dass er ihre Kleidung beschrieb.

»Wir müssen es ihm erklären«, flüsterte er Lizzie zu, zeigte auf den Polizisten und wich gleichzeitig nervös zurück.

»Keine Zeit.« Lizzie rannte an ihm vorbei. »Wir müssen von hier verschwinden! Er hält *uns* für die Schützen!«

Sie schlängelten sich blitzschnell zwischen den Schaukästen hindurch und prallten am Balkon beinahe mit Filby zusammen.

»Sie haben auf mich geschossen!«, schrie er entsetzt. »Die Polizei hat auf mich geschossen!«

Als sie die Treppe hinunterhetzten, tauchte ein weiterer Mann auf und stürzte sich mit ausgestreckten Händen auf sie. Lizzie täuschte eine Seite an und wich ihm über die andere Seite aus.

Der Mann blickte sich verwirrt um. Filby rammte ihn, so dass er zu Boden fiel, und zwängte sich an ihm vorbei. Jake sprang über ihn und spürte, wie eine Hand nach seinem Knöchel griff – zu spät allerdings, denn er rannte schon durch den Notausgang hinaus in den Nieselregen.

»Mach schon«, schrie Lizzie, die das Taxi draußen erspäht hatte. Aber der Fahrer saß nicht drin. Er stand auf dem Gehsteig und stritt sich mit einem Polizisten.

»Wir müssen in das Taxi reinkommen«, sagte Jake. »Meine Tasche ist da drin.«

»Außerdem brauchen wir ein Transportmittel«, zischte Filby. »Sieht nicht so aus, als würde uns dieser Fahrer noch irgendwohin bringen.«

»Keine Angst – ich kann fahren!« Lizzie sprintete über die Straße, riss die Wagentür auf und schlüpfte hinein, ohne dass der Fahrer es bemerkte.

Jake und Filby rannten ebenfalls über die Straße und sprangen auf die Rücksitze. Aber als Jake die Tür zuschlug, hörte er einen Schrei – der Fahrer. Durch die Heckscheibe sah er, dass der Polizist die Waffe auf sie richtete.

»Los!«, schrie er. Lizzie fingerte ungeschickt an den Schlüsseln herum und ließ den Motor aufheulen. Dann drückte sie aufs Gaspedal, das Taxi schwenkte auf die Straße und sauste zwischen zwei anderen Autos hindurch.

»Duckt euch«, brüllte Lizzie. Zwei Schüsse hallten durch die Luft und die Heckscheibe zersplitterte. Jake schrie, als ihm Scherben aufs Haar regneten. Lizzie riss das Lenkrad herum, als sie scharf um die Ecke bog, und Jake knallte mit Filby zusammen.

»Filby, melde dich beim Piloten«, rief sie und stellte den Rückspiegel ein, um etwas zu sehen. »Sag ihm, dass er sich für einen sofortigen Start bereithalten soll.«

»Alles klar«, antwortete Filby und kauerte sich auf den Boden. Er holte sein Stormpad heraus und machte sich an die Arbeit.

»Hale, komm vor und hilf mir mit der Route.«

Jake kraxelte neben Lizzie auf den Beifahrersitz und wischte zerbrochenes Glas weg. Sie fuhren an einem riesigen alten Gebäude vorbei, er kannte es bereits, sah aber keine Polizei.

»Runter«, schrie Lizzie, bog scharf um eine Ecke und duckte sich unter das Türfenster. Drei Polizeiwagen rauschten mit heulenden Sirenen vorbei. Lizzie zählte bis fünf, dann setzte sie sich wieder auf. Jake schnappte nach Luft. Er hatte die Polizeiwagen nicht kommen sehen.

»Na ja, die suchen auf jeden Fall nach uns«, stellte Lizzie trocken fest. Sie gab wieder Gas, schaltete einen Gang höher und sie rasten los.

»Schnell!«, sagte Filby und richtete sich im Fußraum hinten auf. »Der Pilot sagt, er ist startklar. Ich habe den Kerl, der uns angegriffen hat, nicht gesehen – du, Lizzie?«

»Nein«, erwiderte sie kopfschüttelnd und hielt an einer roten Ampel an. Fußgänger, die im Regen die Straße überquerten, warfen ihnen komische Blicke zu – Lizzie sah vermutlich zu jung aus, um Auto zu fahren, und die zerbrochene Heckscheibe wirkte sowieso verdächtig –, aber Lizzies Augen waren fest auf den Rückspiegel gerichtet.

»Die Ampel ist grün, Lizzie«, sagte Jake. Sie wandte ihren Blick vom Spiegel ab und fuhr an.

»Gleich hier«, rief Jake. Lizzie riss das Lenkrad herum und Jake zeigte auf eine Wand mit Tof-Postern. »Bieg in diese Gasse ein. Ich glaube, da sind wir gelandet.«

»Der Dieb ist also entkommen«, sagte Lizzie leise, »und jetzt verlassen wir Serbien dann gleich. Was sollen wir tun?«

Sie rasten an der Wand voller Tof-Poster vorbei, an Flintoffs strahlendem Gesicht, seinem perlweißen Lächeln, dem goldenen Haar. Oben stand nur das Wort TOΦ, aber darunter war eine Liste von Städten, in denen er auftreten würde. Lizzie bog rechts um eine Ecke und Jake konzentrierte sich.

»Ist nur so eine Idee«, sagte er, »aber was haltet ihr von Bangkok?«

13 DER DIEB

Der Dieb fuhr sich mit einer Hand durch sein zerzaustes Haar, setzte sich an den Tisch und sah auf den großen Platz hinaus. Er legte das Buch vor sich hin und blätterte es noch einmal durch.

Mit diesen Jugendlichen hatte er nicht gerechnet. Er war nur knapp aus dem Museum entkommen. Außerdem war er sich ziemlich sicher, dass er den rothaarigen Jungen von irgendwoher kannte. Ihm fiel nur nicht ein, woher. Aber das spielte keine Rolle.

Schon bald war alles erledigt und Vater würde zufrieden sein.

Er aktivierte den Bildschirm und gab eine lange Zahlenreihe ein, die er auswendig konnte. Es dauerte länger, bis sich die Verbindung aufbaute, dafür war das Risiko geringer. Er hatte schon zu viele Fehler gemacht.

Das pausbackige Gesicht des Ingenieurs im Dschungellabor erschien auf dem Bildschirm. Er befand sich auf der anderen Seite der Welt. Mit einem gierigen Blick beobachtete er den Dieb und wartete ab.

»Ich habe sein Tagebuch gefunden.« Der Dieb nickte. »Und ich hatte Recht. Es steht alles da drin. Alles. Er hat uns die Antworten hinterlassen. Es ist da. Es ist …« Er hielt das Buch hoch und sah es sich mit einem müden, hasenzahnigen Lächeln an. »Es ist da«, sagte er noch einmal.

Der Ingenieur war sprachlos. Er fing an zu keuchen und schnappte nach Luft. Der Dieb machte sich schon Sorgen, er könnte einen Herzinfarkt bekommen. *Das würde alles ruinieren*, dachte er.

»Ist alles in Ordnung?«, fragte er.

Der Ingenieur nickte. »Du hast die Lösung g-g-gefunden?«

»Ja.« Der Dieb legte eine Hand auf das Buch und fuhr mit den Fingern über den zerfledderten Buchrücken. »Wir müssen aber schneller machen.« Er kniff die Augen zusammen.

»Warum?«, fragte der Ingenieur.

»Das erkläre ich Ihnen später. Glauben Sie mir einfach, wenn ich Ihnen sage, dass Eile dringend geboten ist.«

Der Ingenieur brauchte nicht über die jugendlichen Agenten Bescheid zu wissen. Es hätte ihn nur abgelenkt und er hätte anfangen können die falschen Fragen zu stellen. Zum Beispiel, warum sie dieses Gerät *wirklich* bauten.

Er wollte den Ingenieur erst aus dem Weg schaffen, wenn die Waffe tatsächlich funktionierte.

14

GEMEINSAM IST MAN STARK

»Noch so eine überstürzte Evakuierung«, sagte Filby. Er saß Jake und Lizzie gegenüber und blickte aus dem Fenster der Cessna, als sie abhoben. Serbische Polizeiwagen schossen über die Rollbahn und Sirenen flackerten rot und blau.

»O Mann«, sagte Jake. Die fünf Polizisten hinter dem Moneybee-Auktionshaus waren nichts gewesen im Vergleich zu dem, was hier gerade passierte – da waren vermutlich genügend Polizeiwagen, um eine ganze Stadt zu verhaften und abzutransportieren. »Wir werden so schnell wohl nicht nach Belgrad zurückkommen.«

»Wir finden die Ratte in Bangkok, *versprochen*«, sagte Lizzie mit einem unsicheren Lächeln. »Dann kannst du nach Hause und musst nicht ins Gefängnis – du wirst nicht mal mehr suspendiert sein. Alles wird gut.«

»Alles wird gut«, wiederholte Jake langsam.

Zwei Tage zuvor *war* alles noch gut gewesen, aber in diesem Moment konnte er sich nicht einmal daran erinnern, wie sich »gut« anfühlte. Er war einfach froh, dass sie aus Serbien raus waren.

Jake wandte sich an Filby. »Also, was weißt du über das geheimnisvolle Tagebuch? Du hast gesagt, es geht darin um Resonanz. Und sonst?«

Filby dachte ein paar Sekunden lang nach und rieb sich die Stirn, als würde er die Erinnerungen herausmassieren.

»Ich glaube … ja, er schreibt hauptsächlich über die Erdbeben.«

»Erdbeben?«, fragte Jake.

»Die er verursacht hat.«

»Tesla hat Erdbeben verursacht?« Jake sah Filby ungläubig an.

»Aus Versehen natürlich«, erwiderte Filby.

»Wie verursacht man ein Erdbeben aus Versehen?« Lizzie drehte sich weg und sah aus dem Fenster. »Das ist doch gar nicht möglich«, fügte sie leise hinzu.

»K-keine Ahnung, er hat es einfach getan. Er baute einen Oszillator – einen kleinen, wackelnden Kasten, so groß wie eine Schuhschachtel – und versuchte aus den Vibrationen Energie zu gewinnen. Das einzige Problem war, dass das ganze G-gebäude anfing zu wackeln, als er ihn einschaltete. Dann breiteten sich die Schwingungen noch weiter aus. Die Straße fing an zu beben und die Gebäude entlang der Straße ebenfalls. Leute rannten aus ihren Häusern, weil sie dachten, es wäre ein Erdbeben.«

»Ich hätte nicht gedacht, dass es in New York Erdbeben gibt«, sagte Jake.

»Ich weiß«, erwiderte Filby. »Deshalb ist es ja s-so verrückt. Du kannst es nachlesen. Das war 1898.«

Jake sah, wie Lizzie auf ihrem Stormpad herumtippte, und nahm an, dass sie seine Geschichte überprüfte. »Was hat er dann gemacht?«

»Der Oszillator vibrierte zu schnell und Tesla k-konnte ihn nicht mehr abschalten. Die Polizei und die Feuerwehr tauchten auf und das ganze Gebäude wankte auf seinem Fundament. Er dachte, es würde einstürzen. Deshalb schnappte er sich einen

Hammer und zertrümmerte den Oszillator, bevor es wirklich dazu gekommen wäre.«

»Wow«, sagte Jake, »und das hat er alles in sein Tagebuch geschrieben?«

Filby nickte. »Aber er hat auch über andere Experimente geschrieben, die er für Vindiqo durchgeführt hat.«

»Tesla hat für Vindiqo gearbeitet?«

Filby blickte zwischen Lizzie und Jake hin und her.

»Natürlich«, sagte er. »Hast du von dem Erfinder Thomas Edison gehört? Er saß im Aufsichtsrat von Vindiqo, aber damals hieß das Unternehmen *Vindiqo Electric Company*. Als er von dem Erdbeben hörte, staunte er. Und er beauftragte Tesla, einen weiteren Oszillator zu bauen, nur größer und stärker.«

»Noch einen, der *Erdbeben* verursachen würde?«, fragte Jake ein wenig verwirrt.

»Na ja, das war nicht wirklich das Ziel. Die Maschine sollte kostenlos und unbegrenzt Energie für die ganze Welt erzeugen und Edison behauptete, dass sie dafür sorgen würden, keine weiteren Erdbeben damit zu verursachen.«

»Ist das derselbe Edison, der Katzen und Hunde mit Stromschlägen getötet hat?«, fragte Lizzie.

»Na ja, a-also, das waren damals andere Zeiten«, meinte Filby und wischte sich über die Stirn.

»Worüber redet ihr zwei da?«, wollte Jake wissen.

»Willst du's ihm erzählen oder soll ich es tun?«, fragte Lizzie. Filby zuckte mit den Schultern. »Als Edison bei Vindiqo arbeitete, wollte er Tesla diskreditieren. Zu diesem Zweck stahl er Haustiere und benutzte Teslas Erfindungen, um sie umzubringen. Viel mehr weiß ich nicht über diese alten toten Typen.«

»Stimmt das wirklich?«, fragte Jake.

Filby und Lizzie nickten beide.

»Edison m-machte ein paar Fehler. Aber er war auch ein guter Chef. Er trug dazu bei, Vindiqo zu dem Riesenunternehmen zu machen, das es heute ist.«

Lizzie knurrte leise.

»Vindiqo macht nicht nur üble Sachen«, erwiderte Filby und drehte sich wieder Jake zu. »Edison wollte, dass Tesla den zweiten Oszillator zum Nutzen der Menschheit baute, damit er sie mit unbegrenzter Energie versorgen würde. Tesla stimmte dem sogar zu – ihm gefiel die Idee und er baute den Oszillator. Aber als der Zeitpunkt gekommen war, ihn abzuliefern, wurde er nervös. Er hatte Angst, dass jemand ihn benutzen könnte, um Erdbeben anstatt Energie zu erzeugen. Deshalb sabotierte er die Waffe und versteckte sie.«

»W-waffe?«, fragte Jake. »Hast du gerade *Waffe* gesagt?«

»Es war ein Oszillator«, sagte Filby, »aber er sah wie eine Waffe aus.«

»Etwa so lang?« Jake streckte die Arme aus.

»J-ja, genau.«

Jake beschrieb die Waffe und erzählte Filby von dem Messingrohr, dem Griff sowie den Knöpfen und Schaltern auf der Seite. Filby schüttelte den Kopf, als würde er Jake nicht glauben. Als Jake ihm von dem Kristall erzählte, hielt sich Filby die Hände vors Gesicht.

»Aber er hat geschrieben, dass er ihn zerstört hat«, murmelte er wie in Trance vor sich hin. »Teslas zweiter Resonanzgenerator, n-neu und optimiert. Stärker. *Viel* gefährlicher. *Seine Erdbebenwaffe.*«

»Ist es das, was Rattengesicht gestohlen hat?«, fragte Lizzie und Filby und Jake sahen sich an.

»Der Kristall hat geleuchtet, oder?«, fragte Filby.

»Ja«, sagte Jake. »Im Griff.«

»Dann ist die Erdbebenwaffe im Besitz des Diebes«, schlussfolgerte Filby.

»Na, super«, sagte Lizzie. »Das hat uns gerade noch gefehlt.«

»Tesla hat die Waffe unbrauchbar gemacht«, gab Filby zurück. »Aber kluge Ingenieure könnten sie vermutlich wieder zum Laufen bringen. Vor allem, wenn sie das Tagebuch haben.«

»Und das *hat* er jetzt«, fügte Lizzie hinzu.

»Aber er bräuchte auch Wissenschaftler, die Experten auf dem Gebiet der Resonanz sind.«

Lizzie atmete tief durch. »Wir müssen Jenny anrufen.«

»Aber was könnte die Waffe schon bewirken?«, fragte Jake. »Sie würde bloß Gehsteige beben lassen, oder? Und Menschen dazu bringen, vor Angst nach draußen zu rennen – das hast du doch *gesagt*.«

»O nein.« Filby sah auf. »Nein, nein, ganz und gar nicht. 2008 sind bei einem Erdbeben in China *siebzig*tausend Menschen umgekommen.«

»Und diese Waffe könnte das anrichten?«, fragte Jake.

»Ja«, erwiderte Filby.

Lizzie holte ihr Stormpad heraus und stellte eine sichere Verbindung her. Jennys Gesicht erschien nahezu augenblicklich.

»Hi, Lizzie.« Jenny winkte in den Bildschirm und sagte: »Moment mal.«

Sie trug ein Stormglass-T-Shirt und hinter ihr machte ein Raum voller Agenten eine Reihe von Kampfsportübungen, während Eiserne Klaue umherlief und Befehle schrie. Jake erkannte den Raum, in dem er diesen Sommer im Hauptquartier trainiert hatte. Jenny trat auf den Gang und Filby zwängte sich an den Tisch.

»Ist das Hale?«, fragte Jenny und ihre Augen funkelten wütend.

Jake winkte halbherzig, weil er wusste, dass er Jenny eine Menge zu erklären hatte.

»Wo bist du, Hale? Ich versuche dich schon seit vierundzwanzig Stunden zu erreichen. Wo ist dein Stormpad? Man hat dich *verhaftet*?«

»Ja«, sagte er kleinlaut.

»*Muss* ich dich fragen, ob du das Auktionshaus tatsächlich ausgeraubt hast?«

»Nein, natürlich nicht.«

»Gut. Ich war *krank* vor Sorge. Aber ich bin froh, dass ihr drei zusammen seid. Wo seid ihr gerade?«

»Ähm, wir haben eben Serbien verlassen«, antwortete Lizzie.

»Serbien?« Jenny zuckte zusammen. »Ihr wart nicht zufällig in Belgrad, oder?« Sie fing an auf ihrem Stormpad herumzutippen. »O nein … das *wart* ihr drei, oder? Sachbeschädigung, Diebstahl, Schießerei, *ein gestohlenes Auto*? Oh, wow …«

Die drei jungen Agenten wandten betreten den Blick von der Kamera ab, während sie sich am Kopf kratzte.

»Sagt mir wenigstens, dass ihr entkommen seid.«

Sie nickten, ohne ein Wort zu sagen.

»Seid ihr an einem sicheren Ort?«

»In einem Stormglass-Jet«, sagte Lizzie, »unterwegs nach Bangkok.«

»Okay, gut. Dann erzählt mir jetzt, was zum Teufel los ist.«

»Ich habe in Oakland einen Jungen dabei beobachtet, wie er etwas geklaut hat«, erklärte Jake und fasste das Ganze schnell für sie zusammen.

»Okay, ich werde mit unseren Kontaktpersonen in Belgrad sprechen. Mal sehen, was ich tun kann, um die Sache in Ordnung zu bringen«, sagte Jenny. »Was Oakland betrifft, werden wir sehen, was wir tun können …«

Jake unterbrach sie. »Aber es ist noch schlimmer. Ich wusste nicht, was dieser Junge gestohlen hat, aber Filby glaubt, dass es sich um eine Erdbebenwaffe handelt.«

Jenny starrte Jake ein paar Sekunden lang an und knackte mit dem Kiefer. »Wie bitte, was?«

»Eine Erdbebenwaffe«, wiederholte Jake.

»*Nikola Teslas* Erdbebenwaffe?«

»Die zweite«, sagte Filby. »Die große.«

»Aber d-die ist verloren gegangen«, stammelte Jenny. »Niemand weiß, was mit ihr passiert ist. Tesla hat sie versteckt und niemand weiß, wo.«

»Wir wissen es jetzt.« Filby funkelte böse in den Bildschirm.

»Das ist übel. Richtig übel. Ähm, die Sache übersteigt wahrscheinlich meine Sicherheitsfreigabe *und* meine Vergütungsstufe. Wartet kurz. Ich werde den Colonel informieren.«

»D-den Colonel?« Lizzie zuckte merklich zusammen.

Der Bildschirm schaltete auf das sich drehende Stormglass-Logo um und die drei Agenten tauschten nervöse Blicke, während sie warteten.

Nach mehreren langen, schweigsamen Sekunden erschien der Präsident von Stormglass auf dem Bildschirm. Er war alt, vielleicht so alt wie Jakes Großvater, mit kurzem grauem Haar und einem gestutzten Bart.

»Aha, schön, euch wiederzusehen, Agenten«, sagte Colonel Cyrus Rex mit seinem steifen britischen Akzent.

»H-hi, Colonel«, antworteten sie alle. Jake konnte das Zittern in seiner Stimme nicht unterdrücken. Er glaubte, es auch in der Stimme der anderen zu hören. Sie arbeiteten nur selten mit dem Colonel zusammen. Jake hatte ihn bisher nur zweimal getroffen.

»Jenny hat mir erzählt, dass ihr euch auf einer Mission mit hoher Gefahrenstufe befindet. Ist das korrekt?«

»Es geht um Nikola T-t-teslas Erdbebenwaffen, Sir«, antwortete Filby. »Nicht um den kleinen Oszillator, sondern um den, der wie ein Gewehr aussah. Den er für Vindiqo gebaut hat. Jemand hat ihn gefunden und jemand anderes hat ihn gestohlen.«

»Entschuldigt.« Er schloss die Augen und rieb sich die Stirn. »Bei mir ist gerade eine Migräne im Anmarsch. Habe ich das gerade richtig gehört? Ihr sprecht von der Resonanzgenerator-Waffe, die Edison Tesla hat bauen lassen?«

»Ja, die Erdbebenwaffe«, wiederholte Filby.

»Die kleine, die Tesla zertrümmert hat?«

»Nein, Sir, die große.«

»Meinst du die Waffe, die nie in Betrieb genommen wurde, weil er sie zerstört hat?«

»Ich glaube nicht, dass er sie zerstört hat, Sir.«

»Ah.«

Filby nickte.

»Und wo befindet sie sich jetzt?«

»Wir wissen es nicht, Sir«, sagte Jake. »Wir haben aber den Dieb in Belgrad gesehen.«

»Seid ihr immer noch in Serbien?«

»Wir sind geja…« Jake verstummte, als Lizzie ihn unter dem Tisch trat.

»Wir sind in Schwierigkeiten geraten«, sagte sie und führte die Geschichte nicht weiter aus. »Wir haben Belgrad verlassen.«

»Filby, bitte bring die Akte auf den neuesten Stand.«

Der Colonel blickte auf sein Stormpad hinunter und tippte kurz. »Nimm auf jeden Fall eine Beschreibung des Diebs und des Geräts sowie alle sachdienlichen Einzelheiten mit auf. Ich werde sofort eine Ersatzmannschaft nach Belgrad schicken. Verstanden?«

»Ja, Sir«, sagte Filby.

»Wohin seid ihr jetzt unterwegs?«

»Bangkok«, antwortete Lizzie.

»Nun ja, das ist recht weit entfernt. Was passiert in Thailand?«

Lizzie gab Jake ein Zeichen, die Sache zu erklären, während Filby eine Dose Diätlimonade öffnete und einen Schluck trank.

»Wir wissen nicht, wer der Dieb ist«, erläuterte Jake, »aber er taucht ständig an denselben Orten auf wie Tof Flintoff.« Filby hustete und spuckte Limo aus. Jake sah ihn an, bevor er weitererzählte. »Zuerst waren sie beide im Auktionshaus, dann waren sie beide am Flughafen, sie sind beide nach Belgrad geflogen. Tof tritt morgen in Bangkok auf … wir glauben, dass der Dieb ebenfalls dort sein wird.«

»Hast du *Tof* gesagt?«, fragte Filby.

»Entschuldigung, aber *wer* ist Tof?«, fragte der Colonel.

»Das ist nicht gut«, flüsterte Filby schnell und wandte sich dann an den Colonel. »Er ist ein Popstar, Sir. Sehr, *sehr* berühmt. Er hatte so Hits wie *Lollipop Girl* und *Baby Snake* und *Little Miss Special* und …«

»Ah, verstehe. Jetzt zu deinen Bedenken, warum ist das nicht gut?«

»Na ja, wenn *er* an der Sache beteiligt ist, ist sie viel g-größer, als wir angenommen haben. Ich meine – in dem Fall muss es etwas mit V-vindiqo zu tun haben, oder?« Er sah zu Jake und Lizzie, aber beide blickten ihn ausdruckslos an. »Wir *w-wissen*, dass sie immer noch nach uns suchen, vor allem nach m-mir. Ich bin s-sicher, dass ich auf ihrer Abschussliste stehe.«

»Abschussliste?«, fragte Jake.

»Ein Hinrichtungsbefehl«, flüsterte Lizzie.

»Bitte beruhige dich, Filby«, sagte der Colonel. »Du stehst momentan auf keiner Abschussliste. Wir haben Informanten bei Vindiqo und würden darüber Bescheid wissen. Ist Tof ein Vindiqo-Agent?«

»Oh, wissen Sie das nicht …?« Filby drehte sich zu Jake und Lizzie und musterte ihre verwirrten Mienen. »Ich d-dachte, *alle* wüssten das. Er ist bei V-vindiqo … wie *ich*.«

Jake sah, wie Lizzie mit den Zähnen knirschte und sich am ganzen Körper versteifte.

»Wie ich es *f-früher* war«, sagte er.

»Soll das heißen, dass Tof Flintoff … Tof … *der Sänger*, Tof Flintoff … für Vindiqo arbeitet?«, fragte Lizzie, ihr Blick finster und anklagend.

»Na … na klar. Erinnerst du dich noch an seinen ersten Hit?«

»Splurge Be The Word Of The World«, flüsterte Lizzie.

Jake erinnerte sich an den Song. Sein Dad hatte ihn zu Hause ständig vor sich hin gesummt, vor allem, wenn er Abendessen kochte, bis seine Mom es nicht mehr hören konnte. Am Schluss musste er jedes Mal, wenn er ihn sang, einen Dollar zahlen.

»Na ja, du weißt doch, dass Splurge-Limonade Vindiqo gehört«, erklärte Filby.

»Ich dachte, Vindiqo hätte Tof nur *entdeckt*«, sagte Lizzie.

»Nein. Er ist ein hundertprozentiges Vindiqo-Produkt. Tofs Mom arbeitet in der Buchhaltung und sein Dad hat diese ganze Inselgeschichte angeleiert.«

»Moment mal, *kennst* du Tof etwa?« Lizzie sah ihn scharf an.

»Ja klar«, erwiderte Filby mit einem nervösen Grinsen, als wäre er ein bisschen stolz darauf. »Ich meine, er ist älter als ich, aber ich kenne ihn. Ich habe ihn im Camp und im Hauptquartier getroffen, wir hatten sogar einen Kurs zusammen.«

»Echt?«, fragte Lizzie und schüttelte ungläubig den Kopf.

Jake blickte auf Cyrus Rex' Gesicht auf dem Stormpad hinunter. Die beiden anderen hatten fast vergessen, dass der Colonel noch da war.

»Und wie ist Tof so?«, wollte Lizzie wissen.

»Strohdumm«, sagte Filby und Jake musste lachen. »Nein, ich mein's ernst. Wir waren im selben Kurs, obwohl er etwa fünf Jahre älter ist als ich. Unser Lehrer meinte immer, er wäre dumm wie Brot. Ohne mich wäre er nicht mal berühmt.«

»Ach, wirk…lich?« Lizzies Stimme war belegt. Sie klang säuerlich.

»Okay, okay, ich übertreibe ein bisschen. A-aber er hat ständig vor sich hin gesungen. Manche dachten, er wäre nicht ganz *klar* im Kopf, wisst ihr, wie ein Idiot, aber ich fand, dass er eine gute

Stimme hatte ... er war ein richtig guter Sänger. Und das hab ich ihm gesagt. Ich hab ihm immer wieder gesagt, dass er Singen zu seinem Beruf machen soll. Die Leute bei V-vindiqo waren größtenteils Deppen, die nie ein freundliches Wort füreinander übrig hatten. Ich glaube, niemand hatte jemals so etwas Nettes zu ihm gesagt.«

»Also im Grunde«, sagte Lizzie, »hast du ihm *einmal* ein Kompliment gemacht und jetzt rechnest du dir seine gesamte Karriere als Verdienst an? Seine Preise und *alles*?«

Filby zuckte mit den Schultern. »Für ihn war es wohl wichtig. Denn er fing an sich besser anzuziehen, mehr in den Spiegel zu schauen und wie ein Star zu lächeln. Damals hieß er nicht Tof, sondern Christoph.«

»Chris-*toph*«, sagte Jake. »Logisch.«

»Ja, aber niemand nennt ihn noch so ... es ist nur eins von diesen alten Vindiqo-Überbleibseln.«

»Entschuldigung«, meldete sich der Colonel zu Wort, »ich unterbreche euch ja nur ungern, aber ich habe eine Entscheidung getroffen. Jetzt, da wir es mit einem Teenie-Star von Vindiqo zu tun haben, der die Erdbebenwaffe wiedergefunden haben könnte, müssen wir ein paar Änderungen vornehmen. Ihr drei habt bei der Sache mit den Killer-Bienen ja ausgezeichnete Arbeit geleistet, aber dieser Fall stellt sich inzwischen als äußerst gefährlich dar. Teslas Erdbebenwaffe ist keine Lappalie. In den Händen eines Terroristen könnten ganze Städte per Knopfdruck dem Erdboden gleichgemacht werden. Ein paar erfahrenere Agenten werden die Mission übernehmen müssen.«

»Aber, Colonel ...«, sagte Filby leise.

»Ziehen Sie uns nicht von dem Fall ab ...«, bettelte Lizzie.

»Leider bleibt mir nichts anderes übrig, Lizzie. Diese Sache ist für euch drei viel zu groß geworden.«

»Aber ich bin der Einzige, der die Erdbebenwaffe gesehen hat«, wandte Jake ein.

»Ja, Hale, und deshalb wirst du mit einem neuen Team weiter an dem Fall arbeiten.«

»Nur ich?«

Der Colonel nickte bestimmt.

»Aber, Sir, ohne die beiden kann ich das nicht.« Jake spürte, wie sich seine Brust zusammenzog. *»Ich brauche sie.«*

»Es tut mir leid, Hale, aber du wirst dein Team zurücklassen und dich einem anderen anschließen müssen.«

Jakes Kiefer fing an zu zittern. Er war wegen der anstehenden Ermittlungen ohnehin schon nervös gewesen – aber ohne Lizzie und Filby sah er sich dazu erst gar nicht in der Lage. Ohne seine beiden Kollegen konnte er sich nicht gegen die Macht von Vindiqo stellen. Es ergab auch überhaupt keinen Sinn.

Jake drehte sich zu Lizzie, die traurig mit den Schultern zuckte, und dann zu Filby, der seinen Blick wie ein müder Hund erwiderte.

Jake schüttelte den Kopf und wandte sich wieder dem Stormpad und Cyrus Rex zu. »Das kann ich nicht machen.«

Lizzie und Filby wirbelten beide mit ungläubigen Mienen zu Jake herum. Es machte ihn ein wenig nervös, sich dem Colonel zu widersetzen, doch es ging nicht anders.

»Wie bitte?« Der Colonel zog die Augenbrauen hoch.

»Wenn es für sie zu gefährlich ist, ist es das für mich erst recht. Sie haben beide jahrelange Erfahrung. Lizzie kann Ju-Jutsu und weiß, wie man Flugzeuge fliegt – und Auto fährt. Filby … er war

Doppelagent oder Dreifachagent oder … ich weiß nicht mal, *was* er war, aber ich habe mit meiner Ausbildung gerade erst angefangen.«

Jake sah zu Lizzie und dann zu Filby hinüber. Hastig sprach er weiter.

»In den letzten vierundzwanzig Stunden bin ich verhaftet und – MEHRMALS – beschossen worden und jedes Mal hat mich einer der beiden gerettet. Es tut mir leid, Colonel, aber ich gehe nicht ohne Lizzie und Filby auf diese Mission. Ich werde sie *nicht* zurücklassen.«

Cyrus Rex betrachtete Jake mit zusammengekniffenen Augen und Jake hielt seinem Blick trotzig stand.

»Wir sind ein Team, Colonel«, sagte er.

»Wenn wir nicht für Vindiqo arbeiten«, fügte Lizzie leise hinzu.

»Nein, Lizzie«, schoss Jake zurück. »Wir sind ein Team. Wir arbeiten *zusammen*. Colonel Rex, es tut mir leid, ich weiß, Sie haben das Sagen und Sie sind der Leiter von Stormglass und wissen, was das Beste ist, aber ich kann ohne die beiden nicht weitermachen. Ich kann es einfach nicht. Wenn Sie das von mir verlangen, werde ich einfach nach Hause und ins Gefängnis gehen – oder was mich dort auch immer erwartet.«

Cyrus Rex beugte sich vor, verschränkte die Finger und sah sie alle eindringlich an. »Und es gibt nichts, was dich von dieser äußert sturen Einstellung abbringen könnte?«

»Tut mir leid, Colonel.« Jake schüttelte den Kopf.

»Nun ja …« Der Colonel lehnte sich zurück und musterte die drei Jugendlichen noch einmal. »Filby, du kennst Tof also?«

»Ja – ja, *Sir*.«

»Und Lizzie, du hast jetzt den schwarzen Gürtel in Ju-Jutsu?«

»Ja, Sir«, antwortete sie und kam näher an den Bildschirm.

»Gut. In diesem Fall bin ich einverstanden. Ich lasse euch die Mission zu dritt weiterführen. Allerdings werde ich dem Team zwei weitere Mitglieder hinzufügen. Sie werden euch in Bangkok treffen. Und ich muss euch daran erinnern, dass man mit dieser Erdbebenwaffe Städte, ja sogar Länder erpressen könnte. Wenn sie Vindiqo in die Hände fällt, ist die ganze Welt in Gefahr.«

Die drei Agenten wussten nicht so recht, was sie dazu sagen sollten. Stattdessen ließen sie seine Worte auf sich wirken.

»Viel Glück, Agenten, und gute Reise.«

Nachdem der Colonel die Verbindung beendet hatte, drehte sich Lizzie um. »Danke, Hale.«

»Ja«, sagte Filby mit einem Lächeln. »Danke.«

Jake griff in eine Schublade und holte einen Stapel DVDs heraus. »Lust auf einen Film?«

»I-Ich nicht, ich muss ein paar Sachen recherchieren«, erwiderte Filby mit einem Grinsen.

Lizzie verdrehte die Augen.

Jake steckte eine DVD in das Abspielgerät und schaltete den Fernseher ein.

15 TRUBEL IN THAILAND

Als ein heftiges Rütteln Jake aus dem Schlaf riss, sah er sich in der stockfinsteren, bebenden Dunkelheit um und merkte, dass sie gerade offenbar in Bangkok gelandet waren. Das Kabinenlicht ging flackernd an, Lizzie setzte sich auf und ließ ihren Hals mit einem lauten Seufzer knacken.

Sie schenkte Jake ein müdes Lächeln, streckte die Hand aus und schob die Fensterblende hoch. Die Sonne lugte gerade erst über den diesigen Horizont. Als ihre Strahlen an seinem Hals entlangflackerten, setzte sich Filby blitzartig auf und wischte sich Sabber vom Kinn. Er hatte mit dem Gesicht auf dem Tisch geschlafen.

Jake gähnte lange und laut und schnappte sich einen Energieriegel.

»Geht die Sonne auf oder unter?«, fragte er.

»Es ist sechs Uhr morgens.« Auf einmal klang Lizzie unglaublich munter, als hätte sie eine ganze Tasse Kaffee auf einmal getrunken. »Die perfekte Zeit, um eine Ratte zu fangen.«

Jake beobachtete, wie die Landschaft, ein merkwürdiger Mischmasch aus Stadt und Dschungel, an seinem Fenster vorbeizog, während der Jet ausrollte. Es sah nahezu unecht aus. Unter einem diesigen blauen Himmel ragten graue Wolkenkratzer aus wucherndem Grün heraus und gleich hinter der Landebahn führte ein Bauer seinen Büffel eine staubige Straße entlang. Sobald das Flugzeug zum Halten kam, half Jake Filby die Tür aufzuziehen und die Gangway hinunterzulassen.

»Wow«, sagte Jake, als heiße stickige Luft hereinströmte. Filby und er zogen ihre Hoodies aus. Nach dem kalten San Francisco und dem eiskalten serbischen Regen war das ein fantastisches Gefühl. Es kam ihm so vor, als wäre es Sommer und er würde seine Großeltern in New York besuchen, nur dass die Luftfeuchtigkeit dreißigmal so hoch war.

»Hey, Lizzie«, schrie Filby und ignorierte weiterhin, dass sie ihm schon die ganze Zeit die kalte Schulter zeigte, »sch-schau mal, wer da ist.«

Lizzie kam rüber ans Fenster, sprang auf und ab und winkte glücklich und aufgeregt. Ein Mädchen winkte zurück – sie hatte zusammen mit einem Jungen gewartet, lässig an einen schwarzen Geländewagen gelehnt, und jetzt kamen beide auf das Flugzeug zugelaufen. Lizzie zwängte sich an Filby und Jake vorbei und rannte die schwarze Asphaltbahn hinunter.

»Wer ist das?«, fragte Jake.

»Eine ihrer besten Freundinnen«, sagte Filby. »Sie heißt Echo.«

Jake und Filby gingen langsam die Gangway hinunter und Jake verfolgte, wie Lizzie das andere Mädchen, Echo, kreischend umarmte. Er schob die Brust ein wenig nach vorne, um selbstbewusster zu wirken, als er sich tatsächlich fühlte, jetzt da er noch mehr Stormglass-Kollegen traf. Als er näher kam, sah er, dass Lizzies Freundin Asiatin war, mit schwarzem kinnlangem Haar und älter … vielleicht sechzehn oder siebzehn. Sie trug ein Karohemd und schwarze Kampfhosen.

»Und der Typ ist Daeng«, flüsterte Filby. »Er ist Thailänder.«

Der Junge hatte kurzes schwarzes Haar und trug eine schwarze Brille mit breiter Fassung und eine schmale schwarze Krawatte zu einem schwarzen Anzug, der für das Wetter viel zu warm aussah.

»Ist sie auch Thailänderin?« Jake zeigte mit dem Kopf auf Echo.

»Nein, ich glaube, sie ist Chinesin.«

»Sawadikap«, sagte Daeng. Er legte auf Brusthöhe die Fingerspitzen zusammen, nickte und stellte sich und Echo Jake vor. »Der Colonel hat mir die Fall-Akte geschickt, aber wir wissen nicht, wie Flintoff hierher gereist ist. Er steht auf *keiner* Flugpassagierliste. Aber wir haben herausgefunden, in welchem Hotel er untergebracht ist, lasst uns also loslegen.«

»Haben wir Zeit, etwas zu essen?«, fragte Filby. »Wir hatten nur Energieriegel. Mir ist schon ganz schwummrig.«

Daeng blickte auf seine Uhr und schüttelte sichtlich genervt den Kopf. »Okay, wir besorgen euch was zu essen.« Er stieg auf den Fahrersitz des Geländewagens und knallte die Tür zu, während Echo ihnen zuzwinkerte.

»Ihr werdet euch schon an ihn gewöhnen«, versicherte sie ihnen, bevor sie auf dem Beifahrersitz des staubigen schwarzen Geländewagens Platz nahm. Die drei anderen setzten sich auf die Rückbank und kurz darauf preschte der Geländewagen einen kleinen, huckeligen Weg entlang.

»Echo, bring sie auf den neuesten Stand«, sagte Daeng schroff und Echo funkelte ihn kurz böse an, bevor sie sich zu den anderen nach hinten drehte.

»Also, Tof Flintoff«, begann sie und klimperte Lizzie einen

Moment lang zu, »der Weltsuperstar, spielt heute Abend hier in Bangkok. Storm, aktiviere.«

Blaue Scanner-Linien schwirrten durch das Fahrzeug und die eine Hälfte der Windschutzscheibe verwandelte sich in einen halbtransparenten Fernseher, auf dem das Bild von Tof Flintoff zu sehen war. Jake schnappte nach Luft – er hatte diese Technologie noch nie gesehen. Er wünschte, seine Eltern hätten das auch in ihrem Auto. Darauf Filme zu gucken wäre bestimmt der Hammer. Daeng betrachtete das Bild nur flüchtig und richtete den Blick sofort wieder auf die Straße. Echo fuhr fort.

»Es ist das *letzte* Konzert seiner Welttournee. Und er hat ein Zimmer …«

»Unter falschem Namen«, warf Daeng ein.

»Danke, Daeng. Er hat ein Zimmer im Grand Orchid Hotel gebucht.«

»Ein Luxushotel«, meldete sich Daeng noch einmal zu Wort, als das Bild auf der Windschutzscheibe wechselte und ein sich drehendes Hotel zeigte.

Echo nickte zustimmend. »Wir hatten keine Zeit, Kameras in seinem Zimmer zu verstecken, aber wir haben das Zimmer nebenan, so dass wir eine Audioüberwachung einrichten können.«

Der Geländewagen schlingerte, als Daeng um eine Schar Hühner herumfuhr, die mitten auf die Straße gewandert waren, und die blaue Projektion schaltete sich mit einem Knistern ab.

»Gut reagiert, Daeng«, sagte Echo. »Und … Daeng hat uns auch Backstage-Ausweise für das Konzert besorgt.« Sie holte drei Eintrittskarten aus ihrer Tasche und reichte sie nach hinten.

Lizzie fing an *Baby Snake* zu pfeifen, während sie Jake und Filby jeweils eine reichte.

Jake nahm seine und fuhr mit den Fingern über die geprägte goldene Thai-Beschriftung, die wie ein Haufen zusammengedrückter Ns, Rs und Ws aussah. Auf der rechten Seite war ein Hologramm von Tofs Gesicht, und als Jake die Eintrittskarte schief hielt, zwinkerte es. Er lächelte. Auf das Konzert zu gehen wäre irgendwie cool. Solange niemand mehr auf sie schoss.

Daeng riss das Lenkrad herum, um auf eine Autobahn abzubiegen, die drei Agenten schlitterten hinten von der Bank und landeten übereinander im Fußraum.

»Schnallt euch lieber an«, riet Daeng ihnen, als ein langer Lkw hinter ihnen quietschend bremste und der Fahrer laut hupte. Daeng winkte höflich aus dem Fenster. Jake zog sich wieder auf seinen Platz hoch und schnallte sich an. Vor dem Fenster sausten Lkw und dreirädrige Taxis mit großer Geschwindigkeit die erhöhte Autobahn entlang und vor ihnen breitete sich eine riesige Stadt aus Wolkenkratzern aus, so weit das Auge reichte.

»Also, auch wenn wir uns Tof *anschauen* können«, sagte Echo, »dürfen wir ihn nicht ansprechen, meint der Colonel. Wir haben keine Beweise, dass er etwas mit der Sache zu tun hat, und wir wollen nicht, dass Stormglass aus Versehen in die Schlagzeilen gerät.«

»Was?«, rief Lizzie. »Damit ist mein *ganzer* Plan futsch. ›Hallo, können wir ein Autogramm haben, oh, und übrigens, wo ist die Erdbebenwaffe?‹«

Echo lachte über die Rückenlehne ihres Sitzes, aber Daeng unterbrach sie.

»Lizzie, die Sache ist ernst«, sagte er streng und nahm den Blick von der Straße. »Die Erdbebenwaffe könnte Bangkok zerstören. Wenn sie sie hier benutzen, werden *Millionen* sterben.«

»Entschuldige«, sagte Lizzie und biss die Zähne zusammen.

»Wenn du dir ein Autogramm holst, besorg mir auch eins, ja?«, flüsterte Echo. Lizzie schenkte ihr ein breites Grinsen.

»Storm, projiziere das Bild des Verdächtigen«, sagte Daeng.

Die blauen Scanner-Linien schwirrten wieder über die Windschutzscheibe und projizierten ein Bild des Diebs mit dem Rattengesicht. Es war das Überwachungsfoto vom Flughafen, auf dreißig Zentimeter vergrößert.

»Ihr habt den Dieb alle aus der Nähe gesehen, oder?«, fragte Daeng.

Lizzie und Filby schüttelten den Kopf.

»Nur ich habe ihn gesehen«, stellte Jake klar.

»Okay, gut zu wissen.« Daeng steuerte den Geländewagen zwischen zwei schnelle Autos. »Dem Foto nach zu urteilen ist er ungefähr einen Meter siebzig groß, weiß, hat braunes Haar – ein Teenager um die fünfzehn. Passt das ungefähr?«

Jake betrachtete immer noch das blaue Bild. »Ja, das müsste stimmen. Außerdem sieht er wie eine Ratte aus.«

»Echo, verteile die Ortungsgeräte«, wies Daeng sie auf seine humorlose Art an, woraufhin sie ein Wirrwarr aus Bändern aus ihrer Tasche holte und es nach hinten reichte. Jake nahm ein schlichtes lilafarbenes Gelarmband, so ähnlich wie das gelbe, das seine Mom die ganze Zeit für irgendeinen Wohltätigkeitsverein trug. Er schob es sich über die Hand.

»GPS-Ortungsgeräte?«, fragte Filby.

»Jep.« Echo nickte. »Es sind Ortungs- und Suchgeräte. Sie senden dem Rest des Teams deinen Standort, zögere also nicht, es zu benutzen, wenn du schnelle Hilfe benötigst. Auf der linken Seite ist ein kleiner Knopf.«

Er war nicht wirklich sichtbar, aber Jake spürte einen Knubbel am Rand des Armbands. »Wenn du es *ein Mal* drückst, bleiben alle verdeckt, nähern sich aber deiner Position. In Notfällen drück es *zwei Mal.* Dann werden alle anderen sofort aus der Deckung kommen und auf Hilfe- und Rettungsmodus gehen. Lizzie, drück es ein Mal.«

Lizzie fummelte an ihrem Armband herum und Jake spürte wie seines kurz vibrierte. Über dem Armband erschien das winzige Hologramm eines gelben Stadtplans, auf dem Straßen vorbeiflogen, und in der Mitte blinkte ein Punkt. Lizzie.

»Und jetzt drück zwei Mal«, sagte Echo.

Jakes Armband vibrierte noch einmal und der Stadtplan wurde knallrot.

»Drück drei Mal, um es wieder zurückzusetzen«, erklärte Echo und der Stadtplan verschwand. »Es überträgt nur in einem Umkreis von etwa dreißig Kilometern, aber das sollte weit genug sein. Hale, hast du das verstanden?«

Alle drehten sich zu Jake und er schluckte. »I-ich? Klar.«

»Da du als Einziger den Dieb gesehen hast, ist es ziemlich wahrscheinlich, dass du ihn finden wirst oder *er* dich. Hoffen wir Ersteres.«

Jake schluckte. Er hoffte das auch, aber Lizzie sah ein wenig enttäuscht aus.

»Die kommen mir ziemlich Lowtech vor«, maulte sie.

»Lowtech?« Jake hielt sein Handgelenk hoch. »Es hat ein Hologramm!«

Echo runzelte die Stirn. »Tut mir leid, sie sind wirklich ein wenig Lowtech, aber dafür *sehr* diskret. Mit denen kommt ihr sogar durch Metalldetektoren, ohne Alarm auszulösen.«

»Okay, das ist gar nicht so übel«, erwiderte Lizzie.

Daeng fuhr von der Autobahn ab und zog eine Staubspur hinter sich her.

»Okay, Zeit, Filby zu füttern«, sagte er, nachdem er geparkt hatte, und sprang aus dem Auto. Daeng erinnerte Jake ein wenig an Frankie, weshalb er an die Schule denken musste, und das erinnerte ihn wiederum daran, wo er jetzt sein sollte: BVT – *Bezwingen, Vernichten, Triumphieren*!

Als er aus dem Geländewagen stieg und den Horizont von Bangkok betrachtete, lachte er in sich hinein. Was würden die Leute von BVT oder in der Schule sagen, wenn sie das hier wüssten? Obwohl man ihn ständig mit Waffen bedrohte, wäre er jetzt an keinem anderen Ort der Welt lieber gewesen.

Dann sah er das »Restaurant«. Es stand direkt an der Autobahn und die Autos rasten mit hohem Tempo vorbei.

Betrieben wurde das »Restaurant« von einer alten Frau, die auf einem offenen Grill direkt neben dem Verkehr Essen zubereitete. Daneben standen ein paar runde Tische mit Plastiktischdecken und Plastikstühlen. Anstelle von Servietten stand jeweils in der Mitte der Tische eine einzelne Klopapierrolle.

Zuerst dachte Jake, sie hätten sich irgendwie verirrt, aber dann redete Daeng auf Thai mit der alten Frau und kurz darauf brachte sie ihnen sechs volle Teller. Es gab schwarz gegrillten Fisch mit Knoblauch und Ingwer, einen scharfen Papaya-Salat, ein braunes Curry-Gericht mit viel Rindfleisch und Kartoffeln sowie breite Nudeln mit Broccoli und Ei.

»Gibt's kein Pad Thai?«, fragte Jake, als er sich setzte. Es war das einzige thailändische Gericht, das er kannte, und er hatte geglaubt, dass es das immer gab – aber auch ohne Pad Thai lief ihm beim Anblick dieser unglaublichen Auswahl an Speisen das Wasser im Mund zusammen.

»Das schmeckt hier nicht«, erwiderte Daeng. »Hier, nimm lieber Salat.« Er reichte Jake einen großen Berg gehacktes Schweinefleisch auf einem Blatt Kopfsalat. Es sah überhaupt nicht wie Salat aus, doch das war Jake egal. Nachdem er sich die ganze Zeit nur von Energieriegeln und Popcorn ernährt hatte, war das die perfekte Mahlzeit. Und sie schmeckte himmlisch.

Während sie zulangten, nickte Daeng Echo zu und sie holte etwas aus ihrer Tasche.

»Hier«, sagte sie und steckte es heimlich Jake zu. Eine kleine silberne Dose, etwa halb so lang wie ein Marker. Jake rollte sie unter dem Tisch zwischen seinen Händen – sie fühlte sich kalt an, nahezu erfrischend in der Hitze. Dann drehte er sie, um das Etikett zu lesen, und staunte. Mundspray!

»Hab ich *so* schlimmen Mundgeruch?«

»Nein.« Echo hielt sich die Hand vor den Mund, um ihr Kichern zu verbergen. »Es ist Säure.«

»Säure?« Jake zuckte zusammen.

»Sprüh nicht hier damit herum.« Daeng blickte nervös von seinen Nudeln auf.

»Es ist nicht mehr viel übrig«, flüsterte Echo, »aber es hat uns bei unserer letzten Mission sehr geholfen. Wir dachten, du solltest es haben.«

»Danke.« Jake lächelte über den Tisch.

»Sprüh es nicht auf Lebewesen«, ermahnte ihn Daeng, nahm den Deckel von einem kleinen Glas Zucker und löffelte etwas davon über seinen Teller.

Echo schüttelte sich. »Das war echt fies.«

»Was meint er?«, fragte Filby und lehnte sich vor.

»Sagen wir mal, dass keiner von uns das noch einmal erleben möchte«, sagte Echo. »Aber Gingers Arm heilt langsam wieder.«

Jake hatte keine Ahnung, wer Ginger war, versuchte sich aber vorzustellen, was mit ihrem Arm passiert sein könnte. Vermutlich hatte es etwas mit verätztem Gewebe zu tun. Er hielt die Dose ein wenig fester und las die Anweisungen auf der Seite.

»Und wie funktioniert es?«

»Ganz einfach«, sagte Echo. »Drück ein- oder zweimal auf die Düse und ein erfrischender Spritzer Mundspray kommt heraus. Wenn du dreimal drückst, kommt tödliche Säure.«

Jake überlegte, ob er mutig genug war, um sich Säure in den Mund zu sprühen, und zuckte bei dem Gedanken zusammen. Schnell steckte er die Dose in die Tasche und nahm einen weiteren Bissen von seinen köstlichen breiten Nudeln.

Eine halbe Stunde später stiegen sie zufrieden wieder ins Auto und fuhren noch ein Stück auf der hektischen Autobahn. Als sie in die Einfahrt des Grand Orchid Hotel bogen, hatten sie das Gefühl, eine Ruheoase am Flussufer zu betreten.

Ein Portier in goldgesäumtem Anzug öffnete die Türen des dreckigen Geländewagens und trat zur Seite, um die Passagiere aussteigen zu lassen. Frauen mit golden und rot verzierten Überwürfen boten jedem eine Orchidee an. Jake nahm eine, gab sie aber schnell wieder zurück, als er feststellte, dass die anderen es nicht getan hatten. Daeng reichte dem Portier diskret die Schlüssel und etwas Geld.

»Park den Geländewagen in der Nähe«, sagte er. Dann führte er sie durch hohe, geschnitzte Holztüren in eine klimatisierte

Eingangshalle. Ein Springbrunnen sprudelte leise vor sich hin und ein junger Musiker saß im Schneidersitz auf dem Boden und zupfte auf einem Instrument mit langen Saiten.

Jake nahm ein Glas Limonade von einem Tablett, betrachtete den Springbrunnen und lächelte, als er die Feuchtigkeit des Glases kühl an seinen Fingern spürte. Riesige Holzkäfige hingen von der Decke, in denen kleine Vögel wie Boten umherschwirrten. Er war noch nie an einem so exklusiven Ort gewesen.

»Nicht schlecht«, flüsterte er Filby zu, bevor er das Glas austrank.

»Zeit zu arbeiten«, sagte Daeng und winkte die Agenten zu sich. »Filby, du weißt, wie man die Wanzen benutzt? Wir sind in Raum 277. Zeichne alles auf und kontaktiere mich sofort per Stormpad, wenn du irgendwas hörst, über das wir Bescheid wissen sollten.«

Filby nickte, nahm den Zimmerschlüssel und verschwand in Richtung der Aufzüge.

»Echo, du kümmerst dich um Lizzie und Hale.«

Lizzie legte die Stirn in Falten, als würde es ihr gegen den Strich gehen, dass man sie in die Obhut von jemandem gab. »Ihr drei werdet die Überwachung vor dem Hotel übernehmen.«

»Und, ähem, wo bist du?« Echo verschränkte die Arme und legte den Kopf schief, als würde sie die Antwort auf ihre Frage bereits kennen.

»Genau hier.« Daeng nahm ein kühles Glas Limonade. »Ich werde hier in der Eingangshalle nach Verdächtigen Ausschau halten.«

Echo machte sich über Daeng lustig, während Jake sein leeres Glas absetzte und ihr und Lizzie durch die Holztüren nach draußen folgte. Er blickte noch einmal zurück und bedauerte die kühle Eingangshalle verlassen zu müssen, als die Hitze sich um ihn legte.

»Warum bist du eigentlich hier in Thailand?«, fragte Lizzie Echo.

»Ich kann euch keine Einzelheiten nennen«, antwortete sie und lief am Hoteleingang vorbei und die Auffahrt hinunter, »aber Daeng und ich haben Krypsis erforscht.«

Lizzie zog interessiert die Augenbrauen hoch.

»Kann ich euch Kindern helfen?«, fragte ein alter Mann in einer Portiersuniform. Aber Echo schüttelte den Kopf.

»Wir warten nur auf unsere Eltern. Sie sind zum Tempel mit dem großen schlafenden Buddha gegangen.«

»Ah, Wat Pho.« Der Portier lächelte und verbeugte sich tief, bevor er die weite Auffahrt überquerte, die sich vor dem Hoteleingang in einer Schleife ausbreitete. Jake konnte von hier die Hauptstraße nicht sehen, aber er konnte sie hören, die Geräusche klangen gedämpft von der etwa sechs Meter entfernten hohen und überwucherten Mauer herüber.

»Was ist Krypsis?«, fragte er die beiden Mädchen, während er ihnen die Auffahrt hoch folgte und einen Kieselstein in die seitliche Grünfläche kickte.

»Tiertarnung«, sagte Echo. »Ihr wisst doch, wie sich Stabheuschrecken auf Ästen verbergen? Sie tun so, als wären sie Zweige. Der Eulenschwalm macht dasselbe, aber er ist ein Vogel, der so tut, als wäre er eine Eule, die so tut, als wäre sie ein Baum.«

»Dann habt ihr euch also als Bäume verkleidet?«, fragte Jake.

Lizzie gab ihm einen scherzhaften Klaps. Echo kicherte.

»Das ist *eine* Art von Krypsis«, sagte Echo und setzte sich auf eine Bank gegenüber dem Hoteleingang. Von hier konnten sie alle sehen, die das Hotel verließen, sowie alle Autos, die die Auffahrt hochfuhren. »Dann gibt es noch die *Chamäleon*-Art von Krypsis.«

»Farbwechsel?« Lizzie riss die Augen auf.

»Ja«, sagte Echo, »Tarnung ist eine tolle Art, sich vor Raubtieren zu verbergen.«

»Du sprichst nicht nur von Tarnung.« Lizzies Kinnlade klappte leicht herunter und ihre Augen funkelten. »Du sprichst von *aktiver* Tarnung.«

Echo grinste ausweichend und Lizzies Lächeln wurde richtig breit. »Hale, sie spricht davon, sich unsichtbar zu machen.«

Jake lachte, weil er sich sicher war, dass Lizzie ihn nur auf den Arm nahm, auch wenn Echo nicht so aussah, als machte sie Witze. Sie beugte sich vor und senkte die Stimme, als würde sie ihnen ein dunkles Geheimnis verraten. »Tarnmaterial mit Abertausenden von winzig kleinen Sensoren. Sie sehen, was hinter einem ist, und projizieren es auf die andere Seite.«

»*Intelligentes* Material«, erwiderte Jake. Plötzlich fiel ihm ein, dass Mr Wakefield mal im Unterricht darüber gesprochen hatte. Ein aufregender Gedanke, aber Lizzie war offenbar kurz davor, richtig durchzudrehen.

»*Nicht ganz so intelligentes* Material«, erwiderte Echo, die sich zurücklehnte und lachte. »Die Aktualisierungszeit ist zu lang, weshalb man sichtbar wird, sobald man sich bewegt. Wenn man einfach ruhig stehen bleibt, vor einer grauen Wand zum Beispiel, kann man unsichtbar sein.«

»Echt?«, fragte Jake. Echo blickte sich um.

»Daeng würde sauer werden, sag's ihm also nicht, aber …« Sie holte eine aschgraue Jacke aus ihrem Rucksack. »Hier. Eine ganz normale Jacke. Mit Kapuze und hier unten kann man noch mehr Stoff herausziehen, wie für ein Kleid, und da kommen noch Handschuhe raus.«

Jake blickte auf. »Der Portier beobachtet uns.«

»Keine Sorge«, sagte sie, »*das* wird er nicht sehen.« Sie steckte die Jacke zurück in ihren Rucksack und langte noch tiefer hinein. Jake hörte ein kurzes Klicken, als würde jemand einen Schalter umlegen. Die Jacke löste sich in Luft auf und Jake und Lizzie schnappten beide nach Luft – im Innern des Rucksacks sah es so aus, als wäre Echos Arm am Handgelenk abgeschnitten. Auf dem Rucksackboden konnte Jake ihr HyperOpticon und ihr Stormpad sehen, aber alles dazwischen war verschwunden.

»Das ist der Hammer«, sagte Lizzie langsam. »Wann bekommen wir das? Ich will eins. Ich brauche eins! *Sofort!*«

Echo zog den Arm heraus und ihre Hand erschien wie aus dem Spiegelkasten eines Magiers.

»Wenn ich mich langsam bewege, sieht es echt aus. Aber sobald es schnell gehen muss …« Sie schob die Hand ganz nach unten in den Rucksack und griff um die Jacke. Jake sah, wie die Hand abgehackt erschien, fast wie eine schlechte Skype-Videoverbindung.

»Nicht so gut, oder?«

Als Echo die Hand herauszog, sah sie okay aus, nur dass sie nicht ruhig zu halten war. Sie tastete herum und drückte auf den Schalter – Echos Jacke wurde wieder sichtbar.

»Sie ist noch im Experimentierstadium, aber wir arbeiten daran, sie weiter zu verbessern.«

Lizzie verschränkte die Arme und quengelte: »Ich will trotzdem so eine.«

Jake starrte auf die graue Jacke. Er hatte nun schon ein paar ziemlich aufregende Stormglass-Gadgets gesehen, aber nichts Vergleichbares. Ihm jagten Gedanken durch den Kopf, was er tun und wohin er gehen könnte, wenn er unsichtbar gewesen wäre. Wenn er so etwas besitzen würde, dann würde Mr Wakefield ihn nie wieder erwischen.

»Eine richtige Tarnjacke …«, murmelte Lizzie vor sich hin.

Jake lehnte sich auf der Bank zurück, beobachtete, wie ein Auto vorbeifuhr und ein paar Passagiere absetzte – *der Dieb war nicht dabei* –, und stellte fest, dass er zum ersten Mal seit Tagen wieder Spaß hatte. Der Ärger in Oakland und Serbien schien mittlerweile weit weg. Sogar die Luftfeuchtigkeit fing an ihm zu gefallen und der Geruch von Gewürzen hatte etwas Heimeliges – wie wenn seine Mom Enchiladas mit einer halben Tasse Chili-Pulver zubereitete. Ein Rolls-Royce kam die Auffahrt hochgefahren. Jake lächelte. *Das ist echt stark.*

»O mein Gott«, japste jemand und schnappte nach Luft. Die drei Agenten wirbelten herum und sahen, wie am Hoteleingang eine Frau mit einer Hand vor dem Gesicht nach hinten taumelte.

»Er ist hier«, sagte Jake leise. Tof war endlich eingetroffen.

Der kanadische Star stieg aus der langen Limousine und streckte sich, als wäre er in einem zu engen Käfig eingepfercht gewesen. Zwei Leibwächter begleiteten ihn und er posierte mit ein paar Mädchen für ein Foto. Dann drehte er sich um und verschwand im Hotel wie eine ruhige Brise, nachdem sie wie ein Tornado gewütet hatte.

»Jep, er ist ziemlich süß«, schwärmte Lizzie.

Echo schüttelte den Kopf. »Er ist bloß ein Sänger.«

»Sollen wir ihm folgen?« Jake machte Anstalten aufzustehen.

»Warte«, sagte Echo. »Daeng kümmert sich darum.«

»Der Dieb war wohl nicht im Auto.« Lizzie lehnte sich auf der Bank zurück.

»Was jetzt, warten wir weiter?«, fragte Jake. Er erinnerte sich daran, dass Filby alles belauschte, was in Tofs Zimmer besprochen wurde.

»Lass uns noch warten«, sagte Echo.

»Bis Rattengesicht aufschlägt«, knurrte Lizzie.

16 BANGKOK BREAK

Zwei Stunden später trieften die drei Agenten vor Schweiß. Der Portier legte ihnen mehrmals nahe, sich in die klimatisierte Eingangshalle zu begeben – Musik in Jakes Ohren –, doch sie lehnten ab. Man hatte sie hier draußen postiert und sie konnten ihre Mission nicht einfach aufgeben. Sie beharrten darauf, dass ihre Eltern bald zurück sein würden. Also brachte ihnen der Portier ein Tablett mit drei Gläsern eiskalter Limonade nach draußen, die erfrischend war und perfekt schmeckte.

»Also, das hier ist für Hale«, sagte Lizzie und fuhr mit dem Spiel fort, das sie erfunden hatte – und das gänzlich auf dem moralischen Dilemma basierte, ein Spion zu sein. »Würdest du … gegen den *Leibwächter* des bösen Bosses kämpfen?«

»Also«, sagte Jake, »*weiß* er denn, dass sein Boss böse ist?«

»Woher weißt du, dass der Leibwächter ein Mann ist?«, fragte Lizzie.

»Genau«, warf Echo ein, »in China sind alle Leibwächter Frauen.« Daraufhin tuschelten sie und Lizzie miteinander und heckten eindeutig etwas aus.

»Und überhaupt«, fügte Lizzie hinzu, »der Leibwächter – *eine Frau* – kommt mit einer Waffe auf dich zu. Du weißt nicht, was sie weiß. Du musst einfach eine Entscheidung treffen.«

Jake zerbrach sich den Kopf.

»Na, was nun?« Lizzie zog die Augenbrauen hoch. »Sie kommt näher. Du musst dich entscheiden. Fünf … vier … drei …«

»Okay, okay«, sagte Jake. »Ich würde versuchen, *nicht* gegen sie zu kämpfen. Ja, ich würde versuchen mich aus der Situation herauszureden.«

»Sie hebt ihre Waffe«, fuhr Lizzie fort und schüttelte den Kopf, als hätte sie auf einmal Angst. »Sie zielt, Hale! Warum kämpfst du nicht gegen sie?«

»Ich *kämpfe* gegen sie«, platzte Jake heraus und änderte seine Geschichte. »Jetzt bleibt mir nichts anderes übrig. Es ist Selbstverteidigung.«

»Bööööp«, imitierte Echo einen Buzzer.

»Der böse Boss ist *böse*, schon vergessen?«, sagte Lizzie und Echo lachte. »Er hat seine Leibwächterin gewarnt, dass ein Attentäter mit einem Mordauftrag auftauchen würde. Die Leibwächterin – eine liebe, ehrliche Frau – hat nur versucht das Leben ihres Arbeitgebers zu schützen. Du hast also gerade *eine unschuldige Frau* angegriffen!«

»Du bist ein schrecklicher Agent«, grinste Echo.

Jake stöhnte theatralisch. »Ihr zwei habt mich reingelegt. Was hätte ich denn dann tun sollen?«

»Anstatt gegen sie zu kämpfen«, sagte Lizzie, »hättest du sie einfach nur entwaffnen sollen. Ich meine, *ist doch logisch, Mann*!«

»Du bist dran, Hale«, sagte Echo. »Los!«

»Okay … Das ist für Lizzie.« Jake grinste sie schadenfroh an. Diesmal würde er sie reinlegen. »Lizzie, würdest du gegen den Typen kämpfen, der die Verkaufsautomaten des bösen Bosses auffüllt?«

Dann fügte er zuckersüß hinzu, nur für den Fall, dass sie von irgendeinem Verbrechen ausging – das noch passieren würde. »Ich meine, mit Süßigkeiten?«

»Die Lage hat sich gerade geändert«, unterbrach Lizzie ihn und streckte die Hand aus.

Jake hob den Blick und sah, dass Tof allein aus dem Hotel gekommen war und jetzt zielstrebig an ihnen vorbeimarschierte. Alle drei beobachteten ihn, verhielten sich aber, als wären sie einfach nur Fans, mit offenen Mündern, Getuschel und einem entrückten Grinsen im Gesicht. Tof beachtete sie gar nicht und schien auch Daeng nicht zu bemerken, der sich ihm an die Fersen gehängt hatte.

Daeng blieb lässig stehen, um mit ihnen zu reden. »Echo, du bist gut im Überwachen. Nimm das.« Er warf ihr einen Hut zu. »Bleib an ihm dran.«

Echo zog sich den Hut tief ins Gesicht und rannte Tof hinterher.

»Seid ihr beide in Überwachung ausgebildet?«

Lizzie und Jake nickten und Daeng führte sie gemächlichen Schrittes die Hotelauffahrt hinunter und bog am Eingangstor ab. Hier begann direkt das Gewimmel der Stadt. Jake sah, wie Echo einen halben Block die Straße hinunter Tof einholte.

»Hale, du bleibst in Sichtweite von Echo«, sagte Daeng, als er an einem Stand stehen blieb, an dem ein alter Mann Hemden und Hüte verkaufte. Er holte ein Bündel roter und lilafarbener Geldscheine heraus. »Lizzie, du überquerst die Straße und tust dasselbe. Los!«

Jake lief weiter und behielt dabei immer Echos Hut im Auge. Die Straße war gerammelt voll mit pinkfarbenen Taxis und dreirädrigen Rikschas. Fußgänger schlängelten sich zwischen Autos durch und schlenderten die Gehsteige entlang, wo fliegende Händler gegrilltes Fleisch und in riesigen Woks zubereitete Nudeln verkauften. Zwei Jungs in safrangelben Roben mit rasierten Köpfen – sie sahen wie kleine Mönche aus – warfen ihm neugierige Blicke zu, als er an ihnen vorbeiging.

Jake versuchte die vielen Ablenkungen auszublenden und sich auf Echos Hut zu konzentrieren, während er sich einen Weg durch die Menge bahnte.

Daeng tauchte mit vier Plastiktüten neben ihm auf und gab ihm eine. »In der Tüte sind Kleider zum Wechseln – zwei Hemden, zwei Hüte, drei Brillen. Zieh dich jetzt um und löse dann bei den nächsten beiden Blocks Echo ab. Bleib unauffällig, okay?« Daeng ging schnell weiter.

Jake holte ein kurzärmeliges Hemd aus der Tüte und zog es über sein T-Shirt, dann setzte er einen Hut und eine rote Sonnenbrille auf. Auch wenn Tof ihn vor dem Hotel gesehen hatte, würde er ihn jetzt nicht mehr erkennen. Jake blickte auf die andere Seite der Straße und beobachtete, wie Daeng Lizzie ebenfalls eine Tüte gab. Er beeilte sich Echo einzuholen.

»Ich übernehme«, flüsterte er, als er an ihr vorbeiging, woraufhin Echo ihren Schritt verlangsamte und hinter ihm zurückblieb. Jake konnte inmitten der vielen Menschen plötzlich Tof ausmachen. Er ging langsamer, um sicheren Abstand zu halten, duckte sich unter einem tief hängenden Kabel und sprang anschließend um einen schlafenden Hund herum. Die Straße glich einem Hindernisparcours in der Stormglass-Außenstelle.

Weiter vorne sah Jake zwei Frauen auf einem Motorrad, dic doch tatsächlich den Gehsteig entlangfuhren. Er musste lachen, weil ihm bewusst wurde, dass es sogar schlimmer sein konnte als der Trainingsparcours in der Außenstelle.

Dann sah Jake aus dem Augenwinkel, dass Tof stehen geblieben war und ebenfalls das Motorrad beobachtete, das den Gehsteig hinunterfuhr. Er blickte zurück in Jakes Richtung.

Er wird mich sehen, dachte Jake und wurde einen Moment lang panisch. Unter einem überdachten Stand ging er in Deckung. Er versuchte, seine Atmung unter Kontrolle zu bringen. *Er hat dich nicht gesehen*, versuchte er sich zu beruhigen. *Das hast du gut gemacht.*

»Du wollen Amulett?« Ein alter Mann hielt eine kleine Medaille an einer Kette hoch und packte ihn am Handgelenk. »Viel billig!«

Jake schüttelte den Kopf und wich zurück, doch der Mann hielt ihn fest.

»Du kaufen.« Er hielt Jake die Kette direkt vors Gesicht. »Bringen Glück. Geben besondere Kräfte.«

»Ich will das Amulett nicht«, erwiderte Jake.

Er riss sich von dem Mann los und schnappte nach Luft, als er rückwärts auf die Straße taumelte. Schnell fing er sich und lief los, konnte aber Tof nicht mehr sehen.

Er lief schneller und bemühte sich nicht hektisch zu wirken, doch ihm schlug das Herz bis zum Hals. *Ich kann Tof nicht verloren haben*, dachte er. Aber genau das war wohl passiert. Er legte noch einen Zahn zu, blickte links und rechts in Läden und Gassen, doch von dem kanadischen Popstar war nichts mehr zu sehen.

Jake fing an zu joggen und rannte schließlich an Ständen, Läden, Kunden und Bettlern vorbei. Sein Magen zog sich zu einem festen Knoten zusammen.

Alle werden sauer auf mich sein.

Jetzt eilte er um eine Ecke – und knallte geradewegs mit dem Popstar zusammen.

»Pass doch auf«, schimpfte Tof und stieß ihn geistesabwesend weg. Jake schlüpfte um ihn herum und lief weiter. Er verschwand in einem Lebensmittelladen und verfluchte sich selbst, während er ein anderes Hemd aus der Tüte holte und anzog. Er setzte auch einen anderen Hut auf, nahm die falsche Brille ab und versuchte sein Zittern zu unterdrücken und die neugierigen Blicke des Mannes hinter der Theke zu ignorieren.

Atme, dachte er und spürte, wie sein Schweiß in der kühlen Luft der Klimaanlage hier im Laden trocknete. *Wahrscheinlich hat Tof mein Gesicht gar nicht gesehen.*

Jake trat aus dem Geschäft. Er konnte Tof am Nudelstand einer alten Dame mit dreckiger Schürze sehen. Sie machte sich an einem geschwärzten Wok über einer Gasflamme zu schaffen und vermengte mit einem langen Holzlöffel Krabben und Nudeln. Dann gab sie eine Handvoll Erdnüsse dazu und Jake begriff, dass sie Pad Thai zubereitete. Er atmete tief ein und genoss den merkwürdigen Geruch von saurer Fischsoße mit heißem Paprika. Es roch irgendwie nach dreckigen Socken, würde aber – wenn es dem Pad Thai im *Royal Thai* zu Hause in Oakland auch nur ein bisschen ähnelte – himmlisch schmecken.

Jake schloss die Augen und atmete noch einmal ein, doch ein anderer Duft mischte sich darunter. Irgendwas stimmte hier nicht. Er öffnete die Augen und schnupperte in der Luft, um den anderen Geruch zwischen all den Gewürzen zu identifizieren. Es roch nach … den Haaren seines Großvaters.

»Der Dieb«, flüsterte Jake bei sich, drehte sich um und sah den

Jungen mit dem Rattengesicht nur ein kurzes Stück entfernt auf dem Gehsteig. Ihre Blicke trafen sich einen Moment, der Dieb wirbelte herum und stürmte die überfüllte Straße hinunter.

Jake rannte los und warf die Tüte mit den Kleidern weg, um schneller voranzukommen. Er hörte hastiges Fußgetrappel und blickte kurz über die Schulter. Lizzie und Echo waren direkt hinter ihm. Sie hatten wohl alles gesehen. Jake preschte den Gehsteig hinunter, wich dabei unzähligen Fußgängern aus und versuchte den Dieb nicht aus den Augen zu verlieren, der vor ihm eine Schneise durch die Menschenmenge schlug. Jakes Armband vibrierte. Er warf einen kurzen Blick darauf und erhaschte den rot projizierten Stadtplan mit den vorbeiziehenden Straßen. Lizzie oder Echo hatte den Alarm ausgelöst. Jake war dankbar dafür und schob den Gedanken beiseite, dass er selbst den Knopf hätte drücken können.

»Da!« Echo sprintete wie eine olympische Athletin an ihm vorbei. »Die Gasse hinunter!«

»Pass auf«, schrie Lizzie und Jake duckte sich zwischen einer Gruppe Mönche in orangefarbenen Kutten. Dann sprang er über einen Bettler, der auf dem Gehsteig saß.

»Entschuldigung«, schrie Jake, während er weiter an den Fußgängern vorbeirannte und den Kopf unter ein paar niedrigen Kabeln einzog. Bei diesem hohen Tempo war der Gehsteig-Hindernisparcours gefährlich geworden.

Am Ende der Gasse flitzte Jake um die Ecke und sah gerade noch, wie Echo verschwand, da stolperte er und landete in der Gosse. Lizzie rannte an ihm vorbei. Sie blickte zurück, blieb aber nicht stehen. Jake fluchte leise und rappelte sich wieder auf. Sie konnten den Dieb kein drittes Mal entkommen lassen!

Ein Motorrad kam hinter Jake um die Ecke gerast, schwenkte herum, um ihm auszuweichen, und kam mit quietschenden Reifen zum Halten.

»Steig auf«, schrie Daeng. Jake brauchte einen Moment, um zu begreifen, wer der Motorradfahrer war, sprang dann hinten auf und hielt sich an Daeng fest, als sie mit aufheulendem Motor losfuhren und dröhnend durch die Gasse preschten. Hier waren weniger Menschen unterwegs und Daeng nahm schnell Fahrt auf. Aber er musste an jeder Kreuzung bremsen, um nach den anderen Ausschau zu halten, dabei prüfte Jake jedes Mal den Stadtplan an seinem Handgelenk.

»Nach links«, schrie er, als sie zu einer kleineren Gasse kamen. Daeng riss den Lenker herum, sauste an Lizzie vorbei und schwenkte schließlich nach rechts, um sich auch an Echo vorbeizuzwängen und einen streunenden Hund aus dem Weg zu scheuchen.

An der nächsten Ecke bremste Daeng scharf. Die Gasse teilte sich in drei Richtungen, vom Dieb war nichts mehr zu sehen. Doch Jake konnte Schritte hören, die irgendwo vor ihnen offenbar davoneilten. Der Motor heulte erneut auf und Jake hielt sich fest, als Daeng mit ohrenbetäubendem Lärm in eine andere, kleinere Gasse hineinbrauste.

»Er ist zum *Khlong* unterwegs«, rief Daeng über den Lärm des Motorrads.

»Dem was?«, fragte Jake, als Daeng um eine weitere Ecke bog, schlitternd zum Halten kam und dabei Staub und Müll aufwirbelte. Jake sprang ab.

»Das«, sagte Daeng und ließ das Motorrad auf die Seite fallen. Da war kein Gehsteig mehr, auf dem man weiter entlangjagen konnte. Er endete an einem Kanal, der mit Schwimmfarn bedeckt war. Ein langes schmales Boot – es ähnelte einem Kanu, nur hatte es einen kleinen Motor hinten – schoss davon und Jake erkannte den Dieb am Steuer.

»Er ist weg.« Jake musste zusehen, wie ihnen Rattengesicht entkam. »Wir haben ihn verloren.«

»Nein.« Daeng pfiff auf zwei Fingern und winkte einem alten Mann zu, der in einem klapprigen Boot mit hoch aufgetürmtem merkwürdigem grünem Gemüse saß. »Der entwischt uns nicht.« Der Mann ruderte sein hölzernes Boot herüber und unterhielt sich mit Daeng in schnellem Thai. Daeng zeigte auf das gelbe Boot des Diebs, das Fahrt aufnahm, drückte ein Bündel Scheine in die Hand des alten Mannes und drehte sich schließlich zu Jake. »Okay, Hale, steig ein.«

»Da rein?«, fragte Jake. Es gab nicht genug Platz, um sich hinzusetzen. Das schmale Boot war randvoll mit nach gallertartigen Meeresalgen aussehendem Gemüse. Die konnte man auch in Chinatown kaufen.

»Hüpf rein!« Daeng schubste Jake auf die glitschige Masse und kletterte hinter ihm ins Boot. Dann schrie er dem alten Mann etwas zu und das Boot tuckerte den Kanal hinunter, bis Jake spürte, wie der Motor in einen höheren Gang wechselte. Der Bug hob sich aus dem Wasser in die Luft und das Boot zog eine breite Fahrspur hinter sich her, als es laut vorwärtsschoss.

Jakes Armband vibrierte erneut, und als er hinter sich blickte, sah er, dass Daeng gerade das Signal gesendet hatte. *Gut*, dachte Jake, *dann wissen die anderen jetzt, wo wir sind.* Allerdings war er sich nicht sicher, was das Lizzie und Echo bringen würde, es sei denn, sie besorgten sich auch Boote. Der Kanal sah nicht breit genug für ein weiteres Boot aus. Klapprige Häuser auf wackeligen Pfählen und alte Holzveranden, die gefährlich über das Wasser ragten, säumten ihn. Wäsche und Hauspflanzen hingen über die Brüstungen und die von den vorbeipreschenden Booten aufgewühlten Wellen ließen alles erzittern.

»Können wir einen Zahn zulegen?« Jake beobachtete, wie der Dieb einen Blick nach hinten warf, bevor er seine Geschwindigkeit noch weiter erhöhte.

Daeng sprach mit dem Fahrer, wobei er Schwierigkeiten hatte, über den Lärm des Außenbordmotors gehört zu werden, und schüttelte den Kopf, als er sich zu Jake umdrehte. Jake spürte, wie er auf dem grünen Gemüse ausrutschte – er war sich ziemlich sicher, dass es Algen waren –, und hielt sich am Bootsrand fest. *Wir brauchen eine andere Lösung, und zwar schnell*, dachte er.

»Wenn es bloß einen Gehsteig gäbe«, sagte Jake und wandte sich nach hinten. »Zu Fuß wäre ich schneller.«

Daeng sah zu der Reihe klappriger Häuser entlang des Flusses auf. Jake folgte seinem Blick, bemerkte die Blechdächer und lächelte. »Es ist riskant. Aber wenn einer von uns beim Fahrer bleibt und der andere …«

»Lass es mich versuchen«, sagte Jake. Er war zwar kein Leichtathlet, aber er war sich sicher, dass er schneller vorankommen würde als das Boot. Daeng schrie etwas auf Thai und zeigte auf das nächste Pfahlhaus. Der alte Mann fuhr mit dem Boot an die Seite.

»Bist du sicher?« Daeng zog die Augenbrauen hoch.

Jake nickte und ließ sich von Daeng in die Luft heben. Als das Boot unter ihm schwankte, packte er Daengs Kopf, zog sich hoch und klammerte sich an den Rand des Dachs. Das dünne, gewellte

Blech wobbelte gefährlich. Daeng drückte ihn von unten weiter hoch, bis Jake einen Fuß über den Rand brachte. Er sprang sofort auf und rannte auf den Wellblechdächern los.

»Drück den Knopf«, schrie Daeng aus dem Boot. Jake drückte ihn zweimal und sendete dem ganzen Team seinen GPS-Standort, während er weiterrannte und auf das nächste Haus sprang. *Das ist die perfekte Strecke*, dachte er. Keine Fußgänger, Essensstände, Bettler oder Hunde. Er musste lediglich rostigen Satellitenschüsseln und verhedderten Stromkabeln ausweichen. Jake sprang auf das nächste Dach und lachte nervös auf, als er leicht mit dem Fuß abrutschte – er durfte auf keinen Fall zwischen diesen baufälligen Hütten abstürzen.

Er fing an zu dem gelben Boot aufzuschließen – der Dieb glaubte vermutlich, dass er seine Verfolger abgehängt hatte. Jake hoffte, dass der Bootsmotor lauter war als seine scheppernden Schritte.

Sein Magen drehte sich um, als er erneut von einem Haus zum nächsten springen musste – die Lücke zwischen beiden Gebäuden war diesmal größer als die vorherigen. Jake prallte mit den Füßen gegen den schrägen Rand des Hauses, fiel nach vorne und schreckte dabei ein paar schwarze Krähen auf.

»Konzentrier dich«, keuchte er, rappelte sich auf und eilte weiter über das schräge Dach, ohne auch nur einen Moment lang den Blick vom gelben Boot des Diebs zu nehmen. Er sprang auf das nächste Dach und holte immer weiter auf. Als er mit einem Scheppern auf einem weiteren Dach landete und gerade noch dachte, er könnte ihn tatsächlich einholen – sah er atemlos, wie das gelbe Boot um eine Ecke bog und auf einen breiten Fluss glitt, der in den Kanal mündete.

Jake blieb schlitternd stehen und hielt sich an einer verrosteten Satellitenschüssel auf dem steilen, glitschigen Dach fest. Da waren keine weiteren Häuser mehr – nichts, auf das er hätte springen können, und der Fluss war mindestens hundert Meter breit. Jake blickte nach unten – da war nichts außer dem Fluss. Er hielt sich an der Satellitenschüssel fest, umklammerte den Metallgriff, der sich ein paar Zentimeter drehte und sich unter seinem Gewicht verbog.

Wo ist die Ratte?, dachte Jake, der unbedingt das gelbe Fluchtfahrzeug finden wollte.

Kleine Boote, wie Wassertaxis, sausten den Fluss hinunter. Eine Fähre, gerammelt voll mit Passagieren, fuhr vorbei und ein Mönch hing an ihrem Rand wie ein Schiffbrüchiger. Dann gab das Metall ein knirschendes Geräusch von sich, eine Schraube zischte an seinem Gesicht vorbei und Jake wurde ganz flau im Magen, als die Aufhängung der Satellitenschüssel nach unten schlingerte und er ein paar Zentimeter mitrutschte. Jetzt hing er in der Luft. *Bitte*, dachte er und ließ seinen Blick über den Fluss schweifen, während das rostige Metall ihm in die Finger schnitt. *Wo ist er?*

Ein Schlepper zog einen etwa eineinhalb Kilometer langen Schweif aus schwimmenden Metallbehältern hinter sich her, jeder so groß wie ein Laster.

Durch eine Lücke zwischen den schwimmenden Containern erspähte Jake das vorbeiflitzende gelbe Boot. Die Satellitenschüssel bog sich nach unten und er rutschte mit einem Ruck nach vorne.

»O nein«, flüsterte Jake, als das verrostete Metall auseinanderbrach und die Satellitenschüssel vom Dach purzelte.

Er fiel in die Tiefe und trat dabei wie wild um sich. Krachend landete er auf dem hervorstehenden Holzgeländer eines Hauses. Das Holz brach mit einem feuchten Knacken und ein stechender Schmerz schoss ihm durch den Oberschenkel, als er aus der heißen Luft in das kalte dunkle Wasser stürzte. Der Fall dauerte nur eine Sekunde, aber das Eintauchen schien eine Ewigkeit lang. Trübes Flusswasser schwoll um Jake herum an und zog ihn nach unten. Algen umschlangen sein Gesicht wie ein Netz. Ihm wurde schwarz vor Augen und er hörte alles nur noch wie aus weiter Ferne und mit einem Widerhall. Seine Wangen fühlten sich kalt und geschwollen an von der ganzen Luft, die sie zurückhielten. Jake blickte nach rechts und links und war kurz davor in Panik zu geraten, als er eine Hand spürte, die ihn am Hemd packte und hochzog. Als er die Wasseroberfläche durchbrach, fühlte es sich wie eine Explosion an. Er spuckte schmutziges Wasser in der warmen Luft aus.

»Komm schon.« Daeng griff ihm unter die Arme und half ihm ins Boot.

Jake fühlte sich schwindlig und war orientierungslos, aber sobald er sich hingesetzt hatte, erwachten seine Sinne wieder zum Leben. »Da lang.« Er zeigte hustend die Richtung an, während der alte Mann den Motor anwarf und das Boot losschlingerte. Aber das gelbe Boot war nicht mehr zu sehen. Jake rieb sich die Augen – der Dieb war weg.

Jake zog sich Algen aus dem Haar, als sie an einem Kanal vorbeifuhren, und ließ den Blick nach vorne schweifen. Der Fluss speiste Dutzende, wenn nicht Hunderte Kanäle. Zwischen den Häusern öffnete sich immer wieder ein kleiner Flussweg, fast wie Gassen, die von einer Hauptstraße abführten. Der Dieb hätte auf jedem von ihnen verschwinden können.

»Es ist nicht deine Schuld«, sagte Daeng, während er den Kopf schüttelte, doch es klang nicht aufrichtig. Es klang, als wollte er eigentlich sagen: »Du hast ihn verloren.«

Jake wischte den Schleim von seinem Gesicht ins Flusswasser, ballte die Faust und schlug auf das grüne Gemüse unter seinen Füßen.

»Verdammt«, fluchte er, sein Gesicht und seine Ohren waren tiefrot und brannten. Er drückte den GPS-Knopf dreimal, um den Alarm abzuschalten, und wünschte, er wäre allein gewesen.

Ich hätte das zu Ende bringen können, dachte Jake. *Wäre ich doch bloß schneller gerannt.*

Daeng sprach mit dem Fahrer auf Thai und dieser wendete das Boot. Langsam tuckerten sie denselben Weg zurück, den sie gekommen waren.

Nachdem sich Jake im Hotelzimmer geduscht und trockene Kleider angezogen hatte, fühlte er sich gleich um einiges besser – er roch schon einmal nicht mehr nach dem Fluss. Er hatte ein T-Shirt an, auf dem vorne »I love Farang« stand, und eine Khaki-Cargohose, die Lizzie von einem Markt mitgebracht hatte. Als er aus dem Bad trat, nahm Filby seine schmalen Kopfhörer ab und drehte sich vom Schreibtisch neben der Wand zu ihm.

»Tut mir leid, dass ihr ihn verloren habt«, sagte er.

Jake hielt mit dem nassen Handtuch in der Hand inne und zuckte enttäuscht mit den Schultern. »Ja.«

»Mach dir keine Sorgen. Wir werden ihn noch schnappen.«

»Passiert irgendwas Interessantes auf der anderen Seite der Wand?«

»Nein«, erwiderte Filby. »Tof hat seit einer Stunde nichts mehr gesagt und auch bis dahin keinen Ton über Erdbeben, Waffen oder Tesla.«

»Oder den Dieb?«

»Oder den Dieb. Eigentlich …« Filby schob die Kopfhörer auf die Ohren zurück, zog sie aber gleich wieder runter. »Ich glaube, er schläft.« Er legte seine Kopfhörer auf den Tisch und drehte sich wieder zu Jake. »Mir lässt da eine Sache keine Ruhe und ich wollte dich mal fragen. Hast du es ernst gemeint, als du dem Colonel gesagt hast, dass du Stormglass verlassen würdest?«

»Ich weiß nicht.« Jake legte sich aufs Bett und streckte sich. »Also, ich glaub schon.«

»Warum würdest du das tun?«

»Ich bin kein guter Geheimagent.« Jake drückte den Kopf in die Bettdecke. »Ich bekomme ständig Schwierigkeiten.«

»Was für Schwierigkeiten?«

»Du hast doch gesehen, dass ich *verhaftet* wurde, oder?«

»Ja, das war übel.«

»Und dann ist mir der Dieb jetzt schon dreimal entkommen. Dreimal! Du oder Lizzie hättet diesen Fall längst abgeschlossen, sogar noch bevor er überhaupt angefangen hätte. Das dämliche Rattengesicht wäre erst gar nicht mit der dämlichen Erdbebenwaffe abgehauen.«

»Du bist noch in der Ausbildung, Hale. Du wirst jeden Tag besser. Erinnerst du dich noch an den Sommer? Da wusstest du noch nicht mal, wie man sich verteidigt, aber jetzt tust du's. Du weißt, wie man Lügen erkennt. Und wahrscheinlich kannst du besser Schlösser knacken als ich.«

»Aber du und Lizzie seid in allem so gut. Daeng und Echo auch. *Ich bin die totale Niete.*«

Filby schüttelte den Kopf. »Nein, bist du nicht, Hale. Und Lizzie ist nicht perfekt. Sie ist hitzköpfig, sie bricht ständig Regeln.«

»Ja, vielleicht ist sie nicht perfekt. Aber was ist mit dir?«

»Mit mir?« Filby gluckste. »Mit mir? Ernsthaft, Hale? Lizzie spricht kaum mit mir, wegen der ganzen Fehler, die ich gemacht habe.«

»Ja, stimmt.« Jake machte es auf einmal ganz verlegen, über Filbys Verrat zu sprechen. »Was ist da eigentlich passiert im Sommer? Nach … du weißt schon … nach *allem*.«

»Oh.« Filby senkte den Blick auf seine Schuhe und seufzte. Er stand auf, ging zum Minikühlschrank hinüber und nahm sich eine Dose Diät-Splurge-Limonade. Er riss die Lasche ab und starrte sie an. »Sie haben mich wochenlang befragt. Ich musste *allen* alles etwa fünfmal erzählen, während mich Echelon-Kommandanten beobachteten, um sicherzugehen, dass ich nicht log.«

»Wow.« Jake zog die Bettdecke hoch und setzte sich auf. Er versuchte sich die Szene vorzustellen und erschauderte, als er sich plötzlich an sein eigenes Verhör auf der Polizeiwache vor ein paar Tagen erinnerte. Für Filby war es vermutlich noch schlimmer gewesen. Er hatte ja tatsächlich was ausgefressen.

»Lizzie ist nicht die Einzige«, fuhr er fort. »Viele Leute glauben immer noch nicht daran, dass ich Vindiqo verlassen habe.« Er sah zu Jake auf, senkte den Blick wieder traurig auf den Boden und nahm dann einen langen Schluck von seiner Limo. »Ich kann das schon verstehen. Ich nehme es ihnen nicht übel. Ich habe Mist gebaut. Aber das mit Lizzie tut am meisten weh. Sie war meine Partnerin, meine Nummer zwei.«

»Sie hätte wahrscheinlich gesagt, dass du *ihre* Nummer zwei warst.«

»Okay, sie war meine Nummer eins. Manchmal mussten wir nicht mal irgendwas sagen – wir wussten einfach, was der andere dachte. Aber jetzt … jetzt sieht sie mich nicht mal mehr an. Sie hört mir kaum zu, wenn ich etwas sage.«

Jake erinnerte sich daran, wie gut die beiden Agenten im Sommer zusammengearbeitet hatten. Filby das Hirn und Lizzie die Action. Jetzt waren sie zwei Teile, die nebeneinander, aber kein bisschen zusammen arbeiteten.

»Glaubst du, Lizzie wird jemals wieder mit mir sprechen? Fällt dir irgendwas ein, was ich tun könnte … wie ich …«

Jake schüttelte traurig den Kopf. Ihm fiel gar nichts ein. Er hatte kaum noch genügend Hirn, um seine eigenen Probleme in Ordnung zu bringen, zum Beispiel, diesen Fall zu lösen und nach Hause zurückzukehren.

»Ich weiß nicht«, sagte er. »Ich glaube, du wirst dich irgendwie vor ihr beweisen müssen.«

»Ja«, stimmte Filby leise zu.

»Hey – wenn du Rattengesicht erwischst, könnte ich sie vielleicht überreden, wieder mit dir befreundet zu sein.«

»Meinst du?« Filby setzte ein gekünsteltes leichtgläubiges Gesicht mit strahlenden Augen auf. »Na ja – dann sollte ich mich wohl lieber schnell wieder an die Arbeit machen, anstatt meine Zeit mit dir zu verplempern!« Filby wandte sich zum Schreibtisch und setzte die Kopfhörer wieder auf. Jake dachte immer noch an sein Erlebnis auf der Polizeiwache und an seine Eltern.

»Hey, kann ich mir dein Telefon borgen?« Er rechnete schnell die Zeitverschiebung aus. Bestimmt waren seine Eltern in Kalifornien noch wach. »Ich will zu Hause anrufen.«

Filby warf es ihm zu, ohne hinzuschauen.

Jake wählte den Stormglass-Router an, tippte dann seine Telefonnummer ein und wartete, während eine Verbindung über ein sicheres Festnetz hergestellt wurde.

»Hallo?«, sagte seine Mom, die auf der Stelle abgehoben hatte.

»Hey, Mom«, sagte Jake, während er sich in Erinnerung rief, dass er offiziell bei diesem seltsamen BVT-Hilfsnetz war und nicht in Bangkok, um ein Verbrechen aufzuklären.

»O Schatz!« Sie klang, als hätte sie schon seit Tagen neben dem Telefon gewartet. »Wie geht es dir? Wie ist es … dort?«

»Es geht schon, Mom.«

»Sind sie nett zu dir?«

»Ja, alle sind nett.«

»Sie schlagen dich nicht oder so was, oder? Ich würde mir nie verzeihen …«

Jake hielt inne und dachte an den Sprung ins trübe Wasser. »Nein, niemand schlägt mich.«

»Ich wünschte, dein Dad wäre hier, du fehlst ihm so sehr, aber er trifft sich gerade mit den Anwälten. Wir tun alles, was wir können, um deine Unschuld zu beweisen. Was ist mit dem Essen? Isst du vernünftig?«, fragte sie. »Geben sie dir genug zu essen?« Sie klang, als wüsste sie nicht, was sie fragen sollte, und doch alles wissen wollte.

»Klar. Wir hatten heute Thailändisch zum Mittagessen.«

»Zum Mittagessen?«

Jake schluckte, unsicher, ob er sich verrechnet hatte. *Ist es in Oakland erst Vormittag?* Aber dann fügte sie hinzu: »Das klingt irgendwie ausgefallen. Ich habe mir ein wenig Sorgen gemacht, sie würden euch nur Haferschleim zu essen geben. Ist alles in Ordnung, Jake? Ich meine, wirklich?«

»Ja, die Einrichtung ist okay. Es ist sogar ziemlich schick.« Jake versuchte den Anflug eines frechen Grinsens zu unterdrücken, während er aus dem Fenster die ausgedehnte Skyline Bangkoks bewunderte, einen eine Million *Baht* werten Ausblick. Gleichzeitig hatte er ein schlechtes Gewissen. Er wusste, dass seine Eltern krank vor Sorge um ihn waren.

»Na ja, die gute Nachricht ist, dass wir einen neuen Anwalt gefunden haben, einen *viel* besseren Anwalt, und er meint, dass die Chancen gut stünden, dich beim Prozess aus der Sache rauszubekommen.«

Jake seufzte, als er an den bevorstehenden Gerichtstermin dachte. Sie hatten nicht viel Zeit, um den Fall zu lösen, dachte er, und ihm wurde ein bisschen schlecht, als er auf den Fluss unter ihm blickte. »Das ist gut.«

»Oh, ich habe im Supermarkt zufällig deinen Lehrer getroffen.«

Jake schluckte. »W-welchen?« Mr Wakefield würde vermutlich wissen, dass er gar nicht bei BVT war.

»Mr Wakefield. Er hat gesagt, dass du dich bei BVT gut machst, ich glaube, er hat sogar *sehr gut* gesagt.«

Jake fiel die Kinnlade herunter und er spürte, wie ihm kurz das Herz stehen blieb. »Was hat er gesagt?«

»Er meinte, dass er dich im Auge behält und alles nach Plan läuft.«

Mr Wakefield gibt vor, dass ich bei BVT bin, dachte Jake. *Das ergibt keinen Sinn.*

»Bist du sicher, dass es wirklich Mr Wakefield war?« Vielleicht hatte sich ja jemand von Stormglass als sein Lehrer ausgegeben.

»Natürlich war er es.«

Jake war jetzt richtig verwirrt. »Weißt du, Mom, ich muss los. Können wir später reden?«

»Ist alles in Ordnung?«

»Ja, sie warten nur auf mich. Ich rufe euch später an.«

»Ich hab dich lieb, Jake!«

»Ich hab dich auch lieb, Mom. Richte Dad Grüße von mir aus.«

Jake legte auf und setzte sich aufs Bett.

»Mr Wakefield …«, flüsterte er und fragte sich, warum sein Lehrer mitspielte. Könnte er ein Stormglass-Agent sein? Das würde einen Sinn ergeben. Er schien eine Menge über Tesla zu wissen, genau wie Filby und Cyrus Rex. Vielleicht war er sogar derjenige, der Jake für die Stormglass-Akademie rekrutiert hatte. Er würde den Colonel fragen müssen. *Später.*

Zuerst musste Jake über den Dieb nachdenken. Er lehnte sich tiefer ins Bett zurück und spielte die Verfolgung in seinem Kopf durch. Dabei fragte er sich, was passiert wäre, wenn er ein wenig schneller gerannt, nicht auf dem Gehsteig ausgerutscht oder nicht vom Dach geschlittert wäre. Vielleicht hätte er dann endlich den Dieb fangen können. Wenn das Boot des alten Mannes nur ein kleines bisschen schneller gewesen wäre, dann wären sie jetzt vielleicht auf dem Weg nach Hause. Und er würde sich jetzt darauf freuen, seine Unschuld zu beweisen.

Jake drückte den Kopf ins Kissen und glitt in einen trüben, unruhigen Schlaf voller Träume von Elektrizität, Erdbeben, Waffen und Ratten.

17 DER DIEB

Der Dieb lehnte sich, immer noch zitternd, auf seinem Platz zurück und streckte die Hand nach der Tasse mit heißem Tee aus, der nach Zitronengras und Ingwer duftete. Er trank einen Schluck und fluchte, weil der Tee noch siedend heiß war. Die Sache war nicht wie erwartet gelaufen und diese Jugendlichen waren hundertprozentig von Stormglass.

Er trank wieder und fluchte wieder, weil er sich erneut die Zunge verbrannte.

Mit Stormglass auf den Fersen musste er ein paar Dinge zu Ende bringen.

Eins nach dem anderen.

Der Dieb aktivierte den Videobildschirm, strich sich mit der Hand durch sein zerzaustes, verschwitztes und pomadiges Haar und wischte sie sich dann an seiner Jeans ab. Innerhalb von Sekunden füllte das dicke, hässliche Gesicht des Ingenieurs den Bildschirm.

»Also, was können Sie mir berichten?«, fragte der Dieb brüsk und verzichtete auf sämtliche Höflichkeitsfloskeln.

»I-ich hab's geschafft.« Der Ingenieur bebte vor dümmlicher Freude.

»Was?«, fragte der Dieb und spürte, wie ihm seine Schweinsäuglein aus dem Kopf traten, während sein scharfes Kinn ein klitzekleines bisschen zitterte.

»Ich hab's geschafft. Er funktioniert. Er funktioniert wirklich!«

»Nur um mich zu vergewissern, dass wir über dieselbe Sache reden, Sie haben den Erdbe… ich meine, den *Resonanz*generator repariert? Er funktioniert?«

Der Mann nickte. Sein ganzes Gesicht bebte mittlerweile regelrecht. »Ja. Er funktioniert wirklich! Nachdem ich die Änderungen vorgenommen hatte, die du mir geschickt hattest, konnte ich die rhythmischen Vibrationen auf der Stabilisierungsplattform generieren! Wir sind dem Ende der weltweiten Energieknappheit einen Schritt näher gekommen. Martin, wir sind der Rettung der Welt einen Schritt näher gekommen!«

Der Dieb beruhigte seine zitternde Hand. »Was ist mit Erdbeben? Können wir – ich meine, besteht die Gefahr, Erdbeben zu verursachen?«

»Ja, natürlich«, erwiderte der Ingenieur. »Wenn wir nicht vorsichtig sind – *äußerst* vorsichtig –, ist diese Gefahr sogar sehr *groß*. Es wäre schrecklich, ich meine, richtig schrecklich.«

Der Ingenieur war intelligent genug, um Energie aus Vibrationen zu gewinnen und die Macht eines Erdbebens nutzbar zu machen, und doch hatte er nicht die leiseste Ahnung, was sie da eigentlich bauten.

»Ja, ja, ich kenne die Gefahren eines Erdbebens. Also, wo ist der Resonanzgenerator jetzt?«

»Gleich hier.« Der Ingenieur bewegte die Kamera, damit der Dieb das Labor und den Generator sehen konnte – *Teslas magischen Erdbebengenerator* –, von einem Scheinwerfer beleuchtet, fast wie eine bestimmte Person, wenn sie auf der Bühne stand. Ja, fast wie Tof.

Der Dieb lächelte und vergaß die Probleme mit Stormglass, vergaß die jahrelange Arbeit, die nötig gewesen war, um an diesen Punkt zu gelangen.

Vindiqos öffentliches Motto – »Beschützen und Befreien« – ging auf die lateinischen Wurzeln des Unternehmensnamens zurück, aber der Dieb lächelte, als er an die andere, finstere Bedeutung des Wortes dachte: »Bestrafen«. Wenn dieses Gerät funktionierte, würde er alles zugleich machen können: beschützen, befreien und vielleicht vor allem bestrafen.

»Und er funktioniert wie unsere Prototypen? Dieselben Steuerungselemente?«

»Dieser hier ist sogar einfacher. Wirklich, man kann den Abzug genau wie, na ja, genau wie bei einem Maschinengewehr drücken.«

»Perfekt«, sagte der Dieb. »Ist Captain Morganti in der Nähe?«

»Er ist immer hier. Möchtest du mit ihm sprechen?«

Der Dieb nickte. Als das grimmige Gesicht des Captains den Bildschirm füllte, nickte der Dieb noch einmal. »Ich bin mit dem Ingenieur fertig. Pass auf den Generator auf und entsorge den Mann.«

Dann unterbrach er die Verbindung und wandte den Blick ab. Das musste er sich wirklich nicht ansehen.

18

BANGKOK IN GEFAHR

»Zeit aufzustehen.« Lizzie stupste Jake an der Schulter und reichte ihm einen Energieriegel. »Wir müssen los.«

Jake setzte sich auf und wischte sich den Schlaf aus den müden Augen. Draußen stand die Sonne schon ganz tief am Nachmittagshimmel.

Die anderen Agenten wuselten im Hotelzimmer herum und machten sich für das Konzert fertig. Ein entschlossenes Grinsen breitete sich auf Jakes Gesicht aus. Das war es. Das war das Ende.

Er setzte sich auf und schwenkte die Beine aus dem Bett, zuckte aber bei dem pochenden Schmerz in seinem linken Oberschenkel zusammen. *Autsch!*

Er stand auf, doch er konnte das Bein kaum belasten. *Au*, dachte er, als er durch den Raum humpelte, *au au au*. Der Schmerz war messerscharf.

»Was ist los?«, fragte Lizzie und hielt inne, als sie gerade etwas in ihren Rucksack packte.

»Ist alles in Ordnung?« Filby sah mit besorgter Miene vom Schreibtisch hoch.

»Ja klar«, erwiderte Jake und versuchte nicht zusammenzuzucken. Er hinkte zum Bett zurück und schnitt bei jeder Bewegung eine Grimasse.

»Zeig her.« Daeng kauerte sich vor Jake hin, als dieser sich auf dem Bett zurücksetzte. Jake rollte sein Hosenbein hoch und stöhnte beim Anblick des großen lilafarbenen Flecks, der sich über seinen Oberschenkel ausbreitete. Daeng pfiff.

»Sieht übel aus«, sagte Echo, die hinter Daeng stand.

»Das ist passiert, als ich vom Dach gefallen bin«, meinte Jake und begriff, dass er sich viel schwerer verletzt hatte als gedacht.

»Ja, weil du auf den Balkon geknallt bist«, erwiderte Daeng. »Du hättest ihm ausweichen müssen.«

»Na, entschuldige, dass ich *falsch* gefallen bin«, gab Jake ein wenig genervt zurück.

»Kannst du gehen?«, fragte Lizzie.

Jake blickte auf die Prellung hinunter. »Klar. Ich muss einfach nur …« Er holte tief Luft und machte einen Schritt. Ein stechender Schmerz schoss ihm den Oberschenkel hoch, aber er biss sich auf die Zunge und strengte sich an ihn auszuhalten – *ich muss laufen können, ich muss einfach!* –, doch der Schmerz war zu stark. Jake brach auf dem Bett zusammen und keuchte schwer. Alle beobachteten ihn, während er eine Träne wegblinzelte und den Kopf schüttelte.

»Nein, ich g-glaube nicht«, sagte er.

»Dann können wir nichts tun«, meinte Daeng.

»Außer vielleicht …« Echo verengte die Augen. Sie ging schnell ins Bad und Jake hörte, wie sie dort herumkramte. Er sah zu Filby hinüber, der ihn nervös beobachtete. Echo tauchte schließlich wieder mit einer kleinen Flasche Wasser in der Hand aus dem Bad auf, die andere Hand hielt sie geschlossen.

»Es gibt eine Option.« Echo streckte ihre Handfläche aus und zeigte ihm eine kleine weiße Pille mit chinesischen Schriftzeichen darauf. »Das wurde vom chinesischen Militär entwickelt. Es wird die Schwellung sehr schnell beenden und den Schmerz betäuben.«

»Das klingt super«, sagte Jake und strahlte.

»Aber es hat auch Nebenwirkungen«, fügte Lizzie kleinlaut hinzu. »Das wird dich erst mal ausknocken.«

»Du meinst, ich werde davon einschlafen?«

Lizzie wandte sich ab und warf wütend ihre Tasche auf den Boden.

»Ja«, bestätigte Echo. »Du wirst davon einschlafen.«

»Ich brauche die Pille nicht.« Jake schob ihre Hand weg. »Ich kann den Schmerz aushalten. So schlimm ist es nicht.« Er stand auf und sein Oberschenkel explodierte vor Schmerzen, so dass er weiße Flecken vor den Augen sah. Er fiel schwer atmend wieder aufs Bett.

»Hale«, sagte Daeng, »mit diesem Bein gehst du nirgendwohin.«

Jake stöhnte, beugte sich vor und schlug aufs Bett. Das war der große Abend, ihre letzte Chance den Dieb zu finden, ja *zu fangen* – und vor allem seine Unschuld zu beweisen.

Filby sah mit flehender Miene zu Daeng auf, aber der wich seinem Blick aus. »Es tut mir leid, Hale, ich muss dich von dem Fall abziehen.«

»Aber er ist der Einzige, der den Dieb gesehen hat«, wandte Lizzie ein.

»Das stimmt nicht.« Daeng schüttelte den Kopf. »Ich habe den Dieb gesehen. Echo ebenfalls und, warte – *du auch*! Er hat *uns* aber nicht gesehen. Doch der Dieb weiß, wie Hale aussieht.«

Er drehte sich zu Jake und starrte auf ihn hinunter. »Du verstehst doch, Hale, dass du dich nur in Lebensgefahr bringen würdest.« Daengs Stimme wurde ein bisschen weicher. »Ich kann dich einem solchen Risiko nicht aussetzen.«

Jake versuchte noch einmal aufzustehen und spürte die Augen aller auf sich, als er sein Bein praktisch so gut wie gar nicht belastete und … bei dem Schmerz nach Luft schnappte und zurückfiel. Mit jedem neuen Versuch wurde der Schmerz stärker. Er konnte sein Bein mittlerweile gar nicht mehr belasten.

Echo legte die Pille auf das Nachttischchen. »Nur wenn du sie willst, Hale«, flüsterte sie.

Jake blickte auf das kleine Ding hinunter und nahm es vom Tischchen. Er hielt es leicht in der Hand. Sie war klein, aber wenn er sie schluckte, erklärte er sich einverstanden alles zu verpassen. Er würde das Konzert verpassen, die Mission und vor allem die Gefangennahme des Diebs. Die Sache, die er mehr als alles andere wollte – brauchte.

»Okay.« Er starrte auf seine müden Füße auf dem dicken Teppich, blickte dann zu Filby und Lizzie, die beide bedrückt und mit hängenden Armen dastanden.

»Schnappt euch die elende Ratte«, sagte Jake zu ihnen. »Ich möchte nach Hause.«

Sie nickten. Jake legte die kleine Pille auf seine Zunge. Als er sie mit einem Schluck Wasser hinunterschluckte, spürte er, wie ein Schauer durch seinen Oberkörper ging. Wenn sie bloß den Dieb fangen könnten, könnte er nach Hau… er könnte nach … er …

Er spürte kaum, wie sein Kopf auf das Kissen fiel, und diesmal träumte er gar nichts.

Jake schreckte ruckartig auf, er war schweißgebadet. Und er war sich sicher, dass er nur ein paar Minuten lang geschlafen hatte, aber das Zimmer war leer. Der Himmel draußen war schwarz und vereinzelte Lichter blitzten in der Dunkelheit aus einem Meer von Gebäuden hervor. Jake drehte sich zum Wecker, der in kantigen roten Buchstaben 20:40 Uhr anzeigte. Er hatte mehrere Stunden geschlafen. Das Konzert war jetzt in vollem Gang. *Mann*, dachte er, als er sich ausmalte, was er gerade verpasste, und tastete nach dem Lichtschalter.

Er wischte sich den Schlaf aus den Augen und tätschelte sein Bein. Es tat nicht mehr weh. Kein stechender Schmerz, nicht mal das kleinste bisschen Ziepen.

Er versuchte aufzustehen und stützte sich mit den Händen auf dem Bett ab, um das Gleichgewicht nicht zu verlieren. Er spürte nicht den geringsten Schmerz. Es war, als hätte er sich das alles nur eingebildet. Er rollte sein Hosenbein hoch – die riesige lilafarbene Prellung war zu einem kleinen schwarzen, kaum mehr sichtbaren Fleck geschrumpft.

Was war in dieser Pille?, dachte Jake, rollte das Hosenbein wieder runter und blickte aus dem Fenster. In der Ferne war am Himmel gerade eine Feuerwerksblume aufgestiegen und unten glitten Kreuzfahrtschiffe über den breiten Fluss – es war vermutlich derselbe Fluss, in den er gefallen war. Er schob das Fenster auf und warme Luft kam hereingeweht, zusammen mit schallender Tanzmusik und entferntem Gelächter.

Es klang, als würde auf einem der Boote *Baby Snake* gespielt. Jake fluchte leise. Er blickte auf sein Handgelenk, aber das Gerät war stumm. *Entweder hat niemand den Dieb gesehen oder sie haben ihn gefangen.*

Doch Jake war sich gar nicht sicher. Irgendetwas störte ihn. Der Dieb hätte den anderen entwischen können. Sie hatten ihn nicht von nahem gesehen. Er konnte entkommen.

Jake nahm die Fernbedienung und schaltete den Breitbildfernseher an der Wand ein. Eine Thailänderin in traditioneller Tracht schnappte komödiantisch nach Luft, während ein Mann eine stachelige gelbe Frucht hochhielt. Jake hatte mal von einer Frucht namens Durian gehört, die nach verwesendem Fleisch roch, und nahm an, dass es das war. Dann sah er aus dem Fenster und betrachtete wieder explodierende Feuerwerkskörper, während er nicht recht wusste, was er tun sollte.

Ich könnte mir etwas zu essen aufs Zimmer bestellen, dachte er. Dann sah er auf der Minibar ein paar Vindiqo-Energieriegel liegen. Er packte einen aus und biss ein Stück ab, bevor er auf ein anderes Programm umschaltete. Der Riegel schmeckte scheußlich.

Jake musste lächeln, als er im Fernsehen fünf Jungs in engen Anzügen sah, die in einem Einkaufszentrum tanzten und auf Thai sangen. Ihr Song klang wie eine thailändische Version von *Little Miss Special.* Er griff in seine Tasche und ertastete Vierteldollarmünzen, Taschentücher, ein paar Büroklammern und die kleine Mundspraydose – das Säurespray –, bis er das dicke Papierticket fand. Er holte es heraus und betrachtete es.

Er sah wieder zur Band im Fernsehen, seufzte und wechselte noch einmal den Sender. Dieser war auf Englisch und schien die Nachrichten zu zeigen.

»Unterdessen«, sagte ein ernst dreinblickender Mann im Anzug hinter einem Schreibtisch, »hat ein weiteres schweres Erdbeben den Südwesten von China erschüttert.«

Das Bild wechselte zu vor Schlamm triefenden Menschen, die

mit benommenen und traurigen Gesichtern vor einem Erste-Hilfe-Zelt Schlange standen.

»In der ganzen Stadt sind Tausende Gebäude eingestürzt«, fuhr der Mann fort, »und Zehntausende Menschen sind obdachlos. Die Tragödie hat Häuser zerstört, Familien auseinandergerissen und Existenzen vernichtet. Es wurden bereits siebentausend Tote gemeldet.«

Ich kann mir das nicht anschauen, dachte Jake und starrte finster den Bildschirm an. *Ich kann nicht fernsehen, Zimmerservice bestellen und in diesem schicken Hotel bleiben.* Das Erdbeben in China war vermutlich nicht das Werk des Diebs, aber das nächste oder das übernächste könnte durchaus von ihm verursacht werden. Jedes Mal, wenn irgendwo ein Erdbeben wütete, würde Jake sich fragen, ob der Dieb dahintersteckte. Wenn ja, wäre es Jakes Schuld.

Er schnappte sich seine Schuhe, schaltete den Fernseher aus und wählte »0« auf dem Hoteltelefon, während er sich die Schuhe schnürte.

»Sawadikap«, sagte eine Männerstimme.

»Hi, können Sie bitte einen Hotelwagen auf die Rechnung meines Zimmers, äh, Zimmer 277 setzen? Ich muss zur …« Jake warf einen Blick auf seinen Backstage-Ausweis. »Ich muss zur Super-Sky-Arena.«

»Ja, Sir, wir haben gerade ein Auto zur Verfügung.«

»Ich komme gleich runter«, sagte Jake.

Er legte den Hörer auf und blickte in den Spiegel. »Zeit, alles wiedergutzumachen.«

Es herrschte nicht viel Verkehr und nur fünfzehn Minuten später stand Jake auch schon vor der gigantischen Super-Sky-Arena. Die

Luft war noch warm und feucht und roch nach Chili, aber Jake konzentrierte sich auf die Geräuschkulisse. Sogar von seinem Standort aus konnte er den tosenden Jubel Zehntausender hören und ihm wurde ein wenig flau im Magen.

Wie sollte er jemanden in einem so großen Stadion finden?

»*Sawadikap*«, grüßte ihn ein Wachmann in einem T-Shirt und Skinny-Jeans freundlich, während er sich mit vor der Brust zusammengelegten Händen tief verbeugte.

»Hi«, sagte Jake, verbeugte sich ebenfalls – da dies ein Landesbrauch zu sein schien – und reichte ihm seinen Backstage-Ausweis. Der Mann musterte ihn sorgfältig und überprüfte das Hologramm von Tofs zwinkerndem Gesicht, bevor er ihn lächelnd zurückgab.

Er nahm ein goldenes Papierarmband, legte es um Jakes Handgelenk und sagte: »Du bist ein bisschen spät dran. Das Konzert ist in zwanzig Minuten schon zu Ende. Bitte nimm die linke Seitentür, für VIP-Gäste.«

Jake rannte die Treppe hinauf und durch die Türen, die sich automatisch nach außen öffneten, woraufhin noch lauteres Kreischen und Jubeln nach draußen schallte. Dann eilte er einen roten Teppich entlang und hörte, wie Tof einen Song aus der Splurge-Limo-Werbung, *Splurge Be The Word of the World*, anstimmte. Das Geschrei der Menge übertönte die Musik.

Obwohl mehrere Sicherheitsleute ihn stoppten, um sein Ticket zu überprüfen, schaffte es Jake, sich einen Weg durch die Korridore zu bahnen, bevor der kurze Song zu Ende war, und stand schließlich atemlos neben mehreren anderen am Rand der Bühne. Der übervolle Zuschauerraum dehnte sich weiter nach hinten aus, als Jake sehen konnte, und die Decke war meterhoch, doch Jake bemerkte das kaum. Denn er war völlig von den Fans fasziniert. Zehntausende jubelnde Fans – schwenkende Arme und Handys mit aufflackernden Blitzen – füllten die Arena. Jake spürte, wie ihr Gejubel nicht nur seine Brust, sondern seinen ganzen Körper vibrieren ließ. Die Hitze der Scheinwerfer wärmte seine Haut. Es war nahezu hypnotisch.

Feuerwerkskörper explodierten links von Jake und rissen ihn aus seiner Träumerei. Er drehte sich um und schreckte auf. Da war Tof – keine fünfzehn Meter entfernt. Auf der Bühne war Tof nicht mehr lässig, cool und unnahbar. Hier war er beeindruckend. Jake kam sein eigenes Lächeln beinahe dämlich vor, als der Star die letzten paar Worte sang – »Splurge von Vindiqoooo« –, die Hand zum Himmel streckte und den Kopf nach hinten warf. Schweißtropfen flogen aus seinem zerzausten Haar und blitzten strahlend auf, als wären sie explodierende Kristalle. Hinter ihm wurde dasselbe Bild auf einer gigantischen Leinwand hundertfach vergrößert.

Tof brüllte in die Menge: »Steht ihr auch auf Splurge-Limo?«, und das Gebrüll wurde markerschütternd. Jake hielt sich die Ohren zu, erstaunt, dass Menschen so viel Lärm produzieren konnten. »Ich auch. Ich hätte jetzt gern eine, vor allem, da ich ein paar schlechte Nachrichten für euch habe. Schreckliche Nachrichten.«

Jake hielt den Atem an, als Tof fies grinste und die Menge auf einen Schlag verstummte. *Hat Tof die Waffe?*, dachte er. Sein ganzer Körper spannte sich an und er bereitete sich vor, über die Bühne zu rennen und ihn umzuhauen. *Wird er sie hier benutzen?*

»Ich habe nur noch Zeit für einen Song«, sagte Tof nahezu entschuldigend.

Jake lachte und atmete wieder normal.

»Aber ich weiß einfach nicht, welchen ich singen soll. Komm schon, Thailand, ich brauche eure Hilfe. Welchen Song soll ich spielen? Mit welchem Song soll ich mich heute Abend, diesem sehr besonderen, magischen Abend, verabschieden?«

Der Sprechgesang fing langsam, aber selbstsicher an, als wäre er abgesprochen. »Baby. Baby. Baby. Snake.« Ein gewaltiges Mantra Zehntausender Stimmen. »Baby. Baby. Baby. Snake.« Tief aus der Erde kam ein Dröhnen, als wäre eine ganze Armee im Anmarsch, und der Gesang wurde lauter. Jake stützte sich an eine vibrierende Wand. »Baby. Baby. Baby. Snake. Baby. Baby. Baby. Snake.«

»Ich kann euch nicht hören.« Tof forderte die Menge heraus, noch lauter zu schreien. Jakes ganzer Körper vibrierte, als das Publikum ihm tatsächlich den Gefallen tat.

»Baby! Baby! Baby! Snake!« Die Resonanz der Menge brachte die ganze Bühne zum Beben. *Tof braucht vielleicht gar keine Erdbebenwaffe*, ging es Jake durch den Kopf. Er konnte das Stadion allein mit Stimmen zum Einstürzen bringen. Jake war begeistert.

»Baby!! Baby!! Baby!! Snake!!«

Dann schien auf einmal alles zu explodieren – die Lichter, die Musik, die ganze Welt. Tof flog hoch in die Luft, während das Mikrofon vor seinem Gesicht schwebte.

»Baby, Baby, Baby Snake!« Er fiel auf ein Knie und stieß eine Faust in die Luft. »One look at you«, er schlug sich auf die Brust, »and my heart starts to ache!«

Obwohl er auf der Bühne stand, konnte Jake zehn Sekunden

lang nur das Publikum hören. Keine Worte, keine Musik, nur ohrenbetäubendes Brüllen. Es war, als wäre ganz Bangkok hier versammelt und sein größter Traum gerade Wirklichkeit geworden. Jake fing an zu lachen, nahezu unkontrolliert. Niemand würde glauben, dass er hier war. Das war das Aufregendste …

Er riss sich zusammen. Er war nicht hier, um Musik zu hören oder Tof zu bewundern. Nein, er musste seine Kollegen finden. Er musste den Dieb finden.

Jake sah auf sein Handgelenk, aber das Armband war immer noch lila. Niemand hatte Rattengesicht also gesehen. Jake griff in seine Tasche, holte ein Papiertaschentuch heraus und riss es auseinander, um aus beiden Hälften zwei behelfsmäßige Ohrstöpsel zu machen. Der starke Lärm wurde zu einem gedämpften Brummen in seinen Ohren. Er warf Tof einen letzten Blick zu, drehte sich um und lief schnell hinter die Bühne.

Während Tof allein auf der Bühne gewesen war und Jake mit wenigen anderen Fans am Rand herumgestanden hatte, herrschte backstage geschäftiges Treiben. Leute eilten in alle Richtungen – einige schoben Rollgestelle voller Kleider durch die Gegend, andere hielten Klemmbretter und wieder andere sprachen in Bluetooth-Mikrofone und versuchten sich Gehör zu verschaffen. Jake musterte ihre Gesichter, doch er war nur von Erwachsenen umgeben. Niemand kam ihm bekannt vor – kein Stormglass-Agent oder Dieb.

Jake fing an sich hinter der Bühne umzusehen. Bald schon konzentrierte er sich auf einen Mann, der Kabel zusammenrollte und sie in eine große schwarze Kiste räumte. Er ging um die Kiste herum, aber sie schien nur voller Kabel zu sein. Überall waren Dutzende, wenn nicht gar Hunderte dieser Kisten aufgestapelt, die alle mit kleinen schwarzen Rollen versehen waren, damit man sie leicht bewegen konnte. Die Waffe konnte in jeder einzelnen versteckt sein. Jake ließ den Blick an einem Metalllaufsteg entlangschweifen, der über ihm verlief – er diente den Lichttechnikern offenbar als Zugang zu den Oberlichtern, doch in diesem Moment war der Steg leer.

Da spürte er eine Hand auf seiner Schulter, hastig drehte er sich um. Ein Wachmann.

»Was hast du hier zu suchen?«, fragte der, wich aber schnell zurück und entschuldigte sich, als Jake das goldene VIP-Armband an seinem Handgelenk hob, ohne Blickkontakt herzustellen.

Er streunte durch den Raum, wich geschäftigen Leuten aus und überlegte fieberhaft, wo der Dieb sein konnte.

Der Techniker packte jetzt zusammen und schob die Kiste einen schmalen, mit Türen gesäumten Gang hinunter. Jake folgte ihm. Vielleicht war der Dieb ja in einem dieser Räume. Jede Tür war mit einem Wort in kleinen Thai-Buchstaben beschriftet, die er nicht lesen konnte.

Jake probierte im Vorbeigehen jeden Türknauf, und während einige verschlossen waren, öffneten sich andere ganz leicht. Er lugte in eine Art Abstellraum voller Besen und Regale mit Klopapier. Schnell schloss er die Tür wieder.

Als er eine andere Tür öffnete, erschrak er, doch die Frau in dem Zimmer bemerkte ihn nicht einmal. Sie war zu sehr damit beschäftigt, auf der Tastatur ihres Computers herumzutippen und den Bildschirm böse anzufunkeln. Sie hatte ebenfalls Wattepfropfen in den Ohren. Es machte vermutlich keinen Spaß, jeden Abend bei so einem Lärm arbeiten zu müssen, dachte Jake. Leise schloss er die Tür und ging weiter den Korridor hinunter.

Dann blieb er stehen. Auf der nächsten Tür klebten ein Stern und ein Stück Pappe, auf das schlampig »Tof« gekritzelt war. Jake blickte den leeren Korridor hinunter und probierte den Türknauf zu drehen. Der Raum war abgeschlossen.

Jake wusste, dass Tof nicht ihre Zielperson war, aber der Dieb hatte sich immer in derselben Stadt wie er aufgehalten. Sie waren beide im Auktionshaus gewesen – auch wenn in verschiedenen Bereichen. Sie hatten beide denselben Flug nach Belgrad genommen und jetzt waren sie beide in Bangkok.

Wie lautete noch mal dieses Zitat von dem James-Bond-Autor?, überlegte Jake und tastete in seiner Hosentasche nach einer Büroklammer. *Einmal kann passieren, zweimal ist Zufall, dreimal ist Feindeinwirkung.* Was ist dann das vierte Mal?

Jake brach die Büroklammer auseinander und bog beide Hälften gerade, während er sich auf dem Gang umsah.

Die Luft war rein, also kniete er sich hin und machte sich an die Arbeit. Er brauchte nur ein paar Sekunden, um das Schloss zu knacken. *Ich werde immer besser*, dachte er grinsend, drehte den Türknauf und schlüpfte in den Raum. Er schloss die Tür leise hinter sich, als plötzlich das Licht anging. Jake schrie auf.

Der Dieb stand da und blickte direkt …

Jake fasste sich. Es war sein eigenes Spiegelbild in einem Make-up-Spiegel. Wahrscheinlich hatte er einen Bewegungsmelder für das Licht ausgelöst. Er hatte den Raum nicht überprüft und hätte in eine Falle tappen können. *Mann, ich muss vorsichtiger sein.*

Die Garderobe war nicht so chaotisch, wie er es von einem Rockstar erwartet hätte. Es flogen keine Klamotten herum – nur eine Lederjacke, die in der schwülen Hitze Bangkoks überflüssig war. Ein leeres Sofa. Ein kleiner Tisch voller Chipstüten und Mini-Vindiqo-Riegel und eine Schüssel Nüsse. Jakes Magen knurrte, aber er wollte nicht das Risiko eingehen, DNA-Spuren zu hinterlassen, indem er irgendetwas anfasste. Eine mit Stiften gefüllte Tasse stand auch da, vermutlich um später Autogramme zu geben.

Er öffnete einen schmalen Schrank mit dem Fuß. Im Innern befand sich nichts außer ein paar Drahtbügeln und einigen kurzen Regalen. Als er in die Leere des Raums starrte, veränderte sich irgendetwas.

Jake sah sich um. Riechen konnte er nichts, damit hatte die Veränderung also nichts zu tun. Er nahm seine improvisierten Ohrstöpsel heraus und merkte, dass die Menge, auch wenn sie immer noch toste, leiser geworden war und die Musik nicht mehr spielte. Jake blinzelte zweimal, als ihm klar wurde, was das bedeutete – Tof hatte seinen letzten Song beendet –, und rannte durch den Raum zur Tür. Er musste von hier verschwinden, bevor …

Der Knauf drehte sich und die Tür ging ein paar Zentimeter auf. Jake erstarrte. Der Klang von Stimmen, vielen Stimmen, drang herein. Jake verstand nicht, was sie sagten. Er sprang nach links, dann nach rechts, und er begriff, dass er sich hier nirgends verstecken konnte. Seine Augen schnellten zum offenen Schrank, doch er war zu klein für ihn. Es gab kein Badezimmer und auch keine Tischdecke oder etwas Ähnliches, unter das er kriechen konnte.

»Ich komme gleich«, sagte Tofs Stimme. »Ich hole nur schnell meine Jacke, bevor wir losjetten.«

Jake wollte schreien. Er griff in seine Jacke, aber die Säure wäre jetzt keine Hilfe gewesen, die Münzen ebenso wenig und auch …

Tof kam rückwärts durch die Tür, schob sie zu und drückte seufzend die Stirn dagegen. Er atmete tief durch – während Jake einen knappen Meter entfernt wie erstarrt dastand und die Luft anhielt. Dann drehte sich Tof herum und sprang mit einem Schrei rückwärts gegen die Tür.

»Wer zum Teufel bist du?«, schrie er und fasste sich wieder. »Was machst du hier?«

Jakes Kinnlade klappte herunter. Er hatte Tof mittlerweile mehrmals gesehen, so nahe war er ihm jedoch noch nie gewesen.

»Kannst du nicht reden? Was ist los?«

Jakes Mund war trocken und bebte. Er konnte es selbst nicht fassen, aber er war von dem Star so überbewältigt wie nie zuvor. Er zitterte tatsächlich. Er musste *irgendetwas* sagen. »I-i-ich …«

»Was? Komm schon, Mann, hol Luft.«

Jake holte Luft. Er machte mehrere Atemzüge und lehnte sich ein bisschen vor, während Tof zu ihm hinüberkam und ihm auf den Rücken klopfte.

»Es tut … es tut … es tut mir leid, ich bin nur ein bisschen aufgeregt.«

»Ist schon okay, Alter. Atme einfach mal tief durch. Wer bist du?«

»Ich bin …« Jake wusste nicht, wer er war. Er konnte sich an nichts erinnern, außer … »Ich bin der Präsident des Bangkok-Fan-Clubs, Tof. Ich musste dir einfach sagen, was das für ein Wahnsinnsabend war.«

Tof kniff die Augen zusammen und musterte ein paar Sekunden lang Jakes Gesicht.

»Bist du *wirklich* Thai?«, fragte er und betrachtete Jake genauer.

Was zum …, dachte Jake. *Der ist ja wirklich strohdumm.*

»Sawadikap.« Jake verbeugte sich leicht und drückte beide Hände wie zum Gebet zusammen.

»Nööö. Du bist nicht Thai. So leicht kannst du mich nicht auf den Arm nehmen. Ich kenne dich von irgendwoher …«

Jake wusste, dass es mittlerweile genug Begegnungen gegeben hatte, an die sich Tof theoretisch hätte erinnern können.

»Entschuldige, Tof … Ich bin nur reingeschlichen, um ein Autogramm zu bekommen.« Jake spürte, wie sich Schweißtropfen in seinem Nacken sammelten, während er sich alle Mühe gab, nicht aufzufliegen. Er schnappte sich einen Stift vom Tisch und hielt ihn Tof mit geballter Faust hin. *Entspann dich, Jake*, redete er sich gut zu. *Er erkennt dich nicht. Du bildest dir das nur ein. Beruhig…*

»Wir sind uns schon mal begegnet, oder?«

Jake erstarrte, während er den Stift weiter in der Luft hielt und Tof sein Gesicht musterte.

»Ich habe dich auf jeden Fall schon mal gesehen oder vielleicht …«

In Jakes Kopf überschlugen sich die Gedanken. Von ihrem Zusammenprall auf dem Gehsteig? Oder hatte der Dieb ihn Tof vielleicht beschrieben? Er bemühte sich ruhiger zu atmen, legte den Stift behutsam auf den Tisch und bereitete sich vor, *irgendetwas* zu sagen, er wusste nur nicht, was.

»Vielleicht hab ich auch ein Foto von dir gesehen …«

Foto, dachte Jake. Hatten sie Fotos von ihm? Vielleicht von diesem Sommer bei Vindiqo?

Er ballte eine Faust hinter dem Rücken und blickte zur Tür, die sich jetzt am anderen Ende des Raums befand. Er wollte sich den Weg nach draußen nicht erkämpfen, würde es aber möglicherweise tun müssen. Tof war groß und dünn, doch er sah nicht wie ein Kämpfer aus. Vielleicht konnte er ihn überwältigen. Tof musterte ihn die ganze Zeit eindringlich, röntgte ihn förmlich. Jake wünschte, ihm würde irgendetwas einfallen.

»Bist du …«, setzte Tof an, als Jake einen Geistesblitz hatte.

»Ich kenne dich vom Camp«, unterbrach er ihn und prustete die Worte heraus, bevor er sie ganz durchdacht hatte.

»Camp?« Tof trat blinzelnd einen Schritt zurück, wobei sich sein Mund vor Verwirrung verzerrte.

»Jep, Camp, die Büros, das Hauptquartier. Du weißt schon, früher.« Jake log nicht gerne, aber dieses Lügenmärchen kam ihm leicht über die Lippen. Er entspannte sich ein wenig, als ihm einfiel, was Jenny über Selbstbewusstsein gesagt hatte, und drehte Tof den Rücken zu, nahm eine Dose Splurge-Limo aus einem mit Eis gefüllten Eimer, während er versuchte sich daran zu erinnern, was Filby ihm von dem Camp erzählt hatte. Er öffnete die Dose und wandte sich wieder zu Tof um. »Ich glaube, wir hatten Mathe zusammen. Du warst ein paar Jahre älter.«

Jake blickte tief in Tofs Augen und machte eine theatralische Pause, bevor er richtig ausholte. »Damals warst du noch *Christoph.*«

Jake nahm einen langen, erfrischenden Schluck von der Limonade und hielt sie mit einem übertriebenen *Ahh* von sich, als Tof mit einem Lachen die Hände zusammenschlug.

»Aus dem Camp!«, rief er.

»Ich bin Jon«, sagte Jake, der einen Namen aus den Tiefen seines Hirns hervorzog, und hielt ihm eine Hand hin.

»Jon …?«

»Jon … Jonsson. Es ist schon lange her, seit wir kleine Jungs waren, was?« Er ging davon aus, dass es einen John oder Jon bei Vindiqo gegeben haben musste.

»Jon Jonsson! Wow, den ganzen Weg bis hier nach Taiwan!«

»Thailand«, korrigierte Jake ihn.

»Wow …«

Ein glasiger, ferner Blick trat in Tofs Augen und er starrte mit einem traurigen, liebevollen Lächeln ins Leere. »Ich habe schon so lange keinen von euch mehr gesehen. Vater lässt mich nicht … Komm her, sei nicht so cool, drück mich.«

Als Jake sich vorbeugte, um einen der berühmtesten Rockstars der Welt zu umarmen, klopfte ihm das Herz bis zum Hals. Er fragte sich unwillkürlich, was Lizzie oder sein Dad oder sogar seine Mom über diesen Moment denken würden.

»Ich wünschte, Martin wäre hier«, sagte Tof und setzte sich auf ein Sofa, während Jake sich fragte: *Wer?* »Er würde sich so freuen … Also, wo lebst du jetzt? Was treibst du so?«

»Na ja, dies und das. Arbeiten, Botengänge machen.«

»Botengänge? Was für Botengänge?«

Jake hielt inne. Er wusste nicht, was für Botengänge. Er konnte lediglich versuchen, einen auf Filby zu machen. »Du weißt schon, Botengänge für den Vorsitzenden«, sagte er, trank lässig einen Schluck Limo und schnappte sich eine Handvoll Nüsse. »Ein bisschen dies. Ein bisschen das. Wenn der Vorsitzende etwas braucht, kümmere ich mich darum. Ich war zufällig hier in Bangkok und dachte, ich schau mal bei dem berühmten Rockstar vorbei.«

Jake fluchte insgeheim, dass er seine Geschichten bereits durcheinandergebracht hatte – noch vor ein paar Minuten hatte er behauptet, er wäre der Präsident des Fan-Clubs von Bangkok –, aber Tof schien das nicht aufgefallen zu sein.

»Ich wünschte, ich könnte hier noch ein paar Tage abhängen, aber Vater will, dass ich auf die Inseln komme. Ich will ihn nicht verärgern.«

»Die Inseln?« Jake warf sich ein paar Cashew-Nüsse in den Mund. *Das funktioniert ja wie geschmiert …*

»Vater hat einen seiner Jets geschickt, um – hey, komm doch einfach mit!«

Jake würgte, als er sich an einer Nuss verschluckte. Er hustete sie wieder aus und schnappte nach Luft.

»Es werden nur ’ne Menge Aufsichtsratsmitglieder und solche Leute dort sein«, fuhr Tof fort. »Also lauter alte Knacker, *stinklangweilig*. Haha! Komm schon, dann können wir zusammen abhängen und über alte Zeiten reden.«

Tof will mit mir … abhängen!

»Ich glaube nicht, dass das geht«, keuchte Jake und atmete immer noch mühsam. »Ich meine, ich arbeite hier.«

Doch in seinem Hinterkopf nahm so langsam eine Idee Gestalt an. Er musste Tof ja nicht die ganze Strecke zu den Inseln begleiten. Es ging ja eigentlich nur darum, ein bisschen mehr Zeit mit Tof zu verbringen, lange genug, um herauszufinden, wer der Dieb war und wo sich die Erdbebenwaffe befand.

»Das ist aber schade«, erwiderte Tof.

Jake fing an zu rechnen. Die Fahrt zum Flughafen dauerte eine Stunde und sie würden mindestens eine Stunde vor Abflug dort sein müssen. Er hätte also auf jeden Fall zwei Stunden – mehr als genug Zeit, um die richtigen Fragen zu stellen und alles über den Dieb herauszufinden. Er spürte das lilafarbene GPS-Armband an seinem Handgelenk. Damit konnte er seinen Leuten signalisieren, dass sie in der Nähe blieben, falls er Hilfe brauchte.

»Weißt du was?«, sagte er langsam. »Ich komm mit. Was soll's?«

Tof hob den Kopf. »Echt jetzt?«

Jake nickte. »Wär doch toll, die Inseln zu sehen. Ich war noch nie dort.«

»Sie sind so schön.« Tof zog seine Jacke an. »Vater hat ausgezeichnete Arbeit geleistet.« Er klopfte Jake brüderlich auf die Schultern und streckte dann die Hand nach der Tür aus. Als er sie öffnete, dröhnte ein lautes Raunen herein und wurde immer lauter. »Er ist es!!!« Der Lärm wurde wieder zu einem Tosen.

»Bist du bereit, Jon?«, schrie Tof. »Bist du schon mal von zehn Millionen schreienden Fans umgeben gewesen?«

Jake schüttelte langsam den Kopf. Er glaubte nicht, dass sie da draußen wirklich zehn Millionen Menschen erwarteten, aber ganz sicher war er sich nicht. Durch die Tür erhaschte er einen Blick auf eine unfassbar große Masse von Körpern, die sich in den bis dahin menschenleeren Gang zwängten. Eine Mauer aus Leibwächtern mit eingehakten Armen schoben sie von der Tür weg, um den Star davor zu schützen, von seinen bewundernden Fans zerquetscht zu werden. Der riesige, glatzköpfige Leibwächter war Teil der Mauer und musterte Jake kurz mit zusammengekniffenen Augen – Jake wurde dabei ganz mulmig –, doch dann blickte er zu Tof, damit der bestätigte, dass alles in Ordnung war.

»Ein Freund von mir«, sagte Tof lautlos und zeigte mit dem Daumen über die Schulter.

Jake atmete tief durch und bereitete sich darauf vor, sich ins Getümmel zu stürzen. Doch vorher fasste er noch schnell unauffällig mit der linken Hand um sein Handgelenk und drückte einmal mit der Zeigefingerspitze auf den Knopf. Als das lila

Armband zur Bestätigung vibrierte, stellte er sich vor, wie das Signal durch den Gebäudekomplex sauste und seinen Stormglass-Kollegen seinen Standort und den dringenden Appell *Bleibt in der Nähe!* mitteilte.

Tof trat auf den Korridor und die Menge wallte nach vorne und fing an zu jubeln und zu kreischen. Hände streckten sich zwischen den Leibwächtern aus, hielten Blumen hin und bettelten um Autogramme. Tof drehte sich zu Jake um.

»Komm schon, Jon Jonsson. Machen wir 'nen Abgang.«

Jake blieb direkt hinter ihm und die Leibwächter umhüllten die beiden Teenager wie eine raue Muskelwand und führten sie den Korridor hinunter, wobei sie sich gewaltsam einen Weg durch das toll gewordene Gewimmel bahnten. Ein weinendes Mädchen beugte sich vor und versuchte Tof zu küssen, wurde aber von einem Leibwächter zur Seite gestoßen. Und ein Junge mit Sonnenbrille – auf der Tofs Name stand – wurde beim Anblick des Stars leichenblass.

»Tof«, schrie eine vertraute Stimme nicht weit von Jake. Er drehte den Kopf und sein Herz machte einen Sprung. Es war Lizzie – sie nickte Jake zu und schob sich neben die Mauer von Leibwächtern, während sie sich dagegendrückte und die Arme ausstreckte, um Tof zu umarmen. »Viel Glück!«, schrie sie und Jake begriff, dass die Nachricht ihm galt. Ein Leibwächter schob Lizzie beiseite und sie zog sich wieder in die Menge zurück.

Ein anderes Mädchen – *Echo!* – schob sich näher heran und hielt Tof einen Stift hin. »Nur ein Autogramm, Tof, bitte!«, schrie sie. Doch sie hatte keinen Erfolg, die Leibwächter schubsten sie zurück in die Menge. Sie packte im Fallen Jakes Hemd und er spürte, wie ihm etwas in die Hand gedrückt wurde. Dann zog die Mauer von Leibwächtern Jake mit sich und Echo verschwand in der Menschenmenge. Was hatte Echo ihm da gegeben? Eine graue Tasche oder vielleicht ein Hemd, *nein*, es war eine Jacke – die Krypsis-Jacke! Er lief weiter und zog sie lässig über, als hätte er sie schon die ganze Zeit dabeigehabt.

»Alles klar dahinten?«, schrie ihm Tof über den Lärm hinweg zu, als sie sich den Gang hinunterbewegten und hinter der Bühne vorbeiliefen. Jake fragte sich, wie Tof diese ständige fanatische Aufmerksamkeit ertragen konnte, ohne dabei den Verstand zu verlieren. Sie konnten zertrampelt und zerquetscht werden und vermutlich würde niemand es auch nur bemerken. Jake hob den Blick und lächelte, als er über sich Filby keuchend den Laufsteg entlangrennen sah. *Jemand* würde es bemerken, wenn man sie zertrampelte. Er nickte Filby kaum merklich zu und drehte sich dann wieder zu Tof.

»Das ist verrückt«, schrie Jake. Es war nicht der ideale Zeitpunkt und es war schwierig, den richtigen Einstieg ins Thema zu finden, aber er musste mit den Ermittlungen anfangen. »Du bist ja irgendwie noch berühmter als Nikola Tesla!«

Tof blickte mit verwirrter Miene zu ihm zurück. »Nick wer?«

Jake blinzelte heftig und spürte, wie sich ihm die Hand eines Leibwächters in den Rücken drückte.

»Tesla«, schrie Jake. »Der Erfinder!«

Tof zog die Augenbrauen hoch und schüttelte den Kopf. »Nie gehört. War der mit uns im Camp?«

Jakes Magen zog sich zusammen. *Tof weiß nicht mal, wer Tesla ist*, dachte er. *Irgendwas stimmt hier nicht.*

Die Leibwächter hielten die Fans in Schach, während einer die Tür aufschloss und sie für Tof und Jake aufhielt, dann folgten ihnen die Männer schnell nach draußen. Sie drückten die Tür mit aller Kraft zu, als würde dahinter ein Tornado toben, und einer der Leibwächter verriegelte sie.

»Wow«, sagte Tof. »Fans sind Fans, aber diese Leute sind der Hammer. Wir sollten mehr Konzerte in Taiwan geben, was?«

»Thailand«, korrigierte Jake ihn wieder. Fäuste schlugen auf die Tür ein wie ein blutrünstiger Mob, und Jake wich erstaunt zurück.

»Machst du das wirklich bei jedem Konzert durch?«, fragte er Tof, während er sich weiter von der bebenden Tür entfernte und sich in dem kleinen runden Tunnel umsah, in dem sie jetzt waren. *Was ist das?*, dachte er und rückte noch etwas weiter von den durchgeknallten Bewunderern ab. In seinem Kopf überschlugen sich die Gedanken über die Fans und Tesla und … Beim nächsten Schritt kam Jake allmählich ein zusammenhängender Gedanke. *Das sieht beinahe aus wie …*

Er strauchelte, als er über die gerundete Schwelle einer Tür stolperte, und knallte hart auf den Boden, während hinter ihm die dicke Tür mit einem dumpfen Klacken zugeschoben wurde. Jake schnappte nach Luft und rappelte sich mühsam auf, als ihm klar wurde, dass das der Eingang zu einem Flugzeug war. Einem Flugzeug, dessen Tür sich gerade geschlossen hatte und das die anderen Agenten zurückließ. Einem Flugzeug, das unterwegs war nach …

Die Luft war angefüllt mit dem schweren Duft von *Golden-Age*-Haarpomade.

»Wie ich sehe, hast du einen Freund mitgebracht.« Der Dieb klatschte langsam in die Hände, als er auf Jake zuging. »Zur Abwechslung hast du mal was richtig gut gemacht, großer Bruder.«

19

DIE HOFFNUNG STIRBT ZULETZT

Der Riese mit dem Spitzbärtchen packte Jake mit seinen gewaltigen Händen und hob ihn in die Luft. »Neeeein«, flüsterte Jake, die Arme an die Seiten gedrückt. Der Koloss ließ ihn vorsichtig wieder runter und tastete ihn ab.

»Pilot, wir sollten bald starten«, sagte der Dieb. »Und mit ›bald‹ meine ich jetzt. Ich bin mir ziemlich sicher, dass er ein Stormglass-Agent ist.«

Zwei Leibwächter zuckten zusammen, als wäre ein Verräter in ihrer Mitte entlarvt worden. Der eine legte sogar die Hand auf die Waffe an seinem Gürtel, Tof wirbelte herum und lachte.

»Ich wusste doch, dass ich dich von irgendwoher kenne«, rief er. »Jon Jonsson ist von *Stormglass.*«

Jake hechtete zum Notausgang, aber mehrere Leibwächter packten ihn und drückten ihn auf den Boden, während sich das Flugzeug von der Fluggastbrücke entfernte und vom Stadion wegrollte. Fluchtgedanken vermischten sich auf verwirrende Weise mit einer plötzlichen Erkenntnis. *Die Arena verfügt über eine private Landebahn!*

Aber wie sollte er hier bloß rauskommen? Bei dem Gerangel mit den Leibwächtern hatte Jake es geschafft, das goldene VIP-Bändchen über sein lilafarbenes Armband zu stülpen und den

Knopf zweimal zu drücken. Er war zu dem Konzert geeilt, weil er helfen wollte, und jetzt war er ein Gefangener. *Erstklassige Leistung!*, dachte Jake.

»Okay, ihr habt gewonnen«, sagte er, entspannte sich und ließ sich von den Leibwächtern wieder hochziehen und von der Tür wegführen.

»Jon Jonsson?«, fragte der Dieb, wobei sein Rattengesicht zuckte. »Das ist nicht dein echter Name, oder?«

»Fürs Erste kannst du mich so nennen«, erwiderte Jake und redete sich selbst gut zu – trotz der Gefahr, in der er schwebte –, selbstbewusst aufzutreten. »Zumindest bis wir euch ins Gefängnis gesteckt haben.«

»Diesmal entkommst du nicht, du kannst dich locker machen. Wachen, überprüft ihn auf Waffen. Mein Vater wäre sehr verärgert, wenn wir einen bewaffneten Stormglass-Agenten auf die Insel bringen würden.«

Der Dieb schob mit einem Ruck eine Blende hoch und sah nach draußen. »Beeilt euch. Seine Kollegen werden schon bald durch die Tür brechen. Sagt dem Piloten, dass er auf halber Strecke das Kennzeichen ändern soll.«

Er wandte sich an Jake. »Das ist das Wunder an elektronischer Tinte, weißt du. Sieht wie echte Tinte aus, fühlt sich sogar so an, lässt sich aber supereinfach verändern. Da staunst du, was? Deine Freunde werden uns niemals finden.«

Zwei Wachen packten Jake rechts und links an den Armen und zerrten ihn tiefer in den Jet, der zweimal so groß war wie die Stormglass-Cessna, mit leeren Sitzen und Tischen und einem Bett. Der riesige spitzbärtige Leibwächter filzte Jake schnell und zog eine Handvoll Sachen aus seinen Taschen.

»Büroklammern, hm?«, sagte er und warf sie mit den Münzen auf den Boden. »Hier wirst du dich um keinen Papierkram kümmern. Was ist das? Mundspray? Diese Marke kenne ich gar nicht.«

»Meine M-mom hat es mir gegeben.« *Bleib ruhig*, redete sich Jake gut zu. *Du kriegst das hin.* »Sie meinte, es würde gegen meine Halitose helfen.«

»Hali…was?«, fragte eine andere Wache.

»Halitose.« Der Dieb winkte geringschätzig ab. »Es bedeutet einfach Mundgeruch.«

Die Wache schnupperte an Jakes Mund und machte eine Grimasse – Jake hatte sich seit Tagen die Zähne nicht geputzt und nahm an, dass sein Atem überzeugend schrecklich roch. Die Wache hob daraufhin die Dose und sprühte Jake das Spray ins Gesicht. Er hatte kaum Zeit zusammenzuzucken. *Es könnte Säure sein!*

»Argh…«, zischte Jake erschrocken durch den Sprühnebel.

»Minze.« Der Mann gab ihm das Spray zurück und Jake steckte es zitternd in seine Tasche. Er ließ sich von dem Leibwächter auf einen Platz schubsen und festschnallen.

»Vorbereiten zum Take-off«, dröhnte eine Stimme aus der Lautsprechanlage.

Tof schlenderte in den hinteren Teil des Flugzeugs zu einer Kabine, in der Jake ein großes Bett sehen konnte. Der Rockstar murmelte immer noch bei sich: »Jon Jonsson, ein Stormglass-Agent«, und schloss die Tür hinter sich.

Das Flugzeug setzte zurück, dann rollte es nach links, und selbst in der Dunkelheit konnte Jake die gut beleuchtete Fluggastbrücke durch das Fenster sehen und die Tür, die dem Ansturm der Menge noch immer standhielt. Er reckte den Hals und versuchte angestrengt den Eingang im Auge zu behalten. Wenn es einem seiner Leute gelang durchzubrechen, könnten sie ihn zumindest sehen. *Bitte*, dachte Jake, *einer muss es schaffen*.

Schließlich krachte die Tür auf und mehrere Personen stolperten hindurch. Lizzie, dann Echo, dann Daeng und schließlich Filby.

»Haarscharf verpasst«, sagte der Dieb und winkte aus dem Fenster, als Filby, Echo und Lizzie auf die Rollbahn gerannt kamen und die Verfolgung aufnahmen. Daeng holte im Rennen ein Handy heraus und keuchte etwas hinein, während er wild gestikulierte. Jakes Sicherheitsgurt fühlte sich auf einmal wie eine Fessel an.

Er sah, wie Filby strauchelte, hinschlug und schließlich in einem Dunstschleier verschwand. Die Räder hoben von der gepflasterten Rollbahn ab und Jake sackte in sich zusammen, als er sah, wie Echo und Lizzie ebenfalls zurückfielen. Er hielt eine Hand ans Fenster und verlor schon bald seine Freunde aus dem Blickfeld.

Jake wandte sich ab. Er war verloren. Den ganzen Weg bis hierher hatte er geschafft und jetzt hatte man ihn gefangen genommen. Er dachte an den Werbespot für die Inseln und wie aufregend sie ausgesehen hatten. Er hatte gehofft, sie irgendwann einmal besuchen zu können. Jetzt graute es ihm davor.

»Zu welcher der zwölf Inseln fliegen wir?«, fragte er.

Auf dem Gesicht des Diebes breitete sich ein träges Lächeln aus. »Auf keine der zwölf. Wir fliegen direkt zur Insel dreizehn. Dort befindet sich der Erdbebengenerator.«

Jake blickte auf die Lichter der Stadt hinunter und begriff, dass er gerade in Windeseile den letzten Rest Sicherheit verlor. Er hatte absolut keinen Plan und keine Vorstellung, was sie mit ihm anstellen würden. Und wieder standen er und der Dieb sich gegenüber, nur diesmal auf dessen Territorium.

»Du lässt dich also Jon nennen«, sagte der Dieb. »Da wir die nächsten paar Stunden zusammen verbringen werden, könnten wir uns ja anfreunden, oder?«

Jake kniff bei dem sauren Geschmack, den er plötzlich im Mund hatte, die Lippen zusammen. Er konnte sich nicht vorstellen, jemals mit diesem Typen befreundet zu sein.

»Okay, wenn schon keine Freunde, dann wenigstens Bekannte. Ich bin Martin und wie du vermutlich erraten hast, bin ich Tofs Bruder.«

»Ich wusste nicht mal, dass Tof einen Bruder hat«, erwiderte Jake und Martin zuckte zusammen. Seine Lippen kräuselten sich missbilligend. »Ich habe nie über dich im Internet oder sonst wo gelesen.«

»Tof stiehlt die ganze Schau. Spielt aber keine Rolle.«

»Aber ein bisschen komisch ist das schon.«

»Spielt keine Rolle.« Martin beendete das Thema.

»Also Tof weiß nicht mal, wer Tesla ist«, vergewisserte sich Jake. Er wusste zwar nicht, was das jetzt noch brachte, aber er wollte nach wie vor herausbekommen, was der Dieb vorhatte.

Martin nickte und hatte ein finsteres Funkeln in den Augen und ein fieses, angedeutetes Lächeln auf den Lippen. »Ihm ist der Generator egal.« Martin senkte die Stimme zu einem Flüstern. »Er ist dumm wie Brot, um ehrlich zu sein. Ein großartiger Entertainer, aber das war's auch schon.«

»Er schreibt eine Menge Hits.«

»Er schreibt diese Songs nicht oder produziert sie gar. Heutzutage ist alles digital so bearbeitet, dass es manchmal nicht mal mehr seine eigene Stimme ist. Ohne Vaters Geld *wäre* er nicht mal berühmt.«

»Dann lass mich raten«, Jake war fest entschlossen, dem Rattengesicht ein paar Informationen zu entlocken, »du hast Tof gebeten, den Überseekoffer für dich zu kaufen.«

Martin lächelte. »Ich war, na ja, knapp bei Kasse. Mir ist das Geld ausgegangen und da hat er mir angeboten, es mir als Geschenk zu kaufen. Und weißt du was? Wenn er das hingekriegt hätte – wenn er mir diesen einen Gefallen tatsächlich getan hätte –, wärst du gar nicht hier. Dann wärst du jetzt schön zu Hause und in Sicherheit, wo auch immer du lebst – in Oakland, nehme ich an.«

Jake blickte wie versteinert, um nichts von sich preiszugeben. Bei dem Gedanken an seine Eltern wurde ihm flau im Magen. Er vermisste sie, doch er schob den Gedanken beiseite.

»Du würdest wo auch immer sein und was auch immer tun. Du würdest einfach dein Leben leben. Und was machst du stattdessen?«

»Die Waffe funktioniert nicht mal«, erwiderte Jake in der verzweifelten Hoffnung, dass es stimmte. Aber Martin presste die Lippen zusammen und grinste vielsagend.

»›Waffe.‹ Was für eine lächerliche Bezeichnung für so ein Wunderwerkzeug. Man zielt nicht einfach damit und drückt ab, weißt du. Es ist ein präzise konstruiertes Kunstwerk.«

»Das nicht funktioniert«, gab Jake zurück.

Martin stand auf und blickte aus dem Fenster – die Lichter von Bangkok waren nur noch Punkte tief unter ihnen. Er ging durch die Tür am Ende des Flugzeugs und Jake hörte, wie er nach etwas kramte und Tof anbrüllte, er solle aus dem Weg gehen.

Den Blick auf Jake gerichtet, flüsterte ein Leibwächter einem anderen etwas zu und beide lachten leise, doch als Jake sich bewegte, zuckten sie zusammen, als hätte gerade ein hungriger Tiger geknurrt. Er fragte sich, was sie so nervös gemacht hatte.

Als Martin wieder auftauchte, hatte er ein altes Buch in der Hand. Jake erkannte es sofort. Teslas fehlendes Tagebuch!

»Ich habe die Seite markiert«, sagte Martin, während er es vor Jake auf den Tisch pfefferte. »Denk nicht mal daran, irgendwas Dummes zu versuchen, wie es zu essen oder die Toilette runterzuspülen. Ich habe die gescannten Seiten sofort ans Labor geschickt. Der Ingenieur hat bereits die Änderungen vorgenommen. Wenn du ein Fan von Tesla bist, und das bist du wohl, wirst du das Buch bestimmt *sehr* interessant finden.«

Jake nahm das alte Buch und blätterte darin. Die Seiten waren mit Teslas Handschrift und mechanischen Zeichnungen gefüllt, die manchmal über mehrere Seiten gingen. An den Rändern wimmelte es von unzähligen Anmerkungen, Symbolen und Zusätzen. Manches schien in aller Eile notiert worden zu sein, Buchstaben und ganze Zeilen überlappten sich kreuz und quer.

»Komm schon, jetzt mach«, drängte ihn Martin. »Trödel nicht rum. Schau dir die Seite an, die ich markiert habe. Sofort!«

Jake sah zum Dieb auf – seine Augen funkelten – und schlug die Seite mit dem Eselsohr auf.

Ich war ein Narr. Ich hätte nie einwilligen sollen, das neue Gerät zu bauen. Es haucht nur dem Biest Leben ein und verleiht dem Monster Atem. (Kein Wunder, dass ich wieder Schlangenvisionen habe. Ich muss die Verbindung zwischen meinen Schuldgefühlen und meinen Albträumen erforschen.) Die Maschine funktionierte nicht so, wie ich mir das vorgestellt hatte, aus zwei guten Gründen. Der erste war ein dummer Flüchtigkeitsfehler – mit diesen Skizzen könnte ein guter Ingenieur die Maschine an einem Tag zum Laufen bringen. Der zweite Grund, warum sie nicht funktionierte, war möglicherweise meine eigene stillschweigende Sabotage. Thomas hat mir versprochen, dass die Maschine zur Erzeugung unbegrenzter und kostenloser Energie für die Welt benutzt werden würde. Es war dumm von mir, ihm zu glauben. So eine Maschine sollte nicht existieren. Bei meinem nächsten Besuch in Kalifornien werde ich sie zerstören. Verzeiht mir, dass ich so eine gefährliche Maschine erfunden habe. Das wird wohl für immer eines der Dinge sein, die ich am meisten bereue.

Jake blätterte durch die Skizzen auf den vorherigen Seiten – Diagramme, die kleine Änderungen an dem Gerät zeigten, hingekritzelte Worte, einschließlich EUREKA! in großen, breiten Buchstaben.

»Ich nehme an, dass er Kalifornien nie wieder besucht und somit die Maschine nie zerstört hat?«

»Das scheint der Fall zu sein.« Martin grinste hämisch. »Tesla war ein Genie, aber ich habe mich immer über ihn geärgert. Er war clever genug, diese Maschine zu bauen, die die Erde zum Beben bringen kann – einen Erdbebengenerator –, verstehst du, und dann hat er sie versteckt! Seiner ganzen Klugheit zum Trotz, entschuldige, aber was für ein absoluter Narr. Ich bin in dem Glauben aufgewachsen, dass er eines der wunderbarsten Werkzeuge, die je erschaffen wurden, der Menschheit vorenthalten hat.«

Jake musterte den Dieb – er schien sie nicht alle beisammen

zu haben. Martin blinzelte hektisch, es sah aus wie ein nervöser Tick.

»Dann kannst du die Waffe also funktionstüchtig machen«, sagte Jake entsetzt.

»Oh, das *ist* sie bereits«, erwiderte Martin und hob die Augenbrauen. »Schon seit Stunden. Endlich werde ich meinen Bruder übertrumpfen. Tof rockt die Welt, aber ich werde sie erschüttern.«

Jake erschauderte. »Aber wozu brauchst du eine Erdbebenwaffe? Du bist Tofs Bruder. Du musst doch kein Terrorist werden.«

»Ein Terrorist?« Martin lachte. »Du denkst nicht weit genug. Du denkst wie dieser jämmerliche Kim Kyok-un.«

Jake zuckte zusammen, als er den Namen des nordkoreanischen Terroristen hörte. Martin streckte die Arme aus und stand auf. »Meine Ziele sind größer. Weißt du, was bei einem Erdbeben passiert?«

Jake schüttelte den Kopf.

»Mal es dir aus. Stell dir die grollende, wankende Erde, die aufgerissenen Autobahnen und die umstürzenden Bäume vor. Was passiert, wenn ein Erdbeben eine Stadt trifft?«

»Keine Ahnung.« Jake dachte an das Erdbeben in Südchina, von dem er in den Nachrichten gehört hatte. »Gebäude stürzen ein, Menschen sterben.«

Martin nickte mit leicht geöffneten Lippen, begierig, erwartungsvoll. Jake glaubte eine Spur von Freude in den Augen des Diebs zu sehen. Ihm wurde übel davon.

»Und dann?«, fragte Martin. »Komm schon, denk nach. Du kannst das. Was passiert mit den Überlebenden?«

»Sie brauchen Wohnungen, Unterkünfte. Sie brauchen Nahrungsmittel und Wasser.«

»Genau, sie werden alle lebenswichtigen Dinge brauchen. *Super-V* ist eine der beliebtesten Trinkwassermarken der Welt. Leute werden nach einem Erdbeben jeden einzelnen Kasten davon kaufen.«

»Und Vindiqo besitzt *Super-V*?«

Martin nickte. »Natürlich! Ich mach das nicht für mich, sondern für Vindiqo! Vindiqo wird *Super-V* innerhalb von Tagen, wenn nicht gar Stunden ausverkaufen. Du warst doch bestimmt schon bei *Big Fist* und *VindiBurger*, oder? Das sind nicht die einzigen Lebensmittel, die Vindiqo verkauft. Supermarktregale sind voll mit Dosengemüse, Tiefkühlmahlzeiten und Frühstücksflocken, die von *VQ-Qualitätsnahrung* hergestellt werden, das Vindiqo gehört. Nach einem Erdbeben werden alle diese Lebensmittel ebenfalls ausverkauft sein. Vindiqo besitzt auch die *Mega-V*-Ladenkette. Die Menschen werden vor jedem Mega-V Schlange stehen, um Decken, Zelte und warme Kleidung zu kaufen.«

»Ein Erdbeben wäre *lukrativ*?« Jake sah den Dieb ungläubig an.

»Wenn Vindiqo nur Nahrung und Unterkünfte verkaufen würde, ja, schon dann wäre ein Erdbeben lukrativ. Aber du denkst immer noch nicht weit genug. Was ist mit den Menschen, die bei der Katastrophe verletzt werden? Den Menschen, die von einstürzenden Gebäuden verkrüppelt werden oder bei Bränden zu Schaden kommen? Was passiert mit denen?«

»Vindiqo besitzt Krankenhäuser«, seufzte Jake und schloss die Augen.

Martin nickte schnell, als wäre er stolz auf Jake. »Ja, Krankenhäuser, Apotheken, riesige pharmazeutische Unternehmen. Vindiqo stellt Medikamente nicht nur her, sondern wir verkaufen sie auch. Diese Welt wird zu sicher, zu entspannt. Wir müssen die Dinge ein bisschen in Schwung bringen, die Nachfrage ankurbeln – Leute dazu bringen, Geld auszugeben! Ein Erdbeben würde genau das erreichen. Vindiqo-Bauunternehmen würden Städte wieder aufbauen, Vindiqo-Fuhrunternehmen würden Vorräte transportieren. Die Liste geht endlos so weiter. Jeder Vindiqo-Geschäftsbereich würde von einer Katastrophe profitieren.«

»Warum?«, fragte Jake. Er konnte noch immer kaum glauben, was er da hörte. »Warum interessiert dich das überhaupt?«

»Tof hat den Profit um Millionen, vielleicht sogar Milliarden erhöht, mit seinen dämlichen Alben, T-Shirts, Postern und Tourneen. Die Verkaufszahlen von Splurge-Limonade haben sich allein wegen dieses nervigen Songs verdoppelt. Aber die Erdbebenwaffe – *meine* Erdbebenwaffe! – wird Tofs Profite absolut in den Schatten stellen. Sie werden im Vergleich nichts weiter als Pennys oder Vierteldollarmünzen sein, die man hinter den Sofakissen findet. Ich werde den Gewinn um *Billionen* erhöhen.«

Jake legte eine Hand über den Mund, als ihm die Bedeutung von Martins Worten bewusst wurde. Er würde Erdbeben verursachen, nur damit Vindiqo mehr Geld machen konnte. Das war kein terroristischer Akt. Für Martin war es nur eine Unternehmensstrategie.

Der Dieb setzte sich wieder, stützte die Ellbogen auf den Tisch und sah Jake erwartungsvoll an, als würde er Glückwünsche erwarten.

»Natürlich müssen wir noch entscheiden, wo wir als Erstes zuschlagen«, fuhr er fort. »Tokio, San Francisco und Los Angeles wären perfekt geeignet. Sie sind riesig und reich und erleben ständig kleine Erdbeben. Dort würde ein gewaltiges Erdbeben keinen Verdacht erregen. Aber diese Städte sind auf Naturkatastrophen vorbereitet. Die Gebäude sind stabilisiert und Leute haben Erdbebenversicherungen abgeschlossen, häufig übrigens bei Vindiqo. Aber stell dir mal ein Erdbeben in New York City vor. Die Menschen dort haben schon seit hundert Jahren die Erde nicht mehr richtig beben gespürt. Sie würden es einfach nicht kommen sehen.«

»Meine Großeltern leben in New York City!«, schrie Jake.

»Und deine Großeltern würden bestimmt kein bisschen mit einem Erdbeben rechnen. Auf keinen Fall, oh, nächste Woche!«

»Aber es wird Tote geben.« Die Kaltherzigkeit des Diebs entsetzte Jake.

»Sei nicht so melodramatisch. Schau aus dem Fenster.«

»Warum?«

»Tu's einfach – schau da runter!«

Jake sah eine Stadt voller nadelkopfgroßer Lichter, bloße Punkte in der Dunkelheit, die unter ihnen vorbeizogen.

»Wenn ich dir für jedes Licht, das ausfällt, eine Million Dollar anbieten würde, würdest du dann *wirklich* sagen, dass ich mein Geld behalten soll? Oder würdest du mir einen Punkt oder sogar zwei geben? Zwei Millionen Dollar. Oder würdest du aufhören, die Punkte zu zählen und stattdessen anfangen auszurechnen, wie viele Inseln du dir damit leisten könntest?«

Martins Vortrag klang einstudiert, als hätte er ihn aus einem alten Film gestohlen, doch Jake war es in dem Moment egal, aus welchem. Er wusste nur eines: Martin war geistesgestört. Jake schloss die Augen und wünschte, er könnte dafür sorgen, dass sich die ganze Sache in Luft auflöste. Sein Magen krampfte sich zusammen, als müsste er sich gleich übergeben.

»Kann ich aufs Klo?«

Martin nickte.

»Hier oben kannst du nicht entkommen«, sagte er selbstsicher. »Wir sind sechs Kilometer hoch in der Luft.«

Sobald er sich in der Toilette eingeschlossen hatte, atmete Jake tief durch und versuchte seinen Magen und seine Nerven zu beruhigen. Er spritzte sich großzügig Wasser ins Gesicht und schlug sich einmal auf jede Wange.

Er hatte schon ein paar Erdbeben erlebt, allerdings kein richtig großes. Er hatte gesehen, wie Bilder von den Wänden fielen, und hatte mit seinen Eltern in den Vorgarten rennen müssen – manche Beben waren ganz schön furchterregend gewesen. Aber seine Eltern hatten ihm von dem Erdbeben in San Francisco 1989 erzählt, bei dem Häuser und Bürogebäude eingestürzt waren und sogar Teile der Bay Bridge.

Er sah in den Spiegel und sah die fremde graue Jacke, die er trug.

»Der Krypsis-Anzug …«, flüsterte er und tastete den Saum ab, auf der Suche nach dem Schalter oder Knopf. *Komm schon*, dachte er, *wie schaltet man dich ein?* Er drückte Zipfel und Ränder, doch nichts funktionierte. Obwohl er sich nicht sicher war, wie ihm Unsichtbarkeit im Flugzeug helfen konnte.

Eine Faust hämmerte gegen die Tür. »Beeil dich«, brüllte einer der Leibwächter.

Jake beschloss, dass er es später herausfinden würde. Er steckte die Hand in die Tasche und spürte das Säurespray. Vielleicht konnte er damit Martin angreifen und dann die Leibwächter und den Piloten – auch wenn Daeng ihn gewarnt hatte, es nicht auf

Menschen zu sprühen. Außerdem würde er das Flugzeug nicht ohne Lizzie landen können.

Er sah auf das lila Armband an seinem Handgelenk, das von dem VIP-Bändchen verdeckt war. Aber er wusste eh, dass sie schon außerhalb des Dreißig-Kilometer-Radius waren. Die anderen Agenten würden ihn nicht mehr orten können.

Er betrachtete sich von oben bis unten im Spiegel.

»Du kannst das«, flüsterte er seinem Spiegelbild zu, auch wenn er nicht so recht wusste, wie. Er zog ab, wusch sich die Hände, ging hinaus und auf seinen Platz zurück. Viel besser ging es ihm nicht, aber wenigstens war ihm nicht mehr schlecht.

Auf dem Tisch standen zwei Teller mit einem Steak mit Soße und einem Riesenhaufen dampfender Pommes.

»Gut, du bist wieder da«, sagte Martin. »Mein Vater hat mir beigebracht, dass man erst mit dem Essen anfängt, wenn alle am Tisch sitzen. Nimm Platz. Iss. Genieße die Freuden von Vindiqo, solange du noch kannst.«

Jake wollte das Essen des Diebs eigentlich nicht anrühren, aber er hatte Hunger. Also setzte er sich und griff nach dem Plastikbesteck. Doch als er versuchte ein Stück Steak abzuschneiden, brach das dünne weiße Messer auseinander.

»Kann ich ein richtiges Messer und eine richtige Gabel haben?«, bat Jake und beobachtete, wie Martin sein Fleisch mit einem schweren Steakmesser schnitt und Blut auf den Teller sickerte.

»Ich bin nicht von gestern«, erwiderte Martin. »Wenn du von Stormglass bist, könntest du das Besteck benutzen, um zu entkommen. Und das wollen wir doch vermeiden.«

Jake nahm eine Pommes, zog sie durch die Soße und steckte sie sich in den Mund. Sie schmeckte, als wäre sie von einem Chefkoch in einem Luxusrestaurant zubereitet worden. Köstlich.

»Meine Herren, wir beginnen jetzt unseren Landeanflug auf Insel dreizehn. Bitte klappen Sie Ihre Tabletts hoch und schnallen Sie sich an.«

Jake öffnete die Augen und stellte fest, dass er eingeschlafen war. Er hatte keine Ahnung, wie lange er weggetreten war, aber Martin schien sich nicht vom Fleck gerührt zu haben. Er beobachtete Jake immer noch mit seinen eng beieinanderstehenden, rattenähnlichen Augen.

Durchs Fenster konnte Jake die Inselkette sehen. Sie schien in der Dunkelheit immer näher zu kommen. Die Inseln sahen genauso aus wie in dem Werbespot, den er vor ein paar Wochen gesehen hatte. *Wochen?* Er musste fast lachen. Es waren keine Wochen gewesen. Es war kaum *Tage* her, seit die Katastrophe ihren Anfang genommen hatte.

Im Mondlicht wirkten die Inseln düster – es sah aus, als wären sie mit Wäldern bedeckt und hätten Strände entlang der Küste, und auf vier von ihnen ragte jeweils in der Mitte ein riesiger Berggipfel in die Höhe. Die Inseln hatten im Video üppig und friedlich ausgesehen, doch jetzt, mitten in der Nacht, wirkten sie gefährlich.

Jake schüttelte den Kopf, als er daran dachte, was die Bergspitzen wirklich waren. »Du hast die Erdbebenwaffe an einen Ort mit *Vulkanen* gebracht?«

»Glaubst du wirklich, ich wäre so bescheuert, sie hier zu benutzen?«, fragte Martin und verdrehte die Augen. »Nein, hier werde ich sie nur *enthüllen*. Jedenfalls haben wir spezielle Stabilisierungsplattformen gebaut, um die Waffe zu testen. Es besteht keine Gefahr. Nicht für die Inseln, meine ich.«

Jake erschauderte und wandte sich wieder ab. Er konnte jetzt hohe, aus dem Dschungel herausragende Hotels ausmachen sowie Swimmingpools und das bekannte Riesenrad. Er sah nirgends Menschen, doch die Inseln waren noch nicht für die Öffentlichkeit zugänglich. Bis dahin würden noch Monate vergehen. *Im Moment*, dachte er, während er das schwarze Meer betrachtete, das sich bis zum Horizont erstreckte, *gibt es hier keinen einzigen Menschen, dem ich vertrauen kann.*

Das Flugzeug landete sanft, aber Jake hatte ein mulmiges Gefühl im Bauch. Was erwartete ihn hier?

Sie rollten an ein paar erleuchteten *Willkommen auf Insel dreizehn*-Plakattafeln vorbei, auf denen Männer und Frauen in Grasröcken abgebildet waren. Das Flugzeug wurde langsamer und kam neben einer langen schwarzen Limousine zum Stehen.

Mehrere Männer in weißen Overalls schoben eine hohe Treppe auf Rädern an die Seite des Flugzeugs. Ein Mann in einem teuer aussehenden schwarzen Anzug und mit einer Augenklappe stieg aus der Limousine und ging langsam an einem Stock auf die Treppe zu. Er stieg sie hoch, gefolgt von mehreren stämmigen Männern, die Jake für Leibwächter hielt, obwohl sie eher wie eine Miliz aussahen. Sie trugen pechschwarze Kampfhosen, schwarze Hemden, schwarze Jacken und schwarze Stiefel.

Jake hörte, wie die Flugzeugtür aufging. Der Mann mit dem Stock und der Augenklappe betrat den Jet. Er war hochgewachsen, und als er den Gang entlangkam, sah Jake, dass er auf einer Wange eine breite Narbe hatte. Gut aussehend und mit braunem Haar ähnelte er mehr Tof als Martin, aber dann bemerkte Jake den Geruch. Er roch genau wie Martin. Der Dieb drehte sich um, lehnte sich zurück und lächelte.

»Vater, wie schön dich zu sehen.«

»Was um alles in der Welt hast du mit deinen Haaren angestellt?«, fragte der Mann.

»Es ist … es ist wie deins. Ich dachte, du würdest …«

Der Mann warf Jake nur einen sehr flüchtigen Blick zu, bevor er sich umsah und fragte: »Nun ja, wo ist dein Bruder?«

Martin hob den Kopf höher. »Ach, weißt du, Tof schläft nur hinten in der …«

Die Tür flog auf und Martin schnitt eine Grimasse, als Tof mit einem verschlafenen Lächeln hereingetanzt kam und sich mit einer Hand durch das zerzauste Haar fuhr. »Vater! Schön dich zu sehen!«

Jake bemerkte einen kleinen Anstecker am Jackenrevers des Mannes – eine aus Silber gestaltete Schlange mit entblößten Fangzähnen, wie eine Viper. Jake sah, dass die Soldaten denselben Anstecker auf ihren Schultern trugen, fast wie ein Abzeichen des Bösen.

»Holt eure Sachen, beide. Schnell. Der Aufsichtsrat wartet schon auf dich, Martin.«

»Vater, ich glaube, du wirst beeindruckt sein.«

»Ehrlich gesagt hatte ich die Hoffnung schon aufgegeben. Deinen kühnen Versprechen nach zu urteilen, war ich möglicherweise im Unrecht.«

»Was ist mit dem Stormglass-Agenten?«, fragte Martin.

Mr Flintoff wirbelte herum und funkelte Martin böse an, während beide Leibwächter sofort Haltung annahmen. »Du hast einen *Stormglass-Agenten* auf Insel dreizehn gebracht?«

»Nicht ich.« Martin zeigte mit einem Knurren auf Tof. »Es war Tof!«

»Ich bin sehr von dir enttäuscht, Martin. Das ist mal wieder typisch für dich.«

Der Dieb tat Jake allmählich leid, aber dann erinnerte er sich an seinen Erdbebenplan. Dieser Junge verdiente kein Mitgefühl – er verdiente den Knast.

»Männer, schnappt ihn euch. Sofort!«

20

WILLKOMMEN AUF INSEL DREIZEHN

Jake versuchte vergeblich sich zu wehren, als man ihm die Arme auf den Rücken drehte, kalte Metallhandschellen anlegte und Isolierband auf seinen Mund klebte. Einer der schwarz gekleideten Männer zerrte ihn aus dem Flugzeug und schleifte ihn die Treppe hinunter. Immer wieder strauchelte Jake und versuchte, festen Halt zu finden. Am Ende hob ihn der Riese einfach hoch, als wäre er ein leichter Rucksack, warf ihn mit dem Gesicht nach unten in den Kofferraum der Limousine und knallte den Deckel zu.

Jake wand sich im Dunkeln und atmete durch die Nase. Er versuchte seine Hände aus den Handschellen zu zwängen, aber sie waren einfach zu eng.

»Was sollen wir mit dem Jungen machen?«, sagte eine gedämpfte Stimme. Es klang wie der glatzköpfige Riese mit Spitzbart.

»Setzt uns beim Clubhaus ab«, antwortete Martins Dad, seine Stimme klang dumpf im Innern des Kofferraums, »dann bringt ihn nach hinten und schläfert ihn wie einen kranken Hund ein.«

»Ja, Sir.«

Sie werden mich umbringen!

»Keine Schusswaffen. Der gesamte Aufsichtsrat ist hier. Ich will nicht, dass sie irgendetwas hören. Wenn sie wüssten, dass ein

Stormglass-Agent auf der Insel ist … Es wäre das reinste Fiasko. Erledigt es lautlos. Mit den Händen.«

»Selbstverständlich, Sir.«

Jake fing an sich wie wild zu winden, während Türen zuknallten, der Motor gestartet wurde und die Limousine Jakes Gefühl nach über einen Feldweg rumpelte. Er konnte nichts sehen, spürte aber, wie ihm Rotz aus der Nase lief, und strengte sich an regelmäßig zu atmen. Er musste hier unbedingt raus, noch bevor der Kofferraum wieder geöffnet wurde. Es sei denn, er wollte auf dieser Insel sterben.

Jack rollte auf den Rücken, so dass seine Hände unter ihm lagen, und hörte, dass Dinge aus seinen Taschen kullerten. Etwas Kaltes und Metallisches streifte seine Hand und das Säurespray fiel ihm ein. Er streckte die Finger aus und tastete danach, doch in diesem Moment bog das Auto nach links und das Spray rollte weg. Jake schnappte unter dem Klebeband nach Luft und reckte den Kopf, um zu sehen, wo es war. Seine Augen hatten sich mittlerweile an die Dunkelheit gewöhnt und er konnte Formen erkennen. Das Spray steckte hinter dem Sitz in einer Ecke.

Er zwängte sich herum, kickte einen Schuh vom Fuß, griff dann die kalte Spraydose mit den Zehen und warf sie zurück, so dass sie neben ihm lag und er danach greifen konnte. *Das ist mein Weg nach draußen!* Er tastete den Rand der Dose ab und versuchte die eingerückte Öffnung der Düse zu finden. Er drehte das Spray und tastete am Rand entlang, bis er sich sicher war, dass die Düse direkt auf seine Handschellen gerichtet und ganz von seinem Körper abgewandt war.

Als das Auto nach rechts bog, kippte er um wie ein Sack Kartoffeln, schlitterte kurz über den Teppichboden und knallte mit einem heftigen, dumpfen Schlag gegen die Kofferraumwand. *Komm schon, Jake, du kannst das!* Er stieß sich hoch, drückte den Rücken gegen den Kofferraumdeckel, schloss die Augen und drückte auf die Düse. Der Duft nach frischer Minze erfüllte den Kofferraum und Jakes Nase fing an zu brennen.

O Mann, dachte er. *DREImal drücken.*

Er stemmte sich noch einmal hoch, schloss wieder die Augen und sprach ein kurzes lautloses Gebet. *Bitte verätz die Handgelenke nicht*, dachte er und drückte die Düse dreimal.

Der Strahl spritzte einen kurzen Moment lang auf das Metall. Jake ließ die eisige Spraydose fallen und zählte dann langsam. Als er bei fünfzehn angekommen war, dehnte er die Handgelenke und das Metall brach auseinander. *Ja!*, dachte er triumphierend und riss sich das Klebeband vom Mund. Er atmete tief ein und fühlte sich lebendig und frei.

Dann schnupperte er. Irgendetwas schmorte, wie Metall. Er senkte den Blick und merkte, dass er die Straße durch den Boden des Wagens sehen konnte – die Säure hatte ein Loch in den Kofferraum gebrannt! Wenn das Zeug *dazu* fähig war, konnte er damit hier rauskommen!

Er tastete wieder nach der Dose und griff nach ihr. Gerade als er auf die Düse drücken wollte, blieb die Limousine mit einem Ruck stehen. Wieder schlitterte Jake zur Seite und stieß sich den Kopf an. Türen öffneten und schlossen sich und um ihn herum ertönten Stimmen.

»Nein, der Kofferraum ist leer«, sagte eine gedämpfte Stimme. »Das Gepäck kommt nach.«

Wir sind angekommen, dachte Jake – auch wenn er nicht wusste, wo. Doch er wusste, wie es weitergehen würde. Umbringen würden sie ihn. *Keine Zeit mehr, um noch ein Loch zu brennen und abzuhauen*, dachte er und wartete, dass sich das Auto wieder in Bewegung setzte. Schnell tastete er nach dem Rand des Teppichs und versuchte sich einen Plan B einfallen zu lassen. Er zog den Teppichboden zurück und untersuchte, was sich darunter befand. Er hatte seinem Dad ein- oder zweimal geholfen einen Autoreifen zu wechseln und ging davon aus, dass es da einen Ersatzreifen geben musste und gleich daneben – *aha!* – ein Radkreuz. Er holte das schwere Ding heraus, das Gewicht lastete massig in seinen Händen. Es war zwar keine perfekte Waffe, aber er hatte damit bessere Chancen als mit seinen blanken Fäusten.

Als das Auto langsam um eine Kurve bog, schlitterte Jake zum dritten Mal gegen die Wand des Kofferraums, die Jacke bauschte sich ihm dabei ins Gesicht. *Echos Krypsis-Jacke*, erinnerte er sich und zog am Futter. Grauer Stoff breitete sich aus und er strich ihn um sich herum glatt. *Aber wie schalte ich die Tarnung ein?* Jake befühlte das Futter, die Taschen, die Kapuze. *Irgendwo muss es doch einen Knopf geben.* Dann fiel ihm ein, dass er ein Klicken gehört hatte, als Echo es ihm gezeigt hatte. Er zog den Reißverschluss hoch und runter, drückte ihn. Nichts.

Als das Auto stehen blieb, hielt Jake die Luft an, verwarf die Idee mit der Jacke und wartete, um den Überraschungsmoment zu seinen Gunsten zu nutzen. Er hörte, wie sich eine Tür öffnete und schloss und die Schritte eines Mannes langsam über den Kies knirschten. Sie klangen allerdings ungewöhnlich langsam, als würde der Mann den Augenblick beinahe genießen. Jake holte leise Luft und spürte, wie ihm ein Schweißtropfen den Hals hinunterlief. Er rückte näher an den Kofferraumdeckel heran und hielt das Eisenkreuz bereit.

Knirsch, knirsch, knirsch.

Jake wischte sich den Schweiß an seiner Jeans ab und umklammerte das Kreuz fester. Etwas piepte zweimal, dann klickte der Kofferraum und der Deckel öffnete sich ein kleines Stück. Jake hielt den Atem an und wartete auf den richtigen Moment.

Knirsch, knirsch.

Durch diesen halben Zentimeter konnte Jake die Beine des Mannes sehen. Als sich der Kofferraumdeckel langsam weiter anhob, kamen erst die Taille, dann der Oberkörper des Mannes in Sicht. Jake wartete nicht, bis das Gesicht zu sehen war. Er sprang hoch, ließ das Radkreuz nach unten sausen und traf das Handgelenk des Mannes. Ein scharfes Knacken war zu hören.

»Au!«, schrie der Kerl und machte einen Satz nach hinten.

Jake stieg aus dem Kofferraum und fluchte – vor ihm stand der glatzköpfige Riese. Er hatte gehofft, ihn mit dem Radkreuz ganz außer Gefecht zu setzen, doch das hatte er nicht einmal annähernd geschafft. Der Leibwächter stand immer noch aufrecht auf dem Kies eines improvisierten Parkplatzes, wie es aussah, und massierte sich lächelnd das Handgelenk, während Jake das Kreuz schnell und bedrohlich hin und her schwenkte.

»Rühr dich nicht!« Jake erkannte sich nicht wieder.

Als der Mann den Mund öffnete, um zu schreien, stürmte Jake nach vorne und rammte ihm den Kopf in den Bauch. Sie fielen beide ächzend um, aber der Leibwächter zog Jake dabei fest an sich und packte ihn am Hals. Der Mann wirbelte herum und Jake brach unter der Last seines Gewichts zusammen, während ihn der Leibwächter in den Schwitzkasten nahm.

»Dämlicher Idiot«, schimpfte er hustend und drückte Jakes Hals mit Unterarm und Ellbogen zusammen. Jake drehte sich auf den Rücken, schlug hilflos mit Armen und Beinen um sich und rang nach Luft. Er konnte keinen klaren Gedanken fassen, die Luft ging ihm aus und ein roter Schleier senkte sich über seinen Blick.

»Ich kann nicht …«, setzte er an und drosch verzweifelt auf den Rücken des Mannes ein. Der sah auf ihn herunter und lachte durch seinen schmutzigen Spitzbart.

»Was kannst du nicht? Atmen? Dich bewegen? *Überleben?*«

Der Sauerstoffmangel verlangsamte offenbar Jakes Hirnfunktionen und er fing an die Situation lustig zu finden. Jenny hatte genau diesen Würgegriff bei ihm angewandt, nur war es damals Training. Hier ging es um Leben und Tod.

Jakes Augen schlossen sich langsam, die Blutzufuhr zum Gehirn war unterbrochen, und Jake stellte sich vor, wie Jenny ihm sagte, er solle sich umdrehen. *Aber warum will sie, dass ich mich umdrehe? Ist hinter mir etwas?*

Er glaubte ihre Stimme wirklich zu hören. »Nein! Heb den Rücken vom Boden!«

Jake riss die Augen auf, wirbelte herum und rollte mit letzter Kraft auf die Knie.

»Du kommst da nicht raus«, höhnte der Leibwächter und drückte noch fester zu.

Jake hatte jetzt ein wenig Bewegungsspielraum. Er griff mit einem Arm nach hinten und packte die Schulter seines Angreifers. In Sekundenschnelle zog er den Körper des Riesen über seinen eigenen und sah zu, wie er sich überschlug, gegen die Stoßstange der Limousine prallte und dabei eine Delle im Metall zurückließ. Der Mann lockerte den Arm und kippte auf dem Kies um. Hustend und würgend rollte Jake sich auf die Seite.

»Danke, Jenny«, sagte er lachend und versuchte sein Zittern zu unterdrücken. Er konnte es nicht fassen, dass er sich aus dem Schwitzkasten dieses Brockens befreit hatte. Der war zweimal so groß wie er! Der Kerl atmete zwar, war aber offenbar völlig ausgeknockt.

Jake rappelte sich vorsichtig auf und klopfte sich mit schmerzenden Armen ab. Dann sah er sich um.

Das niedrige Gebäude war von mehreren nackten, an Kabeln baumelnden Glühbirnen erleuchtet. Motten und Moskitos schwirrten um sie herum. Nur eine Holztür führte hinein. Jake lehnte sich an die Limousine und ließ den Blick über die anderen Autos schweifen. Hier hinten standen ein paar Jeeps und etliche geländegängige Fahrzeuge – wie kurze, vierrädrige Motorräder mit schwarzen Satteln. Wenn er eins von ihnen starten konnte, dann konnte er damit entkommen.

Doch wohin würde er fahren? Er legte den Kopf in den Nacken und sah einen Moment lang zum Mond und dem gewaltigen Himmel hoch. Die Sterne hier waren unglaublich. Sie leuchteten hell, klar und endlos, so viel intensiver als bei ihm zu Hause. *Hier gibt es wahrscheinlich in einem Umkreis von hundertfünfzig Kilometern keine großen Städte*, dachte er.

Plötzlich fühlte sich Jake mutterseelenallein. Er zitterte und versuchte sich auf etwas Sicheres, Positives zu konzentrieren. Aber hier gab es keine Sicherheit.

Eigentlich war genau das Gegenteil der Fall: Hier befand sich die Erdbebenwaffe.

Jake wusste, dass sein Ärger in der Schule, mit seinen Eltern und mit dem Gesetz nichts im Vergleich zu dieser Waffe war. Er war bloß ein Junge – ein Junge, der morgen vielleicht gar nicht mehr am Leben war – und er war der Einzige, der Martin aufhalten konnte.

Jetzt war er schon so weit gekommen. Es bestand immer noch die Chance, die Sache zu beenden. Er konnte jetzt nicht weglaufen.

Als Erstes zerrte Jake den Leibwächter ein paar Meter in den wild wuchernden Dschungel, wo man ihn nicht würde sehen können. Die Schleifspur auf dem Kies verwischte er mit den Füßen, während er im Mondlicht die Krypsis-Jacke untersuchte und endlich einen kleinen Knopf entdeckte, der an der Innenseite des Kragens versteckt war. Als er ihn drückte, verschwand die Hälfte seines Körpers vor seinen Augen. Seine Hände und Beine konnte er noch sehen, doch sie schwebten in der Luft. Jake stülpte sich die Kapuze über und zog den Reißverschluss hoch, dann tastete er die Jackenärmel ab und fand die darin verborgenen Handschuhe. Er entfaltete sie, schlüpfte hinein und breitete den Stoff um seine Beine aus. Er wedelte mit einem Arm vor seinem Gesicht und … nichts.

Er war gar nicht unsichtbar.

Wenn er vollkommen still stand und sich nicht regte, konnte er vermutlich unbemerkt bleiben. Aber sobald er sich bewegte, sah er einen dichten, verschwommenen Klecks. Das war kein Tarnmantel, sondern bestenfalls ein winziges Tarnungsupgrade.

Ich habe aber nichts Besseres, dachte er und rieb sich wieder den schmerzenden Hals.

Er trippelte auf Zehenspitzen auf die Rückseite des niedrigen Gebäudes – es war verwirrend, seine Schritte auf dem Kies zu hören und einen verschwommenen Klecks statt seine Beine vor sich zu sehen. Er atmete tief durch und zog an der Tür, aber sie gab nicht nach. Sie hatte kein Schloss, das er knacken konnte, sondern nur eine Tastatur, die von einer einzelnen, an einem Kabel herunterhängenden Glühbirne angeleuchtet wurde.

Was könnte der Code sein?, überlegte Jake und musterte den Nummernblock. Im Stormglass-Hauptquartier hatte er einmal UV-Licht benutzt, um die Kombination auf der Tastatur auszumachen, doch das hatte er hier nicht. Er hatte zwar das Säurespray, aber ein großes Loch in der Tür zu hinterlassen wäre zu offensichtlich gewesen.

Jake ging wieder zum Eingang des Dschungels zurück und schaltete die Tarnung aus, um Batterie zu sparen. Vorsichtig durchsuchte er die Taschen des bewusstlosen Leibwächters, um ihn nicht zu wecken. Er fand eine Brieftasche und Autoschlüssel, aber keinen Hinweis auf den Türcode.

Jake ging in die Hocke, jonglierte mit den Schlüsseln auf und ab und betrachtete die Tür, während er versuchte sich einen Weg hinein zu überlegen. Er berührte die Knöpfe an den Schlüsseln und probierte sie alle aus – ein Knopf verriegelte die Autotüren, einer entriegelte sie wieder, ein nächster öffnete den Kofferraum und einer löste die Alarmanlage des Autos aus. *Eine Alarmanlage.* Jake musste lachen. Gut, dass der Leibwächter den Knopf nicht gedrückt hatte.

Jakes Blick streifte die Limousine – und da kam ihm eine Idee. *Vielleicht wäre die Alarmanlage gar nicht so verkehrt.*

Jake schaltete die Tarnung wieder ein und betrachtete sich von oben bis unten. Er musste sich vergewissern, dass er so unsichtbar wie möglich war. Er machte den Kofferraum der Limousine zu, lief zur Tür und testete ein paar unterschiedliche Aussichtspunkte. Schließlich entschied er sich für einen an der Wand, hinter einen Busch gekauert, und nicht weit von der Tastatur entfernt.

Das muss klappen, dachte er, atmete tief durch und drückte den Alarmknopf am Schlüssel. Sofort fingen die Scheinwerfer und Rücklichter der Limousine an zu flackern und die Hupe tönte laut – an, aus, an, aus. In der Stille der Insel war sie noch ohrenbetäubender. *Wanhhhhhh! Wanhhhhhh! Wanhhhhhh! Wanhhhhhh!*

Jake versuchte so regungslos wie möglich zu bleiben.

Wanhhhhhh! Wanhhhhhh! Wanhhhhhh! Die Alarmanlage und die Lichter schalteten sich weiter an und aus.

Die Tür flog auf und ein Mann im Anzug kam herausgerannt.

»Was zum …«, schrie er und rannte zur Limousine. Jake machte sich zur Tür auf, doch sie knallte zu, bevor er auch nur in ihrer Nähe war.

Er hielt den Atem an, blieb wieder still stehen und überlegte sich schnell einen neuen Plan.

Er drückte den Schlüsselknopf noch einmal und schaltete den Alarm aus.

»Mann«, sagte der Typ im Anzug, der das Auto noch gar nicht erreicht hatte, und lief zurück zur Tür.

Jake erstarrte und bemühte sich weder zu atmen, noch sich zu bewegen, und tatsächlich lief der Mann direkt an ihm vorbei.

Jake beobachtete, wie er den Code eintippte, wobei jeder Knopf ein kleines Piepen von sich gab: *9-2-4-5-1-1-4-2*.

Sobald Jake hörte, wie sich das Schloss mit einem Klicken öffnete, schloss er die Augen und sagte in Gedanken die Zahlen auf. *9-2-4-5-2-2-4-2. 9-2-4-5-1-1-4-2.* Er stellte sich vor, er würde in Oakland vor ihrer Haustür mit der gefliesten Türstufe stehen. Dann fing er an durch einen neuen Gedächtnispalast zu laufen.

Neun, wie die neun Leben einer Katze. Eine gigantische, kreischende rote Katze, die an der Tür kratzte, um hereingelassen zu werden. Zwei, wie ein Paar Schuhe. Zwei riesige Schuhe im Eingang, deren Schnürsenkel verheddert waren und die wie wild versuchten sich voneinander zu lösen. Vier, reimt sich auf Tier. Ein schnaubendes Wildschwein, das seine Hauer in das blaue Sofa im Wohnzimmer grub und die Füllung zerriss. Fünf, die fünf Finger einer Hand. Eine riesengroße, abgetrennte Hand, die den Schaukelstuhl seines Großvaters vor und zurück wiegte. Eins, wie ein Streichholz, das im Kamin liegt, sich aber an nichts reiben und somit nicht entzünden kann. Eins, noch ein Streichholz, das den Fernseher in Brand setzt. Vier, noch ein Tier, das auf dem Esszimmertisch wütet. Zwei, ein weiteres riesiges Paar Schuhe, das auf der Heizung liegt.

Jake drückte sich wieder an die Wand und spazierte durch seinen Gedächtnispalast. Beim Schaukelstuhl stockte er kurz, brauchte aber nur einen kurzen Moment, um sich wieder an die Hand zu erinnern. Irgendwas stimmte an diesem Bild nicht, doch er würde schon klarkommen. Er wollte nicht noch mehr Zeit investieren. Der Leibwächter konnte jeden Augenblick aufwachen.

Jetzt musste er nur noch reinkommen. Jake senkte den Blick auf seine Hände und Knie, die sich verschwommen von dem Kies abhoben. Dieser Anzug würde *überhaupt nichts* bringen. Er zog das Tarnoutfit aus, weil er der Meinung war, dass er sich auf einen einzigen Trick würde verlassen müssen: Selbstvertrauen. Es hatte bei Tof funktioniert. Es konnte auch hier funktionieren.

Also marschierte er aufrecht zur Tür und klopfte sich ab, um alle Schmutzspuren zu entfernen. Er fuhr sich mit der Hand durchs Haar, strich es glatt, und nachdem er einen Moment innegehalten hatte, um sich seine Eingangstür vorzustellen und den Gedächtnispalast heraufzubeschwören, tippte er den Code ein. *9-2-4* … Beim Schaukelstuhl geriet er wieder ins Stocken, erinnerte sich dann aber an die Hand … *5-1-1-4-2*. Das kleine Tastaturlicht wurde grün und das Schloss gab ein Klicken von sich.

Jake atmete tief durch, um sich zu beruhigen, zog die Tür auf und betrat die Schlangengrube.

Zwei Männer in braunen Safarianzügen rannten vor ihm den Gang hinunter. Sie trugen Tabletts mit leeren Tellern und Gläsern. Jake erstarrte. *Schau nicht zurück*, redete er sich gut zu und schloss die Tür hinter sich nicht, damit er notfalls fliehen konnte.

»Sie brauchen mehr Getränke«, sagte einer der Männer, als sie durch eine Schwingtür verschwanden. Keiner der Kellner hatte ihn bemerkt.

Jake zog die Tür jetzt doch hinter sich zu und blickte den dunklen, mit braunem Teppich ausgelegten Gang hinunter. Am anderen Ende konnte er in einem Raum noch mehr Männer sehen, Soldaten in Dschungeltarnanzügen, die kleine Maschinengewehre quer über der Brust hielten. Jake musste schlucken. Ein Kugelhagel aus diesen Waffen würde ihn zerfetzen.

Daher war es wohl ungefährlicher, wenn er sich erst einmal die Kellner und nicht die Männer dort vornahm. Er eilte den beiden durch die Schwingtüren hinterher in eine Küche.

Hier ging es sehr hektisch zu. Mehrere Chefköche mit Kochmützen und karierten Hosen kochten Speisen in zischenden Bratpfannen über einer offenen Flamme, während andere Angestellte die Arme tief in schaumige Spülbecken tauchten und Geschirr abwuschen. Jake marschierte zielstrebig an ihnen vorbei, ging durch eine Tür am anderen Ende der Küche und versuchte sich den Anschein zu geben, er gehöre hierher.

Fast knallte er gegen ein Regal. Es war ein flacher Wäscheschrank.

»Kann ich dir helfen?«, fragte ein Mann und packte Jake an der Schulter.

Jake wirbelte herum, während ihm das Herz bis zum Hals schlug. Vor ihm stand einer der beiden Kellner.

»H-hi«, sagte Jake. »Ich suche nur … Ähm … Wo kann ich einen Anzug wie diesen finden?«

»Einen Dschungelanzug?«, fragte der Typ und gluckste.

»Ja.«

»Du suchst nach einem Dschungelanzug? Als würdest du hier arbeiten?«

»Ja«, erwiderte Jake. »Habt ihr einen, der mir passt?«

»Warum, brauchst du einen Job?«

Jake lächelte, als würde er verstehen, was so lustig daran war. »Ich möchte jemandem einen Streich spielen. Kommen Sie schon, helfen Sie mir.«

Der Typ blickte hinter sich und rief: »Hey, Sal, haben wir Dschungelanzüge, von denen einer diesem Jungen hier passen könnte?«

Jake spürte, wie sich auf seinem Nacken Schweißtropfen bildeten, als sich in der Küche alle Blicke auf ihn richteten. Ein korpulenter Koch reichte dem Mann neben ihm eine Bratpfanne, kam zu Jake herüber und musterte ihn von Kopf bis Fuß.

»Willst du jemanden austricksen?«

Jake zitterte am ganzen Körper, wusste aber, dass er jetzt nicht mehr zurückkonnte. »Jep.« Er zwang sich zu einem breiten Lächeln. »Meinen Dad.«

»Du willst deinen Dad zum Besten halten?«

Jake nickte. Der Mann nahm seine Kochmütze ab und wischte sich mit dem Arm die verschwitzte Stirn.

Jake beugte sich vor und flüsterte: »Das wird richtig cool.«

Der Koch lehnte sich zurück. »Ich weiß nicht so recht.« Er blickte zurück zu den Schwingtüren. »Sie nehmen's hier mit der Sicherheit sehr ernst.«

»Ja, aber mein Vater ist im Aufsichtsrat«, erwiderte Jake und kniff bedrohlich die Augen zusammen. Der Mann erschrak. »Ich glaube, dass es ein guter Gag wird, *meinen Sie nicht*?«

Sal, der Koch, musterte ihn, kniff ebenfalls die Augen zusammen und sah aus, als würde er nachdenken. »Okay, Trent, gib ihm eine der kleinen Jacken.«

Jake lächelte, als der Kellner ihm in eine braune Jacke half, die ein wenig zu groß war. Die Ärmel hingen herunter, aber Jake knöpfte sie sich zu.

»Du siehst g-gut aus«, sagte der Kellner.

»Geben Sie mir auch ein Tablett mit Getränken?«, bat Jake ihn. »Es soll ja überzeugend aussehen, oder?«

»Willst du deinem Dad etwas zu trinken servieren und schauen, ob er dich wiedererkennt?«

»Nein.« Jake nahm dem Kellner das Tablett ab und dachte schnell nach. »Ich möchte mich unter einem Tisch verstecken und dann hervorspringen und ihn erschrecken. Helfen Sie mir dabei?«

Der Kellner sah sich um. »Klar doch.« Er gluckste. »Warum nicht.«

Jake folgte dem Kellner – Trent – zurück auf den Gang und durch schwere Eichentüren in einen prächtigen, holzvertäfelten Raum. Er trug das Tablett auf der Schulter, um sein Gesicht vor der Runde Männer, die darin tagte, zu verbergen. Als sich Trent zwischen ihn und die Aufsichtsratsmitglieder stellte, duckte sich Jake hinter einen Tisch und kroch unter die Tischdecke.

»Danke«, sagte er lautlos zu Trent und machte das Daumenhoch-Zeichen, bevor er verschwand.

Jake kroch zu einem Spalt in der Tischdecke und lugte hindurch. Entlang der mit dickem, gemustertem rotem Stoff überzogenen Wände hingen Tierköpfe – einschließlich eines Affen- und eines Zebrakopfs. Etwa ein halbes Dutzend Männer in Anzügen waren anwesend und alle hatten die Lebensmitte schon weit überschritten. Die meisten hielten Gläser in der Hand, die einen breiten Rand hatten und mit einer sämigen, lilafarbenen Flüssigkeit gefüllt waren. Likör vermutlich. Einer – ein kleiner, dürrer Mann mit kränklich gelber, nahezu grüner Haut – rauchte eine beißend riechende Zigarre.

Tof und Martin waren auch da. Der Popstar saß in einem vornehmen Ledersessel, während sein Bruder an einem Kaminsims unterhalb eines prächtigen Ölgemäldes von Queen Elizabeth lehnte und beinahe mit der Holzvertäfelung verschmolz. Beim Anblick des stolzen Grinsens auf dem Gesicht des rattengesichtigen Diebs erschauderte Jake.

»Sagen Sie in der Küche Bescheid, dass wir hier fertig sind«, wandte sich Mr Flintoff an den Kellner und klopfte mit seinem Stock gegen den Kamin »und wir wollen *nicht* gestört werden.«

Jake zog den Kopf ein. Er war gerade noch rechtzeitig gekommen.

Trent nickte und verließ den Raum mit einem unterwürfigen »Ja, Sir«.

»Meine Herren«, fuhr Mr Flintoff fort, »danke vielmals, dass Sie so kurzfristig zu uns gestoßen sind.«

»Wird der Vorsitzende dazukommen?«, fragte ein alter Mann in einem tiefen Sessel.

»Nein, leider ist er wegen der Krise in China verhindert. Wir sind jedoch beschlussfähig, es sind genügend Aufsichtsratsmitglieder anwesend, um die Sitzung zu eröffnen.«

Mr Flintoff ließ ein paar Sekunden lang den Blick über die versammelten Männer und seine beiden Söhne schweifen.

»Manche von Ihnen wissen das bereits, aber auf die Gefahr hin, dass ich mich wiederhole, werde ich am Anfang beginnen: Vor drei Jahren habe ich meine beiden Söhne Tof und Martin herausgefordert, das Gesicht Vindiqos neu zu gestalten. Ich habe jedem einen Tresorraum voller Geld zur Verfügung gestellt. Nein, Bernard, ich werde Ihnen nicht sagen, wie viel – auch wenn ich die Frage in Ihrem aufdringlichen Blick lesen kann.«

Ein paar Männer glucksten leise, während sich der kränkliche alte Mann geräuschvoll räusperte.

»Tof hat mit seinem Anteil ein Aufnahmestudio in Montreal gebaut. Er verpflichtete die besten Songwriter und Musiker, Toningenieure, Stylisten und Berater und arbeitete gezielt daran, ein Star zu werden. Seitdem hat er meine Anfangsinvestition *verzehnfacht*. Er hat weltweit den Verkauf von Splurge-Limonade angekurbelt und eine Vermarktungsindustrie dafür geschaffen.

Tof hat sein Ziel erreicht. Im Laufe des vergangenen Jahres ist er zu meiner *zweitliebsten* Schöpfung geworden – nach den Inseln selbstverständlich.«

Alle lachten verhalten auf; außer Martin, der mit versteinerter Miene auf den Boden starrte.

»In der Zwischenzeit hat sich mein jüngerer Sohn Martin in eine ganz andere Richtung entwickelt.«

Ein alter Mann mit einem Monokel nickte. »Ja, mir ist zu Ohren gekommen, dass Sie ihm einen Firmenkredit gegeben haben.«

»Ja, Monty – Sie haben völlig Recht. Mein Sohn ist schon seit längerem völlig von einem früheren Vindiqo-Angestellten namens Nikola Tesla besessen. Er hatte von einem Gerät gehört, das dieser Tesla erfunden hat, und wollte es nachbauen. Bei dieser Erfindung handelt es sich im Wesentlichen um einen Erdbebengenerator.«

»Es ist so viel mehr«, warf Martin ein, aber so leise, dass fast niemand ihn hörte.

»Interessante Idee, Flintoff. Vermutlich, um Handel und Umsatz in ausgesuchten Gegenden anzukurbeln?«

»Genau, Monty. Während Tof also berühmt wurde, stellte Martin Wissenschaftler ein und baute tief im Dschungel Labore, gleich hier auf Insel dreizehn, scheiterte aber immer wieder. Obwohl er das ganze Geld ausgab, das er von mir bekommen hatte, hielt ich die Idee weiterhin für vielversprechend. Ich mag manchmal ein wenig zu großzügig sein – er war pleite, daher stellte ich ihm einen Kredit aus dem Notfonds zur Verfügung.«

Jake hielt den Atem an, als sich Flintoff senior dem Tisch näherte, unter dem er kauerte, und direkt vor ihm stehen blieb. Seine Knie tauchten direkt vor dem Spalt in der Tischdecke auf.

»Aber auch das brachte nicht den ersehnten Erfolg«, fuhr er fort. »Deshalb drehte ich ihm schließlich den Geldhahn zu. Doch möglicherweise war *das* der Ansporn, den er gebraucht hatte. Er konnte es sich nicht leisten, noch mehr Handlanger und Wissenschaftler anzustellen. Er musste kämpfen, mit nichts arbeiten und sich auf seinen Grips und sein Glück verlassen. Glück hatte er schließlich, als ein alter Überseekoffer, über den er vor Jahren gelesen hatte, in einem Auktionshaus in San Francisco auftauchte. Dieser Überseekoffer, so wusste Martin, barg die ursprüngliche Erdbebenwaffe.«

Jake hörte ein leises Raunen von den Männern in den Ledersesseln.

»Weil er den alten Überseekoffer nicht ersteigern konnte, entwendete er die Erdbebenwaffe. Und weil sie nicht funktionierte, entwendete er eine Anleitung, wie man sie repariert. Und anscheinend hat er sie wieder zum Laufen gebracht.«

Mr Flintoff drehte sich um und musterte Martin.

»Ich habe endlich entdeckt, dass der Junge doch nach seinem Vater schlägt. Er hat Mumm in den Knochen. Heute Abend, meine Herren, wird er uns die Waffe präsentieren. Und heute Abend, meine Herren, wird er beweisen, dass er einer von uns ist.«

»Wenn sie funktioniert«, sagte der Mann mit dem Monokel, »würde es Vindiqos Gesicht in der Tat von Grund auf verändern. Könnt ihr euch ein Erdbeben in London oder Paris vorstellen? Der Profit, den wir daraus schlagen könnten, wäre beispiellos.«

»Ja«, stimmte Mr Flintoff zu. »Wir würden alle unfassbar reich werden. Natürlich *sind* wir das bereits. Aber wir wären es dann *noch mehr*.«

Die Männer lachten, aber Martin presste nur die Lippen aufeinander.

»Nun gut, mein Junge, ich glaube, es ist Zeit«, sagte sein Vater.

Martin ging zu einem Tisch in der Mitte des Raums, auf dem

etwas Sperriges unter einem Tuch verborgen lag. Martin stützte die Handflächen auf den Tisch und sah sich um. »In den letzten drei Jahren habe ich …«

»Keine Vorträge, Junge, tu's einfach«, unterbrach ihn sein Vater.

Martin trat einen Schritt zurück und zog das Tuch mit der geübten Geste eines Zauberkünstlers herunter. Die Erdbebenwaffe lag mitten auf dem Tisch.

Alle Männer im Raum erhoben sich und der Kristall leuchtete und spiegelte die Lichter der Decke wider, als würde er darum betteln aktiviert zu werden.

»Funktioniert sie?«, fragte ein Mann.

»Ja«, flüsterte Martin ehrfürchtig.

»Bestehen irgendwelche Risiken oder Gefahren? Könnte sie uns gefährlich werden?«

»Jetzt nicht«, sagte Martin und sah zu seinem Vater hinüber, der ihm kurz zunickte. »Nicht mehr. Sie sind alle ausgemerzt worden.«

Jake schüttelte den Kopf, angewidert von diesen geistesgestörten Geschäftsmännern. Wie konnten sie glauben, ein Erdbeben zu verursachen wäre etwas Gutes? Er musste einen Weg finden, die Waffe zu zerstören, bevor sie die Welt damit zerstörten.

»Können wir noch mehr bauen?«, fragte der Mann mit dem Monokel.

Martin schluckte. »Wir haben gerade unseren leitenden Ingenieur verloren und werden ihn, ähm, nicht zurückholen können. Aber wenn Vindiqo bereit wäre, mehr Geld zu investieren, könnten wir mehr Wissenschaftler einstellen und sie dann, ja, vervielfältigen.«

»Wir könnten sie an Agenten auf allen Kontinenten verteilen«, sagte der Mann zu Martins Vater. »Das könnte weltweit das operative Geschäft und die Stimmung im Unternehmen beleben.«

Die Tür flog mit einem Knall auf und Jake zuckte zusammen, als er die vertraute Stimme des glatzköpfigen Leibwächters hörte. *Oh-oh.* »E-entschuldigung, meine Herren. K-kann ich kurz mit Ihnen sprechen, Mr Flintoff, Sir?«

Jakes Hände fingen an zu kribbeln, als Mr Flintoff und der Mann miteinander tuschelten. Er begriff, dass er jetzt in höchster Gefahr schwebte.

»Was?« Flintoffs Gesicht wurde knallrot und er flüsterte nicht mehr. »Wo ist er?«

»W-wir wissen es nicht, Sir«, antwortete der Leibwächter. »Im Dschungel sind Bewegungsmelder losgegangen. Er könnte dort sein.«

Jake hörte nur mit halbem Ohr zu. Stattdessen schätzte er die Entfernung zur Waffe ab. Alle im Raum waren ausreichend abgelenkt, theoretisch konnte er zu ihr gelangen. Aber was dann?

»Er ist nur ein Kind«, sagte Mr Flintoff.

»J-ja, Sir, aber er ist von Stormglass.«

»Stormglass?« Ein anderer Mann machte einen Satz nach hinten und ließ sein Glas auf den Boden fallen. »Sie haben Stormglass auf die Insel gebracht, Flintoff?«

»Nicht ich«, gab Mr Flintoff zurück. »Mein dämlicher Sohn.«

»Das war ich nicht«, schrie Martin.

»Wie schnell können die Flugzeuge startklar gemacht werden?«, fragte der Mann mit dem Monokel und schob sich zwischen Flintoff und den Leibwächter. »Nehmt die Waffe mit. Wir werden sie nicht hierlassen.«

Die Aufsichtsratsmitglieder erhoben sich nervös.

»Sie müssen nicht gehen«, flehte Martin. »Es handelt sich nur um einen Agenten.«

»Einen *Stormglass*-Agenten«, korrigierte der Mann mit dem Monokel. »Woher, glaubst du, hat dein Vater das Humpeln und die Narbe?«

Jake, der immer noch unter dem Tisch versteckt war, wusste, dass es nur eine Frage von Minuten war, bis die Kellner und Köche begriffen, wer er war. Er musste handeln. Jetzt. Die Männer durften die Waffe auf keinen Fall mitnehmen!

Er machte sich bereit und stellte sich vor, wie er die Waffe schnappte und sie gegen die Wand knallte. Sie würden sofort versuchen, ihn festzusetzen, aber er musste die Sache hier und jetzt beenden. Es war sein Leben gegen das von Tausenden, Zehntausenden.

Er war ein Stormglass-Agent.

Das hier musste ein Ende haben. Jetzt.

Jake schloss die Augen und dachte an seine Eltern. Vermutlich würde er sie nie wiedersehen. Er atmete tief durch und versuchte das Angstgefühl in seinem Bauch zu besänftigen, das sich in seine Brust hocharbeitete. Wenn er es jetzt nicht tat, würde er nie wieder die Gelegenheit dazu bekommen.

Blitzschnell stürmte Jake unter dem Tisch hervor und sauste durch den Raum. Aber er kam nicht weit, denn er stolperte über einen Stock, der zwischen zwei Stühlen hervorragte. Er erhaschte gerade noch das kränkliche Lächeln seines Besitzers, als er auf den Boden purzelte.

»Das ist er!«, brüllte Martin, als ein anderer alter Mann nach vorne gerannt kam und Jake in die Rippen trat. Er röchelte und verkrampfte sich, so heftig war der Schmerz. Ein dritter Mann beugte sich vor, legte Jake eine gebrechliche Hand um den Hals und drückte zu. Jake spürte, wie sich die Fingernägel des Mannes in seine Luftröhre bohrten, während er sich zu seinem Gesicht vorbeugte.

»Das ist der Stormglass-Agent?«, fragte er mit einem starken Südstaatenakzent. Hass zeichnete sich auf seiner faltigen Stirn ab und sprach aus seinen blutunterlaufenen Augen. Der Leibwächter ging hinüber, packte Jake, zog ihn hoch und schlug fest zu.

Jake blinzelte und sah von der Wucht des Schlags nur noch verschwommen.

Mr Flintoff zog die Tür auf und schrie: »Wachen!«

In Sekundenschnelle stürmten zwei Männer in Dschungeltarnung herein.

»Ich wollte es kurz und schmerzlos für dich machen.«

Spucke flog aus dem Mund des spitzbärtigen Leibwächters, als er Jake gegen eine Stuhllehne knallte. »Du hättest nichts gespürt. Aber jetzt werde ich mir alle Zeit der Welt nehmen. Ich werde dir Schmerzen bereiten, wie du sie noch nie gespürt hast. Du wirst mich anwinseln, dass ich dir vollends den Garaus mache.«

Der Leibwächter riss ihn vom Stuhl und schleuderte ihn gegen die Wand. Jake hob die Arme, flog aber zu schnell, um sich aufzuhalten. Sein Gesicht prallte in das Gemälde und knallte gegen die Wand dahinter. Eine Faust wurde ihm in die Rippen gerammt und er kippte keuchend um. Die Hand packte den Kragen der Kellnerjacke, zog Jake hoch und weg von der Wand.

»Fass die Kunstwerke nicht an«, knurrte der Leibwächter, wirbelte ihn herum und schlug ihm in den Magen. Jake krümmte sich und würgte vor Schmerz.

»Gib ihn mir«, befahl eine der Wachen in Tarnuniform und der Leibwächter stieß Jake nach vorne. Jake bekam kaum Luft, als er dem Mann in die Arme fiel. Er versuchte dessen Jacke zu greifen, konnte aber nicht einmal eine Faust ballen. Dann sah er auf und die Kinnlade klappte ihm herunter. *Es war Daeng!*

Der andere Mann in Tarnuniform zog eine Waffe aus dem Gürtel, wirbelte herum und richtete sie auf den Leibwächter.

»Alle auf den Boden!«, schrie er in einer hohen Stimme. Er riss seinen tief ins Gesicht gezogenen Hut herunter und Jake sah, dass es eine Frau war – Echo! Sie schnappte sich ein Tablett vom Tisch und warf es wie eine Frisbee-Scheibe durch den Raum. Es traf den verblüfften Leibwächter am Kiefer und prallte dann gegen die Wand. Jake konnte sich ein Grinsen nicht verkneifen.

Schlagartig brach in der Stille des Raums das völlige Chaos aus.

Filby kam ins Zimmer gestürzt, hinter ihm Lizzie. Tof sprang aus seinem tiefen Sessel und griff nach ihr, doch sie duckte sich und wich ihm aus. Dann streckte sie ein Bein aus, fegte die Füße unter ihm weg und sprang schließlich auf ihn. Die alten Männer zerstreuten sich in alle Richtungen, manche rannten auf die Türen zu.

»'tschuldige«, flüsterte Lizzie, während sie ein Paar Plastikhandschellen hervorholte und Tofs Handgelenke fesselte. »Ich bin dein *größter* Fan.«

Jake bekam langsam wieder Luft und drehte sich zum Tisch – die Erdbebenwaffe war weg! Er wirbelte herum und sah gerade noch, wie Martin durch die Tür schlüpfte.

»Er hat die Waffe!«, schrie er und nahm die Verfolgung auf.

Jake rannte auf den Gang, in dem zwei Wachen mit dem Gesicht nach unten auf dem Boden lagen, die Hände mit Kabelbinder gefesselt. Der eine war bewusstlos und der andere knurrte etwas durch einen Knebel hindurch, der seine eigene Socke zu sein schien. Jake sprang über die beiden und rannte dem Dieb den Gang entlang hinterher. Filby blieb ihm auf den Fersen.

Jake stoppte am Ende des Gangs, der in eine Art Hotellobby mündete, die mit noch mehr ausgestopften Tieren und Möbeln gefüllt war. Auf dem Boden wand sich eine dritte Wache. Er lauschte. *Schritte auf der Treppe.*

»Da lang!« Jake drehte sich kurz zu Filby und preschte dann eine Treppe hinunter.

Sie kamen in ein kühles, gefliestes Untergeschoss mit Betonwänden und Sicherheitskameras. Jake stürmte um die Ecke und prallte mit einer Wache zusammen. Der Mann hatte seine Waffe erhoben. Sie fielen beide zu Boden, aber Jake war schneller und riss dem Mann die Waffe aus den Händen, während sich Filby an ihnen vorbeizwängte. Lizzie kam um die Ecke und schenkte Jake ein flüchtiges Lächeln.

»Lass mich das machen«, sagte sie, drückte die Hände der Wache zusammen und fesselte sie mit Kabelbinder.

Jake kämpfte sich weiter, er überließ es nur allzu gerne Lizzie, sich um den überwältigten Mann zu kümmern. Als er um eine Ecke flitzte, sah er gerade noch, wie Martin vor Filby durch eine offene Tür auf einen langen Gang hinausschlüpfte. Dann wirbelte Martin herum und schlug mit der Hand gegen etwas, woraufhin die Tür sich automatisch schloss. Filby warf sich wie ein Footballspieler in die Öffnung, doch er verfehlte sie und knallte zu Boden.

Bis Jake die Tür erreichte, war sie schon fest verschlossen.

Martin winkte ihnen durch ein kleines Fenster zu. Er befand sich offenbar in einem Labor oder einem Serverraum, mit Werktischen aus Stahl und einer Wand voller schwarzer Computer. Soweit Jake sehen konnte, gab es keinen anderen Ausgang, aber auch keinen weiteren Eingang. Filby kämpfte mit dem Türknauf, doch der ließ sich nicht bewegen.

»Er hat einen Code eingetippt, um reinzukommen.« Filby starrte auf die Tastatur. »Die letzten beiden Zahlen waren vier und zwei.«

»Vier, zwei«, wiederholte Jake. »Tier und Schuhe. Wildschwein auf dem Tisch und Schuhe auf der Heizung. Ich glaube, ich kenne den Code.« Er schloss die Augen, massierte sich die schmerzenden Rippen und stellte sich seine Haustür vor, während er wieder zu Atem kam. »Eine riesige, kreischende rote Katze, die reinzukommen versucht«, murmelte er und drückte die Neun. »Schuhe im Eingang, Wildschwein auf dem Sofa.« Er drückte zwei, vier und erstarrte dann. »Was ist auf dem Schaukelstuhl?«

»*Schaukelstuhl?*«, fragte Lizzie, die keuchend den Gang heruntergerannt kam. »Du hast bestimmt viel durchgemacht, aber *Schaukelstuhl*?«

»Ein Bild aus einem Gedächtnispalast. Ich habe es davor schon ständig vergessen, aber jetzt ist es ganz weg.«

Jake konnte sich den Schaukelstuhl vorstellen, der vor und zurück schaukelte, aber er wusste nicht mehr, was darauf war. Das Bild war nicht stark genug gewesen.

»Atme, Hale, atme einfach«, sagte Lizzie und legte ihm eine Hand auf den Arm. »Es wird dir wieder einfallen.«

Riesige rote Katze. Zwei stampfende Schuhe. Wildschwein auf dem Sofa. Wütendes Streichholz im Kamin. Streichholz, das den Fernseher abfackeln will. Wildschwein auf dem Tisch. Schuhe auf der Heizung. Was sitzt auf dem Schaukelstuhl?

Noch ein Streichholz? Jake tippte den Anfang des Codes ein und riet dann *-1-1-1-4-2*, aber die Tastatur flackerte rot auf und eine kalte Stimme verkündete: »Fehler.«

»Da gibt's zehn Möglichkeiten«, sagte Jake, zuckte mit den Schultern und probierte es noch einmal: 9-2-4-2-1-1-4-2.

»Fehler«, ertönte die Stimme wieder und die Tastatur flackerte rot. »Letzter Versuch vor kompletter Sperrung.«

Martin lachte durch die Gegensprechanlage. »Sieht aus, als hättet ihr ein kleines Problem. Oh! Hi, Derren!«

Filby wirbelte herum und musterte den Jungen hinter der Fensterscheibe.

»Lange nicht gesehen, was?«, sagte Rattengesicht.

Filby drückte den Knopf der Gegensprechanlage. »Kennen wir uns?«

»Na klar, Mann! Vom Camp!«

»Vom Camp?«, sagte Filby und runzelte die Stirn.

Komm schon, was ist auf dem Schaukelstuhl?, dachte Jake und schlug sich gegen die Stirn. *9-2-4-was?*

»Ich bin Tofs Bruder, Blödmann!«

»Der Fette, Kurzatmige?«

Der Dieb verdrehte genervt die Augen.

»Ich hatte einfach nur schwere Knochen. Außerdem sagt das gerade der Richtige!«

Lizzie riss einen riesigen Feuerlöscher von der Wand, dessen Gewicht sie nach unten zog, und wandte sich zu Jake und Filby.

»Geht von der Tür weg, Jungs«, sagte sie, packte den Feuerlöscher am Griff, schwang ihn vor und dann zurück – gegen die

Fensterscheibe. Ein lautes *Bong* war zu hören und der Feuerlöscher krachte zu Boden, ohne auch nur den geringsten Kratzer im Fensterglas zu hinterlassen. »Was zum Teufel …?«

Eine kreischende Katze vor der Tür, dachte Jake. *Schuhe, die im Eingang hin und her stapfen. Ein Wildschwein auf dem Sofa. Was sitzt auf dem Schaukelstuhl, verdammt?*

»Lizzie …«, sagte Filby vorsichtig.

Er betrachtete etwas hinter ihnen. Jake drehte sich um und erblickte zwei Wachen, die sich mit einem breiten Grinsen im Gesicht langsam vom anderen Ende des Gangs näherten. Der eine ließ seine Fingerknöchel knacken und das Geräusch hallte durch den Gang.

»Es sind nur Kinder.« Er wischte sich mit einer Hand über seinen riesigen, kahlen Kopf und schwang seine Uzi an einem Riemen auf den Rücken.

»Eure Freunde oben sind ein wenig überfordert«, teilte der andere ihnen glucksend mit, »deshalb haben sie uns geschickt, um euch zu holen.«

Sein Funkgerät knisterte. »Alpha-Team an Omega-Team«, sagte eine abgehackte Stimme, »wartet auf Verstärkung. Ich wiederhole, wartet auf Verstärkung. Verstärkung ist unterwegs.«

»Verstärkung? Wir brauchen keine Verstärkung für drei mickrige Kinder.«

»Das wird ein Mordsspaß«, feixte der Glatzkopf.

Plötzlich fiel Lizzie zu Boden. Sie war bewusstlos. Jake hörte auf sich gegen die Stirn zu schlagen und sah entsetzt zu ihr. *Hatte sie eine Gehirnerschütterung oder so was?* Wild blickte er um sich. Dann drehte er sich um, ballte die Fäuste noch fester, als sich die beiden Kerle näherten, und bereitete sich auf den Kampf vor. Die beiden hielten den Blick auf ihn geheftet und fingen an zu lachen.

»Schau dir die kleinen Jungs an, die glauben doch echt, dass sie gegen uns ankommen«, höhnte der Glatzkopf. »Ist das nicht süß?«

Jake und Filby tauschten einen Blick – die Männer waren fast in Reichweite.

Weißer Schaum schoss vom Boden hoch und traf die Männer direkt ins Gesicht. Beide krümmten sich, als hätten sie Pfefferspray in die Augen bekommen.

»Und was sagt ihr jetzt?«, schrie Lizzie und sprang auf die Füße, den Feuerlöscher in den Händen.

Jake und Filby stürzten sich gleichzeitig auf einen der Männer und rissen ihn zu Boden, während Lizzie den Feuerlöscher wie einen Rammbock in den Magen des anderen Mannes stieß. Er brach hustend zusammen und wimmerte.

»Omega-Team? Sofort melden«, tönte die Stimme aus dem Funkgerät.

»Es sind noch mehr Wachen hierher unterwegs!« Lizzie riss das Kugelmagazin aus der Waffe, warf es den Gang hinunter und fesselte die beiden Männer. »Wir müssen verschwinden, bevor sie hier sind. Legt mal mit Hand an!«

»Eine *Hand*!«, schrie Jake. Das war es – dieses Bild hatte ihm gefehlt.

Er sprang vom Boden auf, rannte zur Tastatur und gab den kompletten Code ein: *9-2-4-5-1-1-4-2*.

Die kleine Tastatur schaltete auf Grün und die Tür glitt auf.

»Nein!« Martin drückte die Erdbebenwaffe fester an sich und wich in eine Ecke des Raums zurück. »Kommt nicht näher! Wenn ihr es tut, werde ich … werde ich ein Erdbeben auslösen!«

»Nein, wirst du nicht.« Filby trat lachend an Jakes Seite. »Das wäre der reinste Wahnsinn. Wir sind auf einer Insel *mit einem Vulkan*.«

»Vier Vulkanen«, korrigierte Jake ihn.

»Wenn du diese Waffe aktivierst«, fügte Lizzie hinzu und trat einen Schritt vor, »werden wir alle sterben.«

Martin schwenkte die Waffe zwischen den drei Agenten hin und her und legte den Finger auf den Abzug. »Ich mach es.«

Lizzie, Filby und Jake blieben stehen.

Martin fing an die Waffe abwechselnd auf einen der drei Agenten zu richten.

»Ich werde schießen«, warnte er sie.

»Die Sache ist die, ich *glaube* ja, dass er blufft, aber … na ja, was meint ihr, Jungs?«, sagte Lizzie.

»Sag's noch einmal«, wandte sich Filby an Martin.

»Ich werde die Waffe abfeuern.« Martin schloss die Augen. »Ich werde ein Erdbeben auslösen.«

»Ich glaube, du hast Recht«, sagte Filby.

»Echt?«, fragte Lizzie. »Was ist mit dir, Hale?«

»Das ist die Ferieninsel seines Dads«, sagte Jake. »Er wird hier kein Erdbeben verursachen. Ich bin ganz eurer Meinung.«

»Er blufft *total*.« Lizzie trat einen weiteren Schritt vor. »Bei einem Erdbeben werden alle Vulkane ausbrechen.«

Lizzie trat noch weiter vor. Jake und Filby blieben an ihrer Seite. Sie waren fast in Reichweite der Waffe. »Du wirst *alle* dreizehn Inseln zerstö…«

Martin drückte den Abzug.

21
DAS ENDE DER WELT

»O Mann«, stöhnte Filby.

Zuerst passierte gar nichts.

Sie warteten alle einen Moment lang und sogar Martin schien den Atem anzuhalten, den Blick starr auf das Gerät gerichtet. Nichts.

»Pfff.« Lizzie packte Martin am Kragen. »Diese ganze Aufregung und er hat es nicht mal geschafft, die Waffe zu rep…«

Sie hielt inne, als es unter ihren Füßen ein klein wenig bebte.

»Oh.«

Irgendwo in der Ferne grollte etwas, es klang wie ein großes Flugzeug, das abhob. Martins leichenblasses Gesicht lief lavafarben an.

Ein zweites, etwas stärkeres Beben erschütterte die Erde.

»Wir sollten lieber von hier verschwinden.« Jake streckte die Hand aus, riss die Waffe aus Martins zittrigem Griff, schlang sie sich an ihrem Trageriemen über die Schulter und hielt ihn fest. Der Gang fing an leicht zu beben. Eine Deckenplatte löste sich und knallte auf den Boden. Der Alarm wurde ausgelöst.

»O nein«, sagte Martin benommen.

Filby rannte den Gang hinunter und half den beiden Wachen auf die Füße – ihre Augen waren weit aufgerissen, weil sie zweifellos wussten, was als Nächstes passieren würde – und sie stürzten los in die Richtung, aus der sie gekommen waren.

»Schnell, wir müssen hier raus«, rief Lizzie, die Martin immer noch mit einer Hand am Kragen festhielt.

»Was ist mit Tof und den anderen?« Jake mochte Tof nicht, aber er verdiente es nicht zu sterben.

»Echo und Daeng haben ihn bestimmt bei sich. In welche Richtung gehen wir?«

Jake zeigte den Wachen hinterher, als der Boden noch einmal grollte. Martin riss sich aus Lizzies Griff los und stürmte den Gang hinunter. Die drei Agenten preschten ihm hinterher, verfolgten ihn um eine Ecke und eine weitere Treppe hinunter, wobei Jake immer drei Stufen auf einmal nahm. Trotzdem konnte er nicht mit Lizzie Schritt halten.

Die Erschütterungen wurden jetzt heftiger. Sie rannten Martin jetzt durch eine verborgene Tür hinterher, dann einen kleinen Korridor und weitere Treppen hinunter. Jake spürte dabei die ganze Zeit die Waffe auf seinem Rücken.

Die Stufen führten direkt ins tunnelartige Felsgestein der Insel hinein.

Jake sah, wie Lizzie vor ihm ausrutschte, weil der Boden auf einmal glitschig wurde. Er machte einen Satz, geriet selbst ins Schlittern, schaffte es aber, sich auf den Füßen zu halten.

»Hol ihn dir!«, rief Lizzie noch, als Jake weiterrannte. An den Wänden sickerte Wasser herunter und spritzte bei jedem Beben auf.

»Wehe, er führt uns in ein nasses Grab«, flüsterte Jake, packte ein Geländer und schlingerte um eine Ecke in den Tunnel hinein.

Jake erstarrte beim Anblick einer stattlichen Yacht. *Was macht ein solches Boot hier?*

Er blickte nach unten und sah, dass er auf einem Felsvorsprung stand, der aus dem Ozean ragte. Einen Moment lang war Jake verwirrt. Dann begriff er, dass dies eine Höhle war, ein in den Fels gehauener Vorsprung, der als Kai benutzt wurde.

Das Boot fing an laut zu vibrieren, als würde es sich mit dem Beben der Erde messen. *Natürlich*, dachte Jake. Martin wollte damit abhauen und sie auf der Insel dem Tod überlassen!

Er sprang seitlich aufs Boot und stürmte genau in dem Moment ins Cockpit, als Martin den Gashebel drückte. Er packte Martin und riss ihn zu Boden.

»Nein!«, schrie der Dieb. Jake achtete nicht auf die Waffe, die sich ihm in den Rücken bohrte. Er versuchte fieberhaft, Martins Handgelenke zu schnappen.

»Du entkommst uns nicht«, sagte Jake und spürte, wie zwei weitere Gestalten dazukamen – Filby und Lizzie.

Etwas *knallte* wie ein Kanonenschuss. Einen Moment lang hielten sie inne und warteten darauf, dass der Himmel einstürzte. Lizzie hielt Martin fest gepackt am Hemd, während der Widerhall verstummte. Langsam standen sie auf.

»Wow.« Jake schüttelte den Kopf. »Was war das?«

»Das Erdbeben?«, fragte Lizzie.

»Vielleicht ist ein Treibstofftank explodiert«, meinte Filby. »Wir sollten von diesem Boot runter!«

»Das war der Vulkan, ihr Idioten!«, schrie Martin.

Die drei Agenten fuhren zusammen. Der Dieb hatte Recht. Sie hatten die Inselvulkane vergessen. Einer musste wohl angefangen haben Lava in die Luft zu spucken. Das Felsgestein der kleinen Bucht grollte lauter und Jake blickte hinaus auf den offenen Ozean vor ihnen.

»Verschwinden wir von hier, schnell!«

Lizzie übernahm das Steuer. Aber sie warf sich kreischend wieder auf den Boden, als ein lauter, dumpfer Knall ertönte, auf den direkt ein zweiter folgte. »Da schießt jemand auf uns!«

Die drei Agenten blieben im Cockpit in Deckung, aber Martin sprang auf die Füße und trat aufs Deck. »Vater!«

Lizzie stemmte sich hoch und wollte ihm hinterher, doch der nächste Schuss knallte und Holz splitterte. Martin warf sich schreiend auf den Boden, von da an hallte alle paar Sekunden ein weiterer Schuss durch die Luft.

»Vater, ich bin's doch!«, schrie Martin aus seinem Versteck.

Die Schüsse hörten schlagartig auf und ein Klicken war zu hören, wie ein Lautsprecher, der eingeschaltet wurde.

»Bist du das, Martin?«, hallte Mr Flintoffs Stimme vom Wasser her.

»Hilf mir!«, schrie der Dieb.

Jake lugte um die Ecke der Kabine und entdeckte trotz der Dunkelheit etwa hundert Meter entfernt vor ihnen auf dem Meer eine ganze Flotte von Booten voller dunkler Gestalten. Der Schatten eines Mannes ging aufs Deck und im Mondlicht konnte Jake erkennen, dass er eine Pistole hatte. Mr Flintoff.

»Ich nehme an, dieses Erdbeben war … das Werk deiner Waffe, Martin?«

»Sie haben mich dazu gebracht sie zu aktivieren. Stormglass hat mich gezwungen!«

»Diese Inseln waren mein Lebenswerk, Martin. Das weißt du, oder?«

»Ich weiß!«

»Erinnerst du dich an die Zeiten, in denen ich wochen- und monatelang weg war, mit Mühe Geld aufgetrieben und versucht habe Investoren für diese Inseln zu gewinnen? Erinnerst du dich an diesen Teil deiner Kindheit, Martin? Die Inseln waren mein einziger Traum. Meine einzige große Liebe.«

»Hilf mir, Daddy! Es sind nur Kinder. Sie haben nicht mal Waffen. Erschieß sie, Vater!«

Eine weitere Explosion ertönte und Flintoffs Gesicht leuchtete in einem grellen Orange auf, als wäre es in den Glanz eines Kometen getaucht. Er starrte auf etwas in der Ferne und Jake schien es, als seien seine Wangen tränennass.

»*Du* hast das getan, Martin«, rief der Vater. »Alles, was ich mein Leben lang aufgebaut habe, bricht gerade zusammen, es zerbröckelt, bebt und geht in Flammen auf! Das hast *du* angerichtet. Du allein.«

Flintoff hob die Pistole und Jake ging wieder in der Kabine in Deckung. Zehn Kugeln hagelten in einem kontrollierten Stakkato-Rhythmus auf sie nieder, als würde Flintoff genau zielen. Dann verstummten die Schüsse.

»Vergiss das niemals, Martin«, rief Flintoff noch. »*Ich* werde es jedenfalls niemals vergessen.«

Jake hörte ein Knacken, wie ein Stück Sperrholz, das man auseinanderbrach, und etwas fing an zu zischen.

»Die Inseln des Verlorenen Paradieses sind jetzt dein Vermächtnis. Dein Vermächtnis *und* dein Grab. In ein paar Sekunden explodiert die Yacht. Lebwohl, Martin.«

Jake hörte, wie Flintoffs Boot mit voller Kraft voraus lospreschte und in der Dunkelheit verschwand. Er lugte über das Steuerpult und sah vorne im Boot eine Leuchtkugel brennen. Daneben gluckerte Benzin aus einem Treibstofftank. Jake riss die Augen weit auf, während er zwischen beiden Objekten hin und her blickte. Er hatte Schwierigkeiten, eins und eins zusammenzuzählen.

Da begriff er. »Die Yacht geht gleich hoch!«, brüllte er aus vollem Hals.

Er packte Martin an der Schulter und wollte ihn am Hemd wegziehen, doch es zerriss. Der Dieb stand wie gelähmt da.

»Komm schon!« Lizzie nahm Martins anderen Arm und zusammen zerrten sie ihn vom Boot. Er streckte dabei die Arme aus, als wollte er nach seinem Vater greifen.

Jake stolperte rückwärts auf den glitschigen Felsvorsprung und Martin fiel auf die Knie.

»Wir haben keine Zeit dafür!«, schrie Lizzie und zog ihn wieder auf die Füße. Jake bugsierte ihn vor sich her und vergewisserte sich dabei kurz, dass er die Waffe noch bei sich auf dem Rücken hatte. Schweißtropfen liefen ihm die Stirn herab, als er den Dieb hastig die Treppe hinaufzwang.

Filby stürmte voran, sprintete die Treppe hoch. »Beeilt euch!«, rief er.

Jake rannte um eine Ecke und hörte kaum, wie das Boot explodierte. Denn sein Körper wurde nach oben gerissen – als würde eine Riesenhand ihn ruckartig hochheben. Dann fiel er Martin in den Rücken, prallte an seinen Kopf und anschließend gegen Lizzie, bis er schließlich auf dem Boden aufschlug. *BUMM!*

Jake rappelte sich aus dem Durcheinander von Körpern auf, sah sich um, während er sich die pochende Brust hielt. An der Ecke hatte ein riesiges Metallstück, auf dem das Wort »FLINT«

stand, die jetzt rissige Wand durchbohrt. Es sah wie ein Teil des Rumpfs aus. *Das hätte mich fast getroffen*, dachte Jake zitternd.

»Wir m-müssen zum Evakuierungspunkt gelangen«, sagte Filby und schnappte nach Luft.

»Wo ist der?«, keuchte Jake.

Auch wenn er nicht wusste, ob die anderen mit dem Hubschrauber, dem Flugzeug oder sonst wie hergekommen waren – er wollte einfach nur weg von hier.

»Zu weit, um zu rennen«, antwortete Filby.

»Gibt es einen anderen Weg?«, fragte Jake. »Martin, gibt es hier ein Auto?«

Martin schüttelte den Kopf, seine Augen waren glasig. »Er hat versucht mich umzubringen«, war alles, was er sagen konnte, immer und immer wieder.

»Ich habe ein paar Gokarts oder so was Ähnliches gesehen«, fiel Jake plötzlich ein.

»Wir müssen sofort los«, drängte Lizzie.

Jake führte sie zurück zur Treppe und strauchelte, als sich der Boden unter ihm bewegte. Er hatte keine Ahnung, wie viel Zeit sie noch hatten, bevor die ganze Insel einstürzen würde. Manchmal wurde er zur Seite geworfen, doch er kämpfte sich immer weiter vorwärts durch die Gänge.

Irgendwann erreichten sie die Eingangshalle des Clubhauses.

Keiner war mehr hier. Ein riesiger geschwärzter Felsblock ragte in der Mitte des Raumes auf, in der Decke klaffte ein entsprechend großes Loch.

»Was ist mit Tof?«, schrie Jake. »Und den anderen?«

Lizzie sah sich um. »Nichts. Niemand. Sie sind weg! Bestimmt haben Echo und Daeng sie. Wir müssen weiter!«

Sie zwängten sich an dem Felsblock vorbei. Durch das Loch in der Decke konnte man sehen, dass der Nachthimmel voller Rauch und Asche war. Es sah aus, als würde irgendwo ein mächtiges Feuer brennen. Ein ferner orangefarbener Strahl erbrach sich in den Himmel – bedrohlich nah – und schoss wieder herunter.

»Er hat versucht mich umzubringen«, flüsterte Martin weiterhin. Jake zerrte ihn den Gang hinunter und durch die Hintertür nach draußen, wo er kurz zuvor beinahe exekutiert worden wäre.

Die meisten Fahrzeuge waren weg, aber zwei Gokarts standen noch auf dem Parkplatz.

»Okay«, sagte Lizzie und sprang auf eins auf, »mit einem Geländefahrzeug komme ich klar. Hale, kannst du das andere fahren?«

Jake nickte, schubste Martin hinter Lizzie und sprang auf das andere Gokart. Er legte einen Schalter in der Mitte der Lenkstange um. Die ganze Maschine fing an laut zu brummen. Er legte einen weiteren Schalter um und die Scheinwerfer leuchteten auf.

»Genau wie ein Welquad, oder?«, rief er, als Filby hinter ihm auf das Gefährt kletterte. Starke Vibrationen, sowohl von der bebenden Erde als auch von der bebenden Maschine, erschütterten seinen Körper. Brennende Schwaden erfüllten die Luft und der Boden grollte erneut.

»In welche Richtung fahren wir?«, brüllte Jake, als ein Baum in die Luft gehoben wurde und vor ihnen quer über die Straße fiel.

»Mir nach!« Lizzie bog auf einen kleinen Feldweg, der direkt in den Dschungel führte. Jake fuhr ihr hinterher und strengte sich an mit ihr mitzuhalten. Er schrie auf, als ihm Äste ins Gesicht peitschten – obwohl der Pfad überwuchert und im Scheinwerferlicht voller Schatten war, beschleunigte er trotzdem noch mehr.

»Pass auf!« Filby klammerte sich fester an Jakes Schultern, als ein riesiger Stein vor ihnen über den Weg rollte. Jake schwenkte nach rechts, trat auf die Bremse und wartete, bis er vorbeigewirbelt war und dabei ganze Ranken mit sich riss, dann drückte er wieder aufs Gas.

Er packte die Lenkstange fester und spürte, wie das Gummi seine angespannten Finger aufscheuerte. Seine Gedanken überschlugen sich, doch er versuchte sich darauf zu konzentrieren, dem Tod zu entkommen. Das nächste Beben schleuderte sie vom Weg, das Gokart schlitterte nach links und Jake hatte Schwierigkeiten es zurück auf den Pfad zu lenken. Immer mehr Erschütterungen brachten das Gefährt zum Ruckeln.

»Baum!«, schrie Jake, zog den Kopf ein, als vor ihnen eine Palme umstürzte. Im letzten Moment konnte er das Steuer herumreißen und ausweichen.

»Argh!«, kreischte Filby hinter ihm. Jake lehnte sich vor und wischte sich mit einer Hand den Dreck aus dem Gesicht.

Plötzlich führte der Dschungelpfad einen Hügel hinauf und Jake konnte sehen, was vor ihm lag. Er atmete aus, als sie auf einer harten, asphaltierten Straße landeten, und sah rechts in der Ferne den Scheinwerfer von Lizzies Geländefahrzeug.

»Da sind sie«, rief Filby und streckte den Arm über Jakes Schulter aus, doch Jake jagte längst den Motor hoch und nahm Fahrt auf.

Auf der Straße kamen sie ohne die Gefahren des Dschungelpfads viel schneller voran – die Luft stank zwar weiterhin nach aufgewirbelter Asche und schwefeligen, faulen Eiern, aber es fühlte sich gut an, wie sie an Jakes Gesicht vorbeizischte, ohne dass ihm Blätter ins Gesicht schlugen.

Er beschleunigte weiter und drückte den Daumen fest gegen den Gashebel, Filbys Hände umklammerten dabei seine Schultern wie ein Schraubstock. Jake konnte die Augen nicht von der Straße wenden. Irgendetwas leuchtete weiter vor ihnen und hypnotisierte ihn. Es bewegte sich geschmeidig und langsam und strahlte in einem dunklen, majestätischen Orange.

»Pass auf«, schrie Filby ihm ins Ohr.

»Was?«, sagte Jake.

»Du fährst auf die Lava zu!«

Jetzt erkannte Jake die Gefahr und steuerte das Geländefahrzeug scharf nach links, so dass sie von der Straße schlitterten – das orange Leuchten war Lava, die zwischen den Bäumen hervorquoll. Er spürte die Hitze des geschmolzenen Gesteins, als sie ihm auswichen, während Felsbrocken in die Luft schossen und ihnen wieder Äste ins Gesicht peitschten, sobald sie zurück in den Dschungel sausen mussten.

Jake fuhr jetzt wieder auf den Asphalt zurück und blieb stehen, als er merkte, dass er auf seinen Schultern keine Hände mehr spüren konnte. Er schwang herum – Filby drückte sich draußen vom Boden hoch und rannte auf ihn zu. Er sprang über einen kochend heißen Lavafluss, der seinen Körper in ein orangefarbenes Licht tauchte. Endlich saß er wieder im Gokart.

Jake gab Gas und suchte nach Lizzie. Die vulkanische Hitze war jetzt überdeutlich zu spüren und die Luft war trockener als zuvor. Er schlitterte um ein weiteres orangerotes Lavaband herum und fühlte Filbys Hände fest um seine Taille geklammert.

»Da ist Lizzie«, schrie er ihm ins Ohr.

Jake wich dem nächsten umgestürzten Baum aus und riss den Wagen zur Seite, um nicht mit dem anderen Fahrzeug zusammenzuprallen, wobei er Sand aufwirbelte und sich die Räder vom Boden hoben. Er umklammerte die Lenkstange noch fester und das Geländefahrzeug krachte wieder herunter.

In der plötzlichen Stille hörte er die Brandung. Sie hatten die Küste erreicht.

»Warum habt ihr so lange gebraucht?« Lizzie lehnte an dem Geländefahrzeug und tippte sich aufs Handgelenk, als hätte sie schon seit Stunden auf sie gewartet. Martin starrte zum Himmel, die Augen immer noch weit aufgerissen.

»Hale hat beschlossen, einen Umweg zu nehmen«, sagte Filby und senkte den Blick.

Jake stieg vom Gokart ab und bemerkte ein riesiges Brandloch in einem seiner Turnschuhe. Hastig zog er ihn aus.

»Jetzt können wir nur warten«, sagte Lizzie, während vulkanische Schlacke durch die Luft wirbelte.

»Wie lange wohl?« Jake blickte panisch zum Lavastrom zurück. Es sah aus, als blieben ihnen nur wenige Minuten.

»Nicht lange.« Filby drehte sich ruhig zum Meer, wo etwa fünfzehn Meter vom Ufer entfernt weiße Wellen brodelnd und sprudelnd aufstoben.

Jake wischte sich Asche vom Gesicht und rieb sich ungläubig die Augen. Eine grüne Kiste oder eine Blechtonne erhob sich aus dem Wasser. Sie tauchte wie ein unterirdisches Wesen auf. Eine Metalltür öffnete sich nach oben.

Das Meer schien sich orange zu färben und eine weitere Explosion lenkte sie für einen Moment ab – die Agenten und der

Dieb drehten sich gleichzeitig um und sahen, wie der Vulkankrater kochende Lava ausstieß.

Als Jake sich zurückdrehte, hatten Lizzie und Filby bereits ihre Schuhe ausgezogen und standen knietief im Wasser.

»Komm schon«, schrie Filby und zerrte Martin hinter sich her. »Ungefähr hier fällt der Boden plötzlich …«

Er verschwand in den Wellen und zog Martin mit sich, tauchte aber weiter vorne wieder auf und spuckte Wasser.

Jake kickte seinen anderen Schuh vom Fuß, rannte ihnen ins warme Wasser hinterher und schwamm zum Rand des U-Boots. Mit Filbys Hilfe kletterte er an der Seite hoch und folgte den anderen eine glitschige Treppe hinunter. Triefend nass fing Jake in der kühlen Nachtluft plötzlich zu zittern an.

Er plumpste auf den Boden, drehte sich um und sah den engen Metalltunnel voller Rohre und Ventile. Etwa ein Dutzend orangefarbener Schwimmwesten hingen an Gestellen und zwei Bänke säumten die Wand. Jake atmete erleichtert aus. Endlich ein sicherer Ort! Echo klopfte ihm auf die Schulter. »Willkommen zurück«, sagte sie, während sie sich an ihm vorbeizwängte und die Leiter hochstieg. Auf der Bank saßen ein paar bekannte Gesichter, einschließlich des glatzköpfigen Leibwächters – gefesselt, geknebelt und zerschrammt. Tof saß ebenfalls hier. In Handschellen, mit zerrissener Jacke und einem anschwellenden blauen Auge. *Sieht aus, als hätte er sich zur Wehr gesetzt*, dachte Jake. Aber Tof wirkte nicht so niedergeschlagen wie der Leibwächter. Stattdessen richtete er den Blick starr auf Filby.

Doch der merkte es gar nicht. Er war zu sehr damit beschäftigt, Martin Handschellen anzulegen.

»Du hast die Waffe!« Daeng riss beeindruckt die Augen auf.

Jake merkte plötzlich wieder, dass er ja das Gerät auf dem Rücken hängen hatte. Die ganze Zeit über hatte er es gar nicht mehr gespürt.

»*Wir* haben die Waffe.« Jake drehte sich um und zeigte auf seine durchnässten Kollegen.

Lizzie warf einen Arm um Filby. »Wir drei.«

Filby bugsierte Martin an Tof und dem Leibwächter vorbei und drückte ihn auf die Bank. »Du bleibst hier.«

»Egal wer es war.« Daeng gab Filby einen freundlichen Klaps auf die Schulter. »Ihr habt gerade die Welt gerettet.«

»Luke verriegelt«, rief Echo nach unten. »Crew vollzählig anwesend.«

Daeng reichte Jake und Lizzie warme Handtücher. Jake rieb sich mit einem die Haare trocken und gab Martin das andere. Aber er saß nur da und starrte auf den Boden, wo sich eine Pfütze bildete. Die Haare klebten ihm an der Stirn.

Echo quetschte sich an ihm vorbei und schlüpfte durch eine kleine runde Tür in eine Kommandozentrale, wie es aussah. Der enge Raum war voller Maschinen, die mit blinkenden Lichtern und Reglern ausgestattet waren. Sie schloss die Tür hinter sich.

»Bereit zum Tauchen«, dröhnte ihre Stimme durch eine Lautsprechanlage.

Jake setzte sich neben Filby und fand zwei Riemen, die wie Sicherheitsgurte aussahen. Er band sie zusammen, als das U-Boot ein brummendes Geräusch von sich gab und sich in Bewegung setzte. Draußen wummerte etwas. Das Boot schoss vorwärts hinaus aufs Meer.

»Also, ähm, tut mir leid, dass ich entführt wurde«, sagte Jake kleinlaut.

»Entführt?« Lizzie streckte die Arme aus und gab ein ulkiges Japsen von sich. »Ich dachte, das wäre dein perfekter Plan gewesen, um die Waffe zurückzuholen!«

»Ähm, ah, ja klar«, erwiderte Jake. »Aber wie habt ihr mich hier gefunden? Ich dachte, diese GPS-Armbänder funktionieren nur in einem Umkreis von dreißig Kilometern.«

»Das ist auch so«, sagte Filby. »Wir haben dich nur bis auf halber Strecke zur Grenze nach Myanmar verfolgen können. Aber Echo hat eine Warnmeldung an alle Agenten in Asien abgesetzt. Jedes Mal, wenn du in einem Umkreis von dreißig Kilometern an Agenten vorbeigeflogen bist, haben sie es gemeldet. Ein Team ist gerade im Süden Myanmars auf einer Mission und hat dein GPS-Signal aufleuchten sehen. Dann meldete ein anderes Team auf einem Schiff in der Andaman-See, dass du über sie hinweggeflogen bist. Drei Agenten, die in Sri Lanka leben, haben es auch gesehen. So haben wir die Flugbahn ermittelt, die direkt zu diesen Inseln führte.«

»Aber wie habt ihr gewusst, auf welcher Insel ich bin?«, fragte Jake. »Es sind immerhin dreizehn.«

»Das wussten wir nicht«, fuhr Filby fort, während das U-Boot tiefer tauchte. »Aber wir hatten keine Zeit, uns darüber Sorgen zu machen. Deshalb sind wir auf einen chinesischen Flugzeugträger geflogen.«

Jake rechnete damit, dass seine Ohren ploppen würden. Aber er spürte bloß die Vibrationen tief in seiner Brust.

»Du hättest die Gesichter der Soldaten sehen sollen, als wir aus dem Flugzeug gestiegen sind«, sagte Lizzie. »Sie waren völlig von den Socken beim Anblick von uns vier Jugendlichen.«

»Echo hat ihnen erklärt, dass wir die einzigen Zeugen einer

weltweiten Schmuggeloperation wären«, erzählte Filby weiter, »und man uns brauchen würde, um den Verbrecherboss zu identifizieren.«

»Die Soldaten haben ihr zuerst nicht geglaubt – sie wollten uns sogar verhaften«, fuhr Lizzie fort, »aber dann hat Daeng das Hauptquartier angerufen und kurz darauf hat uns die chinesische Regierung ein U-Boot geliehen.«

»Es ist kein U-Boot«, wandte Filby ein.

»Sie haben euch dieses U-Boot *geliehen*?«, fragte Jake.

»Es ist ein Unterwasserrettungsfahrzeug!« Filby klang, als hätte er Schwierigkeiten, sich Gehör zu verschaffen.

»Stormglass hat auf der ganzen Welt Verbindungen, Hale«, erklärte Daeng.

»Und als wir uns den dreizehn Inseln genähert haben«, warf Filby schnell ein, weil er offensichtlich unbedingt die Geschichte fertig erzählen wollte, »haben wir dein GPS-Signal wieder aufgefangen. Gut, dass du das Armband getragen hast.«

»Wir sind seit zehn Stunden ohne Pause auf den Beinen«, sagte Daeng.

»Derren«, kam eine leise Stimme von hinten aus der hohlen Kammer. Filby starrte auf seine Füße. *»Du bist doch Derren, oder?«*, sagte Tof noch einmal, diesmal lauter.

Filby drehte sich um und sah den Musiker an. »Oh, hey, Tof.« Er winkte ihm kurz und verlegen zu. »Lange nicht gesehen!«

»Du *bist* es.« Tof lächelte traurig, aber freundlich. »Du bist bei *Stormglass*?«

Filby nickte.

»Schon immer?«

»Nein«, erwiderte Filby kopfschüttelnd und lief rot an.

»Ich weiß, das ist ein komischer Zeitpunkt …« Tof hob seine gefesselten Handgelenke, zog die Augenbrauen hoch, als wäre er von der Situation ein wenig belustigt, und fuhr dann fort: »Du bist irgendwann nicht mehr in die Schule gekommen und ich hatte nie die Gelegenheit, mich bei dir zu bedanken.«

»Wofür?«

»Du erinnerst dich wahrscheinlich nicht mehr, aber ich denke jeden Tag daran. Im Camp hast du mir mal gesagt, ich sollte Sänger werden.«

Filby warf Lizzie einen kurzen Seitenblick zu und grinste triumphierend.

»Du hast mein Leben verändert«, sagte Tof. »Du hast wirklich mein Leben verändert.«

Filby hob eine Hand. »Mach dir keinen Kopf.«

»Aber jetzt arbeitest du für Stormglass?« Tofs Blick verdunkelte sich und er sah wütend den engen Gang hinunter. »Das werde ich dir nie verzeihen«, knurrte er.

Filbys Lächeln verschwand augenblicklich, er schluckte und umklammerte sein nasses Handtuch. Lizzie schnallte sich los, öffnete ruckartig eine Schublade und nahm eine Rolle Klebeband heraus.

»Das sollte funktionieren.« Sie riss ein Stück ab und klebte es sorgfältig über Tofs Mund, dessen Proteste hinter dem Klebeband zu undeutlichem Gemurmel wurden. »Erstens: Ich finde alles toll, was du gemacht hast. Aber zweitens: *Niemand* spricht so mit Filby.«

Jake glaubte zu sehen, wie mit diesen paar Worten drei Monate voller Anspannung aus Filbys Körper wichen.

Nachdem sie dem chinesischen Militär das U-Boot zurückgegeben hatten, warteten Jake und die anderen auf einem Flugzeugträger darauf, dass Stormglass-Piloten ihren Jet startklar machten.

Daeng und Echo bewachten unten die Gefangenen, Jake, Lizzie und Filby standen auf der Brücke, von der aus sie immer noch die Inseln des Verlorenen Paradieses sehen konnten. Doch sie waren mittlerweile nur noch ein sanftes orangefarbenes Glühen am Horizont. Dahinter ging die Sonne auf.

»Sie sind weg«, sagte Lizzie leise und ließ die Hände auf dem breiten Metallgeländer des Flugzeugträgers ruhen.

»Ich kann nicht fassen, dass eine einzige Waffe das alles angerichtet hat«, sagte Filby.

Jake griff in den schwarzen Seesack, den Daeng ihm gegeben hatte, und holte behutsam die Erdbebenwaffe heraus.

Filby richtete fest den Blick darauf. »Wenn Teslas Waffe dreizehn Inseln in einer Nacht zerstören konnte, was könnte sie dann mit einer einzigen Stadt anrichten?«

Jake nickte und trotz des ersten morgendlichen Sonnenscheins fröstelte er bei dem Gedanken an das Potenzial der Waffe. »So viel Macht in so einem kleinen Gerät!«

Lizzy und Filby betrachteten die Waffe, Jake sah seinen Freunden zu.

»Stellt euch vor, jetzt würde noch mal was passieren«, sagte er. »Was ist, wenn wir auf dem Weg nach Hause entführt oder in einen Hinterhalt gelockt werden. Was ist, wenn jemand diese Waffe stiehlt?«

Lizzie und Fibly nickten beide.

»Das wäre schlimm«, antwortete Lizzie.

»Schrecklich«, fügte Filby hinzu.

»Was machen wir also mit ihr?«, fragte Jake.

»Sollen wir sie in die Unterirdischen Kammern bringen?«, sagte Filby. »Das ist der sicherste Teil des Stormglass-Hauptquartiers.«

Lizzie sah nach oben, dann nach rechts. »Kilometerlange Schrankbauten aus Titan.«

»Du warst dort.« Filby musterte sie eindringlich. »Du erinnerst dich daran, oder? Du warst dort. Aber wir haben keine Sicherheitsfreigabe für die Unterirdischen Kammern.«

»Die Sicherheitsfreigabe ist wie eine Regel.« Lizzie winkte verächtlich ab. »Sie ist dafür da, gebrochen zu werden. Und komm schon, das sagt gerade der Richtige.«

»Und wie ist es da so?«

Ihr Gesicht fing an sanft zu strahlen. »Kilometerweit Titanschließfächer voller Schätze. Dort bewahren sie die Giftflaschen aus dem Hotel Majestic auf – die der alte Kriminalkommissar Maigret gefunden hat – und das radioaktive Stück Mondgestein.«

Filby kreischte. »Das Mondgestein aus Mexiko?«

»Genau das. Die toten Bienen ebenfalls. Dort bewahren sie alles Gefährliche auf.«

»Und du bist reingeschlichen?«, fragte Jake schockiert, obwohl er wusste, dass Lizzie immer für eine Überraschung gut war.

Lizzie nickte.

»Wenn *du* in die Unterirdischen Kammern reinkommst«, sagte Filby, »können das auch andere.«

Jake spürte das kalte Gewicht der Erdbebenwaffe in seiner Hand und musterte das bedrohliche Gerät. Diese Kombination aus Holz, Metall, Kabeln und einem Kristall hatte dreizehn Inseln in nur einer Nacht zerstört. Sie würden die Waffe *vermutlich* sicher zum Stormglass-Hauptquartier zurückbringen, aber was, wenn nicht?

Jake ließ den Blick über das Kupferrohr gleiten und der Kristall leuchtete im Griff – er warf das Licht der Morgendämmerung zurück. Selbst wenn die Waffe zusammen mit den toten Killerbienen und anderen Schätzen in den Unterirdischen Kammern weggesperrt war – was würde passieren, wenn jemand einbrach und sie stahl …

»Was ist, wenn jemand die Waffe benutzen würde?«, fragte Jake. »Ich meine, gibt es irgendetwas, bei dem ihr Gebrauch … sinnvoll wäre?«

»Tesla hat sie gebaut, um die Welt mit unbegrenzter Energie zu versorgen«, sagte Filby.

»Ja, aber dann hat Tesla selbst sie unbrauchbar gemacht«, wandte Jake ein, »weil ihm klar wurde, was sie anrichten könnte.«

Die drei Agenten starrten die Waffe und den pulsierenden Kristall an.

»Was haltet ihr also für die bessere Lösung«, fragte Lizzie, »das Gerät *behalten*, das unbegrenzte Energie erzeugen, aber auch die Welt zerstören kann, oder es loswerden?«

Jake und Filby betrachteten weiter stumm die Waffe.

»Hale, du zuerst. Entscheide dich«, forderte sie ihn auf.

»Ähm … ist das jetzt nur theoretisch?«

»Tu's einfach.«

Jake ließ den Blick noch einmal über das Kupferrohr schweifen, betrachtete ausgiebig die Regler, Kabel und Rohre und schließlich den Kristall in dem Griff aus Holz und Glas. Die Waffe fühlte sich kalt in seiner Hand an. Sogar mit dem leuchtenden Kristall erschien sie irgendwie tot.

»Ich … ich glaube, ich würde sie zerstören, wenn man mir die Entscheidung überlassen würde«, beschloss Jake.

Lizzie wandte sich an Filby. »Jetzt bist du an der Reihe.«

»Na ja, einerseits leidet die Welt an Energieknappheit. Diese Erfindung könnte die Welt *retten*. Sie würde die Ölkriege im Nahen Osten beenden sowie Umweltverschmutzung und Treibhausgase reduzieren.«

»Dann würdest du die Waffe also behalten?«, fragte Lizzie.

»N-nein«, erwiderte Filby. »Das will ich damit nicht sagen. Denn wenn die Waffe zur Energiegewinnung benutzt werden würde, dann würden Terroristen sie stehlen oder kopieren und die Welt schließlich mit Erdbeben zerstören. Und wenn nicht Terroristen, dann würde Vindiqo sie für den eigenen Profit nutzen wollen.«

Er zeigte auf den Horizont und die fortwährenden Explosionen auf den Inseln.

»Das ist zu gefährlich. Nein, es ist besser, wenn es sie überhaupt nicht gibt.«

Lizzie lehnte sich zurück und stand auf, die Arme in die Hüften gestemmt.

Jake sah sie an. »Jetzt du, Lizzie.«

»Das ist ein klarer Fall«, sagte sie. »Ein fünfzehnjähriger Junge hat gerade vier Vulkane ausbrechen lassen. Das ist *jenseits* von gefährlich. Ich würde die Waffe sofort zerstören.«

»Sollen wir das also machen?« Jake seufzte. Sie hatten sich so viel Mühe gegeben die Waffe zu finden.

In der Ferne wummerte etwas und am Horizont erschien noch mehr Orange. Einer der Vulkane brach aus.

»Wir zerstören sie«, sagte Lizzie.

Filby nickte. »Ich stimme dir zu.«

»Aber dürfen wir das?«, wandte Jake ein, während er hinaus auf den weiten Ozean blickte und sich unglaublich klein vorkam. »Ich meine, wie können wir so etwas entscheiden? Wir treffen hier eine Entscheidung für die ganze Welt.«

Lizzie zeigte mit dem Kopf auf Jakes Hände. »Aber wir haben die Waffe in unserem Besitz.«

»Stimmt«, sagte Jake. Er sah Lizzie und Filby an, damit sie es bestätigten.

»Tu es«, bekräftigte Filby mit einem Nicken.

»Jep«, fügte Lizzie hinzu.

Jake legte sich die Waffe über die Schulter und schlang die Hände um den Lauf. Sie zitterten. Er schloss die Augen und atmete tief durch.

Dann schwang er sie kraftvoll nach vorne und schlug sie gegen das Metallgeländer. Kristallteile zerbarsten in der Luft, Kabel platzten auf und das Metall verbog sich mit einem lauten Knall.

»Das war ein Witz!«, schrie Lizzie und wedelte mit den Armen. Jake schluckte schwer, bis er sah, wie Filby sie spöttisch anlächelte. »Nicht wirklich.«

Lizzie grinste und nahm Jake die Waffe ab. Sie trat ein paar Schritte zurück, zog die Waffe nach hinten und schlug sie gegen eine andere Stelle des Geländers. Das Messing verbog sich weiter, das Geräusch des Aufpralls hallte übers Deck, die Steuerungsgeräte flogen in die Luft und hüpften über die Brücke. Zwei chinesische Soldaten beugten sich von einem Wachturm herunter und schrien etwas. Lizzie winkte ihnen zu und sie gingen weg.

»Martin wird toben, wenn er sieht, was wir getan haben. Du bist dran, Kollege.«

Lizzie hielt Filby die Waffe hin. Er nahm sie, hielt sie beim dünnen, gedrehten Ende und knallte sie mit voller Wucht gegen den Metallboden. Ein Regler fiel ab, hüpfte über den Boden und über die Seite des Schiffs und kullerte ins Wasser.

»Woraus ist dieses Ding denn bloß?«, fragte Lizzie, als Jake einen nächsten Versuch startete, die Waffe zu zerstören.

Die drei wechselten sich ab und die Waffe verbog sich immer weiter, immer mehr Stücke brachen ab, bis Lizzie schließlich ausholte und das ganze Gerät entzweibrach. Es hinterließ einen Riss im Deck. Ein Teil flog hoch in die Luft und landete im Meer.

»Hoppla«, sagte sie, als Jake und Filby sich nach vorne beugten und beobachteten, wie es tief unter ihnen mit einem kaum vernehmlichen Platscher verschwand. Lizzie hielt die andere Hälfte mit dem eingebetteten, faustgroßen, zerschlagenen Kristallstück hoch.

»Wer will dem letzten Stück den Garaus machen?« Sie hielt es ihnen hin.

»Machen wir's zusammen«, sagte Jake und kickte ein zerschmettertes Stück vom Deck hinunter ins Wasser. »Wir drei zusammen.«

Jake und Filby traten vor und sie legten alle drei ihre geprellten und mit Brandblasen überzogenen Hände um das letzte Teil der Waffe.

»Wir sind ein Team.« Lizzie sah Filby an und dann Jake. »Was auch immer passiert, wir drei sind ein Team.«

»Wir sind Stormglass«, bekräftigte Filby.

Jake musterte beide und lächelte.

»Auf Stormglass«, sagte er, woraufhin sie das Teil über das Geländer hoben, drei Hände, die gleichzeitig das schwere Metallteil mit dem Kristall und den Kabeln in den Ozean fallen ließen. Es schepperte gegen die Seite des Flugzeugträgers, prallte dann noch einmal ab und klatschte tief unter ihnen in den Indischen Ozean. Die drei Agenten schauten ihm nach, noch lange, nachdem es verschwunden war.

»Was erzählen wir jetzt dem Colonel?«, fragte Lizzie.

»Oh«, sagte Filby und wurde blass. »An den habe ich gar nicht mehr gedacht.«

22
NACHBESPRECHUNG

Der Colonel lehnte sich in dem großen schwarzen Sessel hinter seinem Schreibtisch zurück und betrachtete die Wand voller Fernsehbildschirme. Auf jedem lief ein anderer Sender – alle übertrugen live, wie die Vindiqo-Inseln in den Ozean bröckelten. Journalisten sprachen aus Hubschraubern und nutzten Zoomobjektive, um zu zeigen, wie Lavaflüsse sich durch die leeren Hotels brannten, die Swimmingpools verdampften und das Riesenrad ins Meer stürzte.

Die drei Agenten schwitzten stumm und warteten auf seine Reaktion.

Jake war sich sicher, dass sie in Schwierigkeiten steckten. Trotzdem war er froh, wieder im Stormglass-Hauptquartier zu sein. Mit heilen Knochen. Da er in den letzten Tagen ununterbrochen damit gerechnet hatte, dass er sterben oder im Gefängnis landen würde, genügte es ihm, einfach nur *hier* zu sein.

Sie waren zurück nach Amerika geflogen – Jake wusste nicht genau, wo sie gerade waren, nur dass es irgendwo hier eine riesige Wüste gab, wie in Nevada oder einem der Dakota-Bundesstaaten. Dort waren sie mit Hermes, dem autonomen Fahrzeug, durch die Wüste zu einem Felsen gefahren, der sich öffnete und einen silbernen Aufzug freigab. Dutzende Stockwerke tief in der Erde hatten sie Jenny getroffen, die die drei müden und schmutzigen Agenten direkt zu Cyrus Rex gebracht hatte. Ihnen war schon auf der Fahrt zum Hauptquartier der Angstschweiß ausgebrochen bei der Vorstellung, was der Colonel sagen würde.

»Keine der Inseln wird gerettet werden können«, sagte der Colonel jetzt, ohne die Augen von den Bildschirmen zu nehmen. Eine ganze Seite von Insel dreizehn versank gerade im Ozean und wirbelte riesige Wellen auf. »Das bedeutet einen millionenschweren Verlust für Vindiqo. Wisst ihr, diese Inseln waren einmal ein außergewöhnlicher Ort. Flughunde waren weit verbreitet und es gab dort auch wunderschöne Schildkröten.«

»Tut mir leid«, sagte Filby.

»Es tut dir leid?« Der Colonel zog die Augenbrauen hoch.

»Es tut mir leid, dass wir die Zerstörung der Inseln nicht verhindern konnten.«

»Oh, sie wurden nicht heute zerstört. Vindiqo hat das schon vor Jahren getan. Als sie die Hotels bauten, merzten sie die natürlichen Lebensräume der heimischen Tiere aus. Insel dreizehn, auf der eure Operation stattgefunden hat, war einmal ein Naturschutzgebiet, aber Vindiqo hat es dem Erdboden gleichgemacht, um die Tesla-Labors zu bauen. Nein, die Tiere waren schon tot. Das einzige Opfer heute scheint nur ein sehr reicher Konzern zu sein.«

»Was ist mit der Waffe?«, fragte Jake. Er musste wissen, wie viel Ärger sie hatten.

»Ah, ja«, sagte der Colonel. »Leider werden wir keine Gelegenheit mehr haben, die Erdbebenwaffe zu studieren. Es wäre nützlich für unsere Forscher gewesen, aber – um ganz ehrlich zu sein – sie gehört zu den Dingen, die die Welt nicht braucht.

Letzten Endes war eure Entscheidung, sie zu zerstören, die beste.«

»Dann stecken wir also nicht in Schwierigkeiten?« Lizzie riss die Augen weit auf.

»Nein, Lizzie, ihr steckt nicht in Schwierigkeiten. Aber möglicherweise schuldet ihr einem gewissen Silicon-Valley-Milliardär eine Entschuldigung. Auch wenn der Inhalt des Überseekoffers unbekannt war, war diese Waffe Teil davon. Aber ich bin sicher, dass er euch vergeben wird. Immerhin habt ihr gerade die Welt vor einer Katastrophe gerettet und er wollte den Koffer nur für sein Privatmuseum.«

Jake spürte, wie sich die Anspannung in seinem Körper löste.

Der Colonel lächelte. »Ihr drei habt wieder einmal ausgezeichnete Arbeit geleistet. Ihr habt euch Gefahren direkt gestellt und um der Menschheit willen das Gute verfolgt.«

»Was ist mit dem Dieb – Martin?«, fragte Jake.

»Ah, der sitzt natürlich in Haft. Er wird für seine Verbrechen in Kalifornien, Serbien und sogar Thailand vor Gericht kommen. Nach dem zu urteilen, was du mir erzählt hast, war sein Vater eine grausame Kraft in seinem Leben. Welcher Mann bedroht seinen eigenen Sohn? Ich habe ein paar Psychologen gebeten, etwas Zeit mit ihm zu verbringen, aber vielleicht reicht es als Therapie schon aus, nicht mehr unter Vindiqos Fuchtel zu sein. Ich hoffe, dass wir ihm den richtigen Weg aufzeigen können.«

»Was ist mit Tof?«, wollte Lizzie wissen.

»Er ist bereits wieder auf freiem Fuß«, antwortete der Colonel.

Filby stöhnte.

»Es tut mir leid, Filby – ich weiß, dass er dich bedroht hat, aber er hat es im Eifer des Gefechts getan. Er hatte gerade miterlebt, wie die Inseln seines Vaters zerstört wurden. Ich bezweifle, dass er jemals versuchen wird seine Drohungen in die Tat umzusetzen.«

»Aber er war Teil der Erdbebenpläne«, wandte Jake ein. Er konnte nicht fassen, dass Tof so leicht davonkam.

»Das stimmt«, fügte Filby hinzu, »er war ein Komplize.«

Der Colonel zog die Augenbrauen hoch. »Bist du sicher, dass Tof vor gestern überhaupt von der Erdbebenwaffe gewusst hat? Vielleicht, ja, aber nachdem ich mir die ersten Verhöre angesehen habe, halte ich es für wahrscheinlicher, dass er von der ganzen Sache keine Ahnung hatte. Dass er gar nicht begriffen hatte. Dieser Junge ist dumm – wie hast du noch mal gesagt, Filby? Ach ja! – ›dumm wie Brot‹. Ich gehe davon aus, dass er keinen Schimmer von all dem hatte.«

»Und was passiert jetzt?«, wollte Lizzie wissen.

»Jetzt?« Der Colonel lehnte sich zurück. »Lizzie, du gehst zurück nach Cupertino. Filby, du musst eine Mission in Island abschließen.«

»Und ich, Sir?«, fragte Jake.

»Hale, du solltest wieder zur Schule gehen.«

Jake stöhnte leise, auch wenn das besser war als BVT oder die Justizvollzugsanstalt. Und das erinnerte ihn an alles, was ihn zu Hause erwartete.

»Sir, ich habe da ein kleines Problem«, begann er und wusste nicht so recht, wie er die Situation erklären sollte.

Der Colonel beugte sich vor. »Ja?«

»Ich sollte in diesem Moment eigentlich in irgendeinem Jugendzentrum sitzen. Lizzie hat mich davor bewahrt, aber wenn ich nach Kalifornien zurückgehe, habe ich eine Menge Ärger am Hals.«

Der Colonel setzte sich zurück und lächelte ihn an. »Storm«, sagte er, ohne den Blick abzuwenden, »lade das Filmmaterial hoch, das ich gerade an die Polizei von Oakland geschickt habe.«

Alle Bildschirme im Raum wechselten zu einem Videoclip von Martin, der zusammengekauert in einem Verhörzimmer saß. Er starrte mit traurigen, heruntergezogenen Mundwinkeln auf jemanden außerhalb des Blickfelds der Kamera.

»Ich bin so weit«, sagte Martin. »Ich heiße Martin Pierce Flintoff. Ich bin bereit … alles zu gestehen. Ich bin in Moneybees Auktionshaus eingebrochen und habe die Waffe gestohlen.«

»Hat dir irgendjemand geholfen?«

»Ich *brauche* keine Hilfe. Ich habe das ganz allein durchgezogen.«

»Kannst du mir erklären, wie du vorgegangen bist?«

»Es war einfach. Überprüft die Sicherheitskameras.«

»Das haben wir, aber sie sind pechschwarz. Man kann nichts erkennen.«

»Nicht vom Tag des Verbrechens, ihr Idioten. Von den vorangegangenen Tagen. Den Wochen zuvor. Ich war jeden Tag dort und habe alles ausgekundschaftet. Die Sicherheitsmaßnahmen waren ein Witz. Wachleute liefen dieselben Strecken ab, standen immer an denselben Stellen. Bei manchen Auktionen – es war kaum zu fassen – benutzten sie nicht einmal die Metalldetektoren. So habe ich schon Tage zuvor meine Werkzeuge reingeschmuggelt und sie in einem Spülkasten versteckt. Überprüfen Sie die Sicherheitskameras. Da werden Sie alles sehen.«

Martin sah zur Kamera auf und lächelte. »Ich habe das alles für meinen Vater getan, verstehen Sie.«

»Gut, Storm, das reicht«, sagte der Colonel und die Bildschirme wurden schwarz. »Wie du sehen kannst, Agent Hale, decken sich seine Geschichte und deine. Deine Unschuld wird zweifelsfrei bewiesen werden. Deine Schule wird deine Suspendierung bald aufheben und sie aus deiner Schülerakte streichen.«

Jake fühlte sich auf einmal ganz leicht – Martin schien so stolz auf das, was er getan hatte. Er schloss die Augen und ließ den Kopf nach hinten fallen.

Dann setzte er sich wieder aufrecht hin. »*Das hätte ich fast vergessen!* Meine Mom hat zufällig einen meiner Lehrer, Mr Wakefield, getroffen, während wir auf der Mission waren.«

Der Colonel zog eine Augenbraue hoch.

»Er hat dafür gesorgt, dass man mich in diese Erziehungsanstalt, BVT-Hilfsnetz, geschickt hat, aber ich war *nie* dort. Lizzie hat mich vorher abgefangen.«

Der Colonel nickte langsam. »Und?«

»Na ja, als meine Mom ihn getroffen hat, erzählte er ihr, dass ich mich *gut* machen würde. Aber ich war gar nicht dort. Wenn mein Lehrer also von meiner Tarngeschichte wusste ... na ja, arbeitet er für Stormglass?«

Der Colonel antwortete nicht. Er blickte zur Decke, als würde er über etwas nachdenken.

»Und wenn Mr Wakefield für Stormglass arbeitet«, sagte Jake, der endlich zu seiner eigentlichen Frage kam, »war er es dann, der dafür gesorgt hat, dass ich diesen Sommer rekrutiert wurde?«

Der Colonel kratzte sich kurz im Nacken und überlegte, bevor er antwortete.

»Keiner deiner Lehrer weiß, dass du ein Stormglass-Agent bist, Hale. Aber was hat er *genau* gesagt?«

»Ich weiß nicht. Das hat mir meine Mom nicht erzählt. Sie

haben über die Schule gesprochen oder so und er hat gesagt, dass ich mich gut machen würde … nein, ich glaube, er hat sogar gesagt, dass ich mich *sehr gut* machen würde.«

Der Colonel beugte sich vor und tippte ein paar Sekunden lang auf seinem Stormpad herum.

»Ich werde deinen Lehrer überprüfen lassen. Ich versichere dir, dass Mr Wakefield kein Stormglass-Agent ist. Es ist vermutlich bloß ein Missverständnis. Also, ihr drei müsst euch jetzt auf den Weg machen und ich muss in die nächste Besprechung. Viel Glück!«

Jakes Heimreise war kürzer, als er gehofft hatte. Die Mission war ein Erfolg gewesen, aber sie war auch abgeschlossen, was bedeutete, dass er sich jetzt seiner Familie und der Schule stellen musste.

Als der Fahrer ihn nach Hause brachte, stieg er widerwillig aus dem Wagen und fühlte sich nervös und erschöpft. Er stapfte langsam und niedergeschlagen den Weg zur Eingangstür hinauf. Die Farne seiner Mom, die aus Töpfen von der Pergola herabbaumelten, verloren allmählich ihre grüne Farbe und wurden braun, als würden sie absterben. Alles hier war braun. Alles hier war irgendwie traurig.

Jake setzte sich auf die offene Veranda und beobachtete, wie die Sonne hinter den Häusern auf der anderen Straßenseite unterging. Die Schatten wurden länger und unscharf und Jake machte sich immer mehr Sorgen darüber, was ihn in der wahren Welt nun erwarten würde. Klar, der Colonel hatte gesagt, dass er nicht mehr suspendiert war, aber in Schwierigkeiten hatte er immerhin schon gesteckt.

Jake seufzte. Er musste lernen mit seiner Tarngeschichte

besser umzugehen. Er würde beide Identitäten, die eines ganz normalen Jugendlichen und die eines Agenten, gleichzeitig leben müssen. Er *musste* es einfach. Nach dieser Mission wusste er, dass er Stormglass auf keinen Fall aufgeben konnte.

Jake stand auf und klopfte seine Jeans ab. Er tastete in seiner Hosentasche nach dem Hausschlüssel und stellte fest, dass er ihn nicht mitgenommen hatte. Also klingelte er.

Als die Tür aufging, kreischte seine Mom.

»O Jake«, sagte sie und drückte ihn fest an sich. Er schmiegte sich an sie, als wäre er in seine Lieblingsdecke gewickelt.

»Willkommen zu Hause, mein Sohn.« Sein Dad wuschelte ihm durchs Haar, riss ihn dann aus den Armen seiner Mom und zog ihn seinerseits in eine ungestüme Umarmung. »Du hast uns gefehlt.«

Jake sagte kein Wort. Die Anspannung in seinen Schultern, seinem Bauch und seinen Beinen löste sich auf. Er stand da und genoss es gedrückt zu werden.

»Ich wusste, dass du es nicht warst«, flüsterte sein Dad.

»Danke, Dad.«

»Wir haben alles in den Nachrichten gesehen«, sagte er.

»Was?« Jake schlüpfte aus der Umarmung. »Was habt ihr gesehen?«

»Weißt du das gar nicht?«, fragte Jakes Mom erstaunt. »Sie haben den Jungen erwischt, der es getan hat! Sie berichten gerade auf allen Kanälen darüber.«

Seine Eltern führten ihn vor den Fernseher und drückten ihn aufs Sofa, dann schaltete seine Mom die Nachrichten ein. Zwei Nachrichtensprecher erschienen, der eine war gerade mitten im Satz.

»… hören Sie bald mehr von Vindiqo Industries über die plötzliche Naturkatastrophe«, sagte der Mann.

»Bei der anderen Topmeldung des Tages«, berichtete eine Frau mit voluminöser Frisur weiter, »werden immer mehr Einzelheiten über das Oakland-Verbrechen des Jahrzehnts bekannt. Michael Buchanon ist gerade in der Innenstadt von Oakland und hat mehr über diese merkwürdige Geschichte zu berichten.«

Das Bild schwenkte zu einem Mann, der an einer Straßenecke vor einem Gerichtsgebäude stand.

»Danke, Renee. Ein Sprecher des Oakland Police Departments hat gerade bestätigt, dass der Jugendliche, der wegen des Auktionshausdiebstahls letzte Woche verhaftet wurde, Martin Flintoff heißt. Er gab keine Einzelheiten darüber bekannt, was genau gestohlen wurde, aber die Polizei hat dieses Foto veröffentlicht.«

Jakes Mund spannte sich an, als ein Foto des rattengesichtigen Diebs auf dem Bildschirm erschien.

»Siehst du, Jake«, sagte sein Dad. »Es ist genau so, wie du es der Polizei erzählt hast. Dieser Junge sieht genau wie eine …«

»Schhh«, unterbrach Jake ihn, als das Bild wieder zurück zur Nachrichtensprecherin schaltete.

»Die Polizei erwähnte jedoch nicht«, fuhr sie fort, »dass dieser Jugendliche offenbar der Bruder des internationalen Popstars Tof Flintoff und der Sohn von Franklin Flintoff ist. Ja, derselbe Franklin Flintoff, der die Vindiqo-Inseln des Verlorenen Paradieses entwickelt hat.«

»Eindeutig eine schlechte Woche für den Flintoff-Clan«, sagte der Mann. »Als Tof um einen Kommentar gebeten wurde, hatte er zu der Sache nur Folgendes zu sagen …«

Das Bild wechselte jetzt zu Tof, der sich an einem Flughafen einen Weg durch die Reportermenge bahnte.

»Ich habe keinen Bruder«, erklärte er, als sich die fleischige Faust eines Leibwächters um das Kameraobjektiv legte und es beiseiteschob.

»Werfen wir einen Blick auf Twitter und schauen, was unsere Zuschauer tweeten. Nutzer Ein-Hauch-von-Flintoff – *ach, das ist so clever!* – schreibt: ›Flintoffs nächster großer Hit: *Baby Shake.*‹ Also ich bin mir nicht sicher, dass das ganz …«

Jakes Dad schaltete den Fernseher aus und drehte sich zu ihm. »Die Schule hat bereits angerufen. Du kannst morgen gerne zurückkommen.«

»Du hättest mal hören sollen, wie sie sich entschuldigt haben«, sagte Jakes Mom.

Sein Dad legte einen Arm um ihn. »Du hättest vor allem mal hören sollen, wie deine Mom ihnen die Leviten gelesen hat.«

»Spielt das jetzt noch eine Rolle?«, fragte sie, stand auf und ging in Richtung Küche. »Ich meine, spielt das noch eine Rolle, wenn wir die ganze Kühltruhe voller Eiskrem haben?«

Jake und sein Dad folgten ihr, als sie Literbecher von Jakes Lieblingssorten herausholte: Vanille, Erdbeere, Karamell und Tiramisu und sogar sein heimliches Laster, Splurge-Eis-Sensation … von Vindiqo.

Zwei Stunden später lag Jake glücklich und mit einem vollen Bauch in seinem Zimmer. Da klingelte sein Stormpad leise. Er entriegelte es mit seinem Handabdruck und lächelte beim Anblick von Cyrus Rex' vertrautem Gesicht.

»Colonel.«

»Ich grüße dich, Hale. Ich hoffe, es ist alles problemlos verlaufen?«

Jake nickte. »Es war einfacher, als ich gedacht hatte.«

»Ich wollte dich wegen deines Lehrers, Mr Wakefield, informieren, bevor du zurück in die Schule gehst. Wir haben ihn überprüft und er ist definitiv nicht von Stormglass. Ich sehe mir gerade seine Akte an, er scheint blitzsauber zu sein.«

»Da bin ich echt erleichtert«, Jake seufzte. »Er ist manchmal ein bisschen merkwürdig.«

»Ach, jeder gute Lehrer sollte ein wenig, wenn nicht gar sehr exzentrisch sein. Vielleicht war es nur ein Missverständnis – oder vielleicht ist er davon ausgegangen, dass deine Mutter Recht hatte und du in der Erziehungsanstalt *warst*. Bei seinem Alter leidet sein Erinnerungsvermögen vielleicht manchmal.«

»Was meinen Sie mit *seinem Erinnerungsvermögen*?«

»Ja, also – auch wenn ich noch lange nicht so alt bin wie Mr Wakefield, ist mir zu Ohren gekommen, dass in dem Alter das Gedächtnis anfängt nachzulassen.«

»Aber, Sir, Mr Wakefield ist ungefähr so alt wie meine Eltern.«

Der Colonel betrachtete Jake und blinzelte ein paarmal. »Entschuldige. Hast du gerade *so alt wie deine Eltern* gesagt?«

»Mehr oder weniger, ja.«

Der Colonel sah noch einmal auf seinen Computerbildschirm.

»Aber … deine Mutter … ich meine, sie sind beide zwischen dreißig und vierzig, oder?«

»Ich glaub schon.«

»Dein Lehrer *heißt* Rodger Wakefield, oder?«

»Ja.«

»Buchstabiere bitte den Namen für mich.«

Jake buchstabierte ihn.

»Was unterrichtet er?«

»Sozialkunde. Sir, w-was ist los?«

»Ist er das?«

Jake beugte sich vor, als ein Foto von einem runzeligen alten Mann auf seinem Stormpad erschien. Von weißen Haarbüscheln hinter den Ohren abgesehen, hatte er eine Glatze und trug dicke Brillengläser. Er sah sogar älter aus als Jakes Großvater.

»Das ist nicht Mr Wakefield.« Jake schüttelte den Kopf. »Man hat Ihnen das falsche Bild geschickt.«

»Das ist Rodger Wakefield, der Sozialkundelehrer.«

»Aber das ist nicht mein Lehrer.«

»Nun ja«, sagte der Colonel und rieb sich die Stirn, »in diesem Fall haben wir ein Problem. Ein sehr ernstes Problem.« Er beugte sich über den Schreibtisch. »Agent Hale, ich möchte, dass du mir genau zuhörst. Wenn du morgen wieder in die Schule gehst, möchte ich, dass du vorsichtig bist. Verhalte dich normal und tu nichts, was Aufmerksamkeit auf dich ziehen könnte. Tu nichts, was irgendetwas mit Stormglass zu tun hat. Ich möchte, dass du morgen ausgesprochen vorsichtig bist, Agent Hale.«

Jake schluckte schwer, da ihm bewusst wurde, dass, wer auch immer sein Sozialkundelehrer war, er vermutlich nicht Mr Wakefield war.

»Verstehst du?«

Jake nickte. Er zitterte. »J-ja, Sir. Ich verstehe.«

FORTSETZUNG FOLGT …

DANKSAGUNG

Mein besonderer Dank gilt meiner wunderbaren Lektorin Catherine Coe sowie Klaus Humann, Nina Horn und dem großartigen Team beim Aladin Verlag. Ich möchte auch Tim Pratt danken für die Originalgeschichte, Pete Deemer für seinen Geschäftssinn, David Kerrigan für seine rigorosen Anmerkungen, meiner fantastischen Familie für die unzähligen Lektüren, Noel Morrison, Emily Vaughn und Mary Montgomery für ihre anhaltende Unterstützung des Stormglass-Universums und vor allem … meiner Frau Michelle Woo Deemer dafür, dass sie Jake, Filby und Lizzie in unserem Haus willkommen geheißen hat. Danke euch allen!

Andy Deemer, San Francisco, Kalifornien

SUCHTPOTENZIAL!

Julian Sedgwick
»Mysterium –
Bd. 1: Der schwarze Drache«
Hardcover: 328 Seiten
ISBN 978-3-8489-2037-2

»Mysterium –
Bd. 2: Der Palast der Erinnerung«
Hardcover: 336 Seiten
ISBN 978-3-8489-2039-6

»Mysterium –
Bd. 3: Auf Messers Schneide«
Hardcover: 336 Seiten
ISBN 978-3-8489-2040-2

IN DER GEHEIMNISVOLLEN ZIRKUSWELT des MYSTERIUM fühlt sich Danny zu Hause. Doch als seine Eltern bei einem Brand sterben, bricht für ihn eine Welt zusammen. War der Tod seiner Eltern wirklich nur ein Unfall? Oder steckt die chinesische Mafia dahinter? Das Abenteuer seines Lebens beginnt und führt Danny nach Hongkong, Barcelona und Berlin.

www.aladin-verlag.de

ALADIN

MIX
Papier aus verantwortungsvollen Quellen
FSC® C083411
www.fsc.org

1. Auflage 2016

First published in 2015
Originaltitel: Stormglass. The Tesla Threat
Aus dem Englischen von Ann Lecker
Umschlaggestaltung: Armin Schieb
Lektorat: Regine Teufel
Herstellung: Steffen Meier
Lithografie: Margit Dittes Media, Hamburg
Satz aus Janson Text bei
Pinkuin Satz und Datentechnik, Berlin
Druck und Bindung: CPI books GmbH, Leck
Printed in Germany
ISBN 978-3-8489-2073-0

WWW.ALADIN-VERLAG.DE